Kohlhammer
Standards Psychologie

Basisbücher und Studientexte

Herausgegeben von
Theo W. Herrmann
Werner H. Tack
Franz E. Weinert

Teilgebiet: Sprachpsychologie

Angela D. Friederici

Neuropsychologie der Sprache

Verlag W. Kohlhammer
Stuttgart Berlin Köln Mainz

CIP-Kurztitelaufnahme der Deutschen Bibliothek

Friederici, Angela D.:
Neuropsychologie der Sprache / Angela D.
Friederici. – Stuttgart ; Berlin ; Köln ;
Mainz : Kohlhammer, 1984.
(Kohlhammer-Standards Psychologie : Basis=
bücher : Teilgebiet: Entwicklungspsychologie)
ISBN 3-17-005320-5

Stuttgart Berlin Köln Mainz
Verlagsort: Stuttgart
Umschlag: hace
Gesamtherstellung:
W. Kohlhammer Druckerei GmbH + Co Stuttgart
Printed in Germany

Inhaltsverzeichnis

1. **Einleitung** 11

2. **Begriffserklärung und Definition** 13
2.1 Neurolinguistik oder die Neuropsychologie der Sprache 13
2.2 Neurolinguistik im Schnittpunkt angrenzender Disziplinen 14
2.3 Gegenstände der Neurolinguistik 15

3. **Historischer Überblick** 16
3.1 Klassisch-lokalisatorische und assoziationstheoretische Ansätze in der Neurologie 16
3.2 Psychologische Konzeptionen: Thesen von der symbolischen und kategorialen Grundstörung 18
3.3 Erste linguistische Ansätze in der Aphasiologie 19

4. **Sprache und Hemisphärendominanz** 21
4.1 Begriff der Dominanz 21
4.2 Experimentelle Studien zu Lateralität 22
4.2.1 Untersuchungen bei Normalsprechern 22
4.2.2 »Split-brain«-Studien 24
4.3 Modelle der Hemisphärendominanz 28
4.4 Lateralität und andere Faktoren 28
4.4.1 Lateralität und Händigkeit 29
4.4.2 Kindliche Entwicklung und Hemisphärendominanz 30
4.4.3 Geschlechtsspezifische Unterschiede 31
4.5 Zerebrale Organisation bei Bilingualen 32
4.5.1 Bilingualismus und Lateralität 32
4.5.2 Exkurs: Sprachrestitution bei Bilingualen im Falle von Aphasie . . 34

5. **Aphasie – ein Gegenstand der Neurolinguistik** 37
5.1 Definition der Aphasie 37
5.2 Syndrome der Aphasie 37
5.2.1 Broca-Aphasie 37
5.2.2 Wernicke-Aphasie (sensorische Aphasie) 39
5.2.3 Globale oder totale Aphasie 40
5.2.4 Amnestische Aphasie 40
5.2.5 Andere aphasische Syndrome 41
5.2.5.1 Leitungsaphasie 41
5.2.5.2 Transkortikale Aphasien 41
5.2.5.3 Modalitätsspezifische Aphasien 42
5.3 Aphasie: Kompetenz- oder Performanzstörung? 42

6.	**Störungen der Sprachproduktion**	44
6.1	Modelle der Sprachproduktion	44
6.1.1	Das Satzproduktionsmodell von PICK	44
6.1.2	Das Sprachproduktionsmodell von GARRETT	45
6.2	Störungen der Phonemproduktion	46
6.3	Wortfindungsstörungen	48
6.3.1	Lexikalischer Zugriff	48
6.3.2	Lexikonmodelle und Benennstörungen	49
6.4	Störungen der Syntax	54
6.4.1	Ansätze zur Erklärung von Agrammatismus und Paragrammatismus	54
6.4.2	Empirische Studien zum Agrammatismus	56
6.4.2.1	Studien zur Morphologie	56
6.4.2.2	Lexikalische versus grammatikalische Items	57
6.4.2.3	Syntaktische Regeln	61
6.4.3	Der aphasische Jargon	62
6.5	Sprache und Geste	64
7.	**Störungen des Sprachverständnisses**	67
7.1	Phonologische Aspekte des Sprachverständnisses	68
7.2	Semantische Aspekte des Sprachverständnisses	70
7.3	Syntaktische Aspekte des Sprachverständnisses	72
7.3.1	Satzverständnistest: Der Token Test	72
7.3.2	Experimentelle Untersuchungen zum Satzverständnis	73
7.3.2.1	Nicht-aphasietypspezifisches Verstehensdefizit	73
7.3.2.2	Aphasietypspezifisches Verstehensdefizit	76
7.4	Syntatktische und semantische Faktoren in der Echt-Zeitverarbeitung	80
7.5	Untersuchungen zum Textverständnis	87
7.6	Sprachverständnis und das Verstehen von Gesten	89
8.	**Störungen des Schreibens**	90
8.1	Zum Begriff der Agraphie	90
8.2	Linguistische Theorien der Schriftsprache	90
8.3	»Reine« Agraphie	92
8.4	Agraphie und Aphasie	93
8.4.1	Aspekte eines Modells zum Schreiben von Wörtern	93
8.4.2	Neurolinguistische Evidenz	94
8.4.2.1	Evidenz für die Dependenzhypothese	95
8.4.2.2	Evidenz für die Autonomiehypothese	96
8.4.3	Phonische und graphische Modalität auf der Wort- und Satzebene	98
9.	**Störungen des Lesens**	100
9.1	Terminologie der Lesestörung	100
9.2	Neuropsychologisch-klinische Syndrome	100
9.3	Neurolinguistische Aspekte	101
9.3.1	Störung der phonographemischen Ebene	101
9.3.2	Lesestörungen auf der lexikalischen Ebene	102

9.3.2.1 Oberflächen- und Tiefendyslexie 102
9.3.2.2 Ergebnisse der japanischen Aphasieforschung 104
9.3.2.3 Hemisphären-Spezialisation und Leseleistung 104
9.4 Lesestörungen auf der Satzebene 105
9.5 Psycho- und neurolinguistische Modelle des Lesens 106

10. Aphasie und nicht-sprachliche kognitive Defizite: einige Überlegungen 108

11. Sprachproben der zwei klassischen Aphasieformen 110
11.1 Broca-Aphasie 110
11.2 Wernicke-Aphasie 112

Literaturverzeichnis 116

Sachregister 139

Personenregister 140

»Die Abneigung der natürlich auf wissenschaftlichem Boden stehenden Sprachpathologen gegen die Resultate der Psychologie und insbesondere der Sprachpsychologie und Linguistik, (. . .) beruht zum Teil auch auf einer, wohl jetzt als Mißverständnis zu bezeichnenden Ansicht von der Differenz zwischen Experiment und Beobachtung und der Methode, wie sie in den meisten Wissenschaften geübt wird; in zweiter Linie beruht jene Abneigung auf einer Unkenntnis der Methode und Resultate der modernen Sprachwissenschaft.«

Pick, 1913, S. 32

Vorwort

Die Neurolinguistik ist jener noch relativ junge Zweig der Neuropsychologie, der nach dem Zusammenhang von Sprache und Gehirn fragt. Obwohl in den letzten Jahren auf diesem Gebiet eine ständig steigende Anzahl wissenschaftlicher Veröffentlichungen zu verzeichnen ist, fangen wir gerade erst an, die biologischen Grundlagen, die die Voraussetzung für die Sprachfähigkeit des Menschen darstellen, zu verstehen. Deshalb muß heute jeder Versuch, die bisher noch mosaikartig verteilten Einzelergebnisse mit neurologischen, psychologischen oder linguistischen Ansätzen zu einem homogenen Gesamtbild zusammenzusetzen, unvollständig bleiben. Dies ist auch der Grund dafür, warum wir in diesem Buch nicht nur jene Theorien und die sie stützenden Daten aufgeführt und diskutiert haben, die sich in unser Sprachverarbeitungsmodell einfügen lassen, sondern auch jene, die hierzu im Widerspruch stehen.

Natürlich ist das von uns gewählte Sprachverarbeitungsmodell durch unser persönliches Verständnis der Sprachverarbeitungsprozesse geprägt, sicher jedoch nicht die Auswahl und die Gewichtung der referierten neuropsychologischen Daten. Unabhängig von unserem persönlichen Ansatz haben wir Wert darauf gelegt, daß jeder Leser für sich selbst die aufgeführten Einzelergebnisse auch auf dem Hintergrund seiner eigenen, möglicherweise abweichenden Modellvorstellung interpretieren kann.

Gerade weil dieses Buch einen ersten Ansatz darstellt, die Sprachfähigkeit des Menschen vor einem naturwissenschaftlichen Hintergrund zu verstehen, erschien es uns geboten, nicht nur unseren persönlichen Ansatz zu verdeutlichen, sondern den Leser auch zum Überdenken anderer Theorien zu ermutigen.

Meinen Lehrern und wissenschaftlichen Ratgebern, Harold Goodglass und Merrill Garrett, mit denen ich in undogmatischer Weise wissenschaftliche Fragestellungen und Ergebnisse diskutieren konnte, möchte ich meinen besonderen Dank aussprechen. Für eine kritische Durchsicht des Manuskriptes danke ich Herman Kolk, Clive Perdue sowie den Herausgebern. Claus Heeschen danke ich für die freundliche Überlassung des in Kapitel 11 dargestellten Materials. Mein Dank gilt ebenso Inge Tarim, die alle Abbildungen zeichnete, Edith Sjoersdsma, die in geduldiger Weise dem Manuskript zu seiner jetzigen Form verholfen hat, sowie Claudia Lewandowski, die bei der Erstellung der Register eine besondere Hilfe war.

Die Arbeit an diesem Manuskript wurde durch ein persönliches Stipendium der Max-Planck-Gesellschaft unterstützt und am Max-Planck-Institut für Psycholinguistik (Nijmegen, Holland) durchgeführt.

1. Einleitung

In den letzten Jahren zeigt die theoretische Linguistik in zunehmenden Maße Interesse an empirisch-linguistischen und psycholinguistischen Forschungen. Besondere Aufmerksamkeit gilt in jüngster Zeit erneut den Erscheinungen pathologisch gestörter Sprache, von deren Studium man sich Einsichten in das komplexe System der Sprache und deren psychologische Realität erhofft.

JAKOBSON hatte schon 1941 mit seinem Werk »Kindersprache, Aphasie und allgemeine Lautgesetze« in eindrucksvoller Weise konkrete Spracherscheinungen und theoretische Überlegungen miteinander zu verbinden gewußt. Grundlegende Hypothese war hierbei die Annahme, daß sich sowohl der Spracherwerb, wie auch der Sprachabbau nicht willkürlich, sondern nach sprachspezifischen Strukturgesetzen vollzieht.

So wie sich die Kindersprache als Beobachtungsfeld für das Entstehen von Sprache anbietet, legt auch die Sprache von Aphasikern insofern sprachliche Strukturen frei, als selektive Ausfälle einzelner Komponenten das Sprachsystem erst in seiner Komplexität sichtbar machen. Dem Studium dieser Sprachdefizite liegt also die Annahme zugrunde, daß das Sprachsystem kein unstrukturiertes Gebilde ist, sondern sich vielmehr aus einzelnen Komponenten oder auch Modulen (FODOR, 1983) zusammensetzt, die unabhängig voneinander existieren – und gestört sein können – und deren Zusammenspiel erst die normale Verwendung von Sprache erlaubt. Der Mensch wird hierbei gemäß der in der kognitiven Psychologie vorherrschenden Vorstellung als ein informationsverarbeitender Organismus gesehen (NEISSER, 1967). Sprachliche Informationsverarbeitung kann von den von der Sprachwissenschaft bereitgestellten Grammatiken nur insofern beschrieben werden, als es sich um die Struktur der zu verarbeitenden Information handelt. Das Zusammenspiel der einzelnen Komponenten (Module) dieses Sprachsystems jedoch unterliegt zeitlich gebundenen Verarbeitungsprozessen, auf deren Beschreibung die Grammatik keinen Anspruch erhebt (CHOMSKY, 1965). Während der Linguist in traditioneller Weise an der Beschreibung der Struktur der Sprache interessiert ist, sieht der Sprachpsychologe oder Psycholinguist seine Aufgabe in der Beschreibung der mentalen **Prozesse,** die stattfinden, wenn natürliche Sprache produziert und verstanden wird.

SCHNELLE (1979) hat zu recht darauf hingewiesen, daß der Gegenstand der Sprachwissenschaft nicht nur die Input-Output Bedingungen für Organismen, d.h. Strukturen sprachlicher Ausdrücke seien, sondern auch die Beschreibung der informationsverarbeitenden Prozesse. Die Untersuchung dieser Prozesse verlangt – solange wir noch am Anfang dieser Wissenschaft stehen – oft die Beschränkung auf Teilprozesse oder Teilaspekte des Ganzen. Ein solches Vorgehen hat jedoch nur einen Sinn, wenn diese Teilergebnisse in ein Gesamtmodell integriert werden können, mit dem fernen Ziel, irgendwann einmal die Verwendung von Sprache adäquat beschreiben zu können.

Hierzu kann die Neuropsychologie der Sprache insofern einen Beitrag leisten, als sie ein Sprachsystem untersucht, das durch den natürlich bedingten Ausfall einzelner Komponenten eine Auflösung der komplexen Prozesse vorstellt und dadurch die Beobachtung von Einzelphänomenen ermöglicht.

Aus der traditionellen Aphasieforschung, die in ihren Anfängen hauptsächlich von

Neurologen verfolgt wurde, hat sich im letzten Jahrzehnt die Neurolinguistik als eine Unterdisziplin der Neuropsychologie des Menschen und als eine Nachbarwissenschaft der Sprachpsychologie und Psycholinguistik als eigenständige Disziplin herauskristallisiert.

2. Begriffserklärung und Definition

2.1 Neurolinguistik oder die Neuropsychologie der Sprache

Neurolinguistik als Teilgebiet der Neuropsychologie beschäftigt sich mit dem Zusammenhang von Sprache und deren Repräsentation im Gehirn. Sie basiert auf der systematischen Analyse von Störungen der Sprachproduktion und des Sprachverstehens, die durch pathologische oder experimentell induzierte Abweichungen von normalen Hirnfunktionen entstehen. Diese Abweichungen können sowohl im Naturexperiment durch Hirnverletzung und Hirnabbau beobachtet werden, können aber auch durch experimentelle Manipulationen von selektivem Input beim normal funktionierenden Gehirn hervorgerufen werden, wie z.B. beim experimentellen Ausschalten einer der beiden Hirnhälften (siehe Kap. 4). Die Neurolinguistik verstand sich bislang als eine Disziplin, die sich mit dem Studium von Sprachstörungen beschäftigt, die durch eine kortikale Läsion hervorgerufen wurden. Das heißt, sie erforscht sowohl Sprachstörungen eines bereits ausgereiften Gehirns (bei Erwachsenen) als auch Sprachentwicklungsstörungen, deren Erforschung allerdings oft durch andere Disziplinen, wie die der Entwicklungspsychologie oder der Pädiatrie, abgedeckt wurde.
Neue Ansätze unterteilen die Neurolinguistik systematisch in das Studium der Sprachpathologie von Erwachsenen und der von Kindern (HECAEN & ALBERT, 1978). Allerdings definiert die Pariser Gruppe »Groupe de Recherches Neuropsychologiques et Neurolinguistiques« die Neurolinguistik in einem ziemlich engen Sinn (HECAEN & DUBOIS, 1969): Sie beschreiben die Neurolinguistik in der Hauptsache als das Gebiet der Sprachstörungen, die durch kortikale Läsionen entstehen, wobei die Aphasie zwar im Vordergrund steht, jedoch auch andere organisch bedingte Sprachstörungen zum Forschungsbereich der Neurolinguistik gehören. Ihrer Meinung nach beschäftigt sich die Neurolinguistik nur mit der Erforschung von erworbenen **und** entwicklungsbedingten **Sprach**störungen. **Sprech**störungen wie Dysarthrie und Stottern gehören ihrer Ansicht nach nicht in den Bereich der Neurolinguistik.
Mit dieser Definition grenzt sich die Neurolinguistik fast zwangsläufig auf die Erforschung von Aphasien ein. LURIA (1970) hingegen vertritt die Auffassung, daß sich der Neurolinguist alle Möglichkeiten der zur Verfügung stehenden klinischen Daten zu Nutze machen sollte, um die psychologischen und neuropsychologischen Mechanismen, die den Sprachstörungen zugrundeliegen, ausfindig zu machen, und um so zu einem generellen und vollständigeren Verständnis einer Sprachpathologie mit zentraler Ursache zu kommen.
Ein kürzlich veröffentlichtes deutsches Buch über die Aphasie (PEUSER, 1978) versteht sich als eine »Einführung in die Patholinguistik«. Obwohl sich diese Einführung selbst fast ausschließlich mit der Darstellung der Aphasie beschäftigt, wird hier die Patholinguistik als ein Gebiet definiert, das **alle Sprach- und Sprechstörungen**, sowohl zentral neuropathologische, periphere wie auch psychopathologische Störungen umfaßt. Eine solch weite Fassung nimmt Abstand von der engen Betrachtung der Sprache als System und der Untersuchung zugrundeliegender neuropsychologischer Mechanismen und sieht die Sprache eher als kommunikatives Gesamtgeschehen, wobei auch psychopathologische Aspekte einzelner Geprächsteilnehmer berücksichtigt werden (PEUSER, 1978).
Die Neurolinguistik, so wie sie in der vorliegenden Einführung vertreten wird, versteht sich als eine Disziplin, die sehr wohl nach den zugrundeliegenden Mechanismen, nach der **neuropsychologischen Realität von Sprache** fragt. Sprache in ihrer psycho-

logischen Realität wird verstanden als ein kognitiver Prozeß, der sich in einem System von zu definierenden Einzelkomponenten abspielt. Aufgabe der Neurolinguistik ist es, diese Einzelkomponenten zu definieren sowie deren Zusammenspiel freizulegen, um so zu einem tieferen Verständnis des Systems zu gelangen. Sie konzentriert sich daher auf zentral bedingte Störungen der Sprache.

2.2 Neurolinguistik im Schnittpunkt angrenzender Disziplinen

Die Neurolinguistik als Teilgebiet der Neuropsychologie steht heute somit im Schnittpunkt zwischen den Neurowissenschaften wie Neurologie, Neuroanatomie, Neurophysiologie einerseits und den Wissenschaften vom menschlichen Verhalten wie Psychologie, Entwicklungspsychologie und insbesondere natürlich der Sprachpsychologie und der Psycholinguistik andererseits.[1] Sie liefert Daten, die zur Theoriebildung bzw. zur Modifikation von vorhandenen Theorien sowohl innerhalb der Linguistik wie auch der kognitiven Psychologie beitragen.

In diesem Sinne unterhalten **Psycholinguistik und Sprachpsychologie** ihrerseits enge Beziehungen zur theoretischen Linguistik, die selbst eine Reihe von linguistischen Modellen liefert, teilweise auch schon Modellaspekte aus den angewandten Disziplinen übernimmt. Die **Neurologie** stellt das unmittelbare Basiswissen für alle pathologischen Sprachausfälle, d.h. das Wissen um die natürlichen Funktionen einerseits und die Art und Weise von Hirnläsionen andererseits, bereit. Die **Neuroanatomie** ordnet bestimmten Systemen und Mechanismen umschriebene kortikale Regionen zu, wobei die eigentliche Beschreibung der neuronalen Mechanismen von der **Neurophysiologie** geleistet wird. Der Zusammenhang zwischen dem menschlichen Verhalten, den psychologischen Mechanismen und deren Repräsentation im Gehirn leistet die **Neuropsychologie.** Die **kognitive Psychologie** liefert Beschreibungen und Theorien des menschlichen Verhaltens. Die **Psycholinguistik oder Sprachpsychologie** stellt spezifische Modelle der sprachlichen Informationsverarbeitung bereit. Die **Neurolinguistik** als Teilgebiet der Neuropsychologie versucht systematisch, die »black box« unserer Gehirnfunktionen zu erhellen, indem sie Input und Output genau beobachtet, und von pathologischem Perzeptions- oder Produktionsverhalten Rückschlüsse auf die einzelnen Sprachkomponenten zieht, die beim Normalsprecher nur als komplexe Einheit zu beobachten sind. Damit rückt diese Disziplin zunächst einmal in die unmittelbare Nähe der Psycholinguistik, da auch sie zuerst eine Beschreibung des **normalen** sprachlichen Systems erarbeiten muß, um dann in diesem System die aphasischen Ausfälle systematisch beschreiben zu können.

Während frühere Ansätze versuchten, einem bestimmten Sprachverhalten genau umschriebene Läsionen zuzuordnen, wird heute eher der Versuch unternommen, das Gehirn als funktionales Ganzes mit distinktiven Teilkomponenten zu beschreiben (Luria, 1970). Jeder einzelne Fall einer Sprachstörung bietet dabei die Chance, zugrundeliegende Funktionsmechanismen in einem Gesamtmodell zu interpretieren.

[1] Während im deutschsprachigen Raum Sprachpsychologie und Psycholinguistik als von einander abzugrenzende Disziplinen mit unterschiedlichen Arbeitsschwerpunkten definiert werden (Herrmann, 1982), wird im englischsprachigen Raum »Psycholinguistics« und »Psychology of Language« meist synonym verwendet (Clark & Clark, 1977).

2.3 Gegenstände der Neurolinguistik

Eine zentrale Stellung innerhalb der Neurolinguistik nimmt das Studium der Aphasie ein, die als hirnorganisch bedingte Sprachstörung einzelne Teilkomponenten des zentralen Sprachsystems beeinträchtigen kann und sich dabei im Idealfall unabhängig von Störungen der Artikulation und des Gehörs manifestiert. Generell jedoch sind selektive Ausfälle einer Sprachmodalität eher selten, und es werden im klinischen Alltag häufiger solche Fälle beobachtet, in denen alle Teilkomponenten der Perzeption und Produktion von gesprochener und geschriebener Sprache betroffen sind. Die meisten neurolinguistischen Ansätze gehen von der Annahme aus, daß sich das Sprachsystem nach erlittener Schädigung nicht völlig neu strukturiert, d.h. neue Komponenten bildet oder vorhandene Komponenten neue Funktionen übernehmen, sondern man nimmt eher an, daß wenn einzelne Komponenten des normalen Sprachsystems ausfallen, die verbleibenden Komponenten ihre ursprünglichen Funktionen beibehalten und daher Rückschlüsse von diesem Restsystem auf das normale Sprachsystem gezogen werden können. Auch wenn bisher noch genügend Hinweise fehlen, die diesen Schluß rechtfertigen, so nehmen wir zunächst doch an, daß bei systematischen Sprachstörungen bestimmte Teilsysteme des Gesamtsystems unabhängig voneinander beobachtet werden können. Es kann jedoch nicht gänzlich ausgeschlossen werden, daß der zu beobachtende pathologische Sprachgebrauch kompensatorische Strategien widerspiegelt, die sich im normal funktionierenden System nicht manifestieren. Das heißt, kurz gesagt, neuropathologische Prozesse sind mögliche, nicht aber notwendigerweise eigentliche Primärprozesse (vgl. LURIA, 1973; CAPLAN, HOLMES & MARSHALL, 1974). Unter Berücksichtigung dieser Einschränkung scheint es unbedingt notwendig zu sein, Ergebnisse der Neurolinguistik mit denen der Psycholinguistik zu vergleichen, um entscheiden zu können, ob beide Arten von Ergebnissen innerhalb eines Gesamtmodells sinnvoll zu beschreiben sind. In kürzlich erschienenen psycholinguistischen und neurolinguistischen Arbeiten zeigt sich der Erklärungswert eines solchen Vorgehens (BRADLEY, GARRETT & ZURIF, 1980; SWINNEY, ZURIF & CUTLER 1980; FRIEDERICI, 1983a).

CARAMAZZA und BERNDT (1978) weisen in diesem Zusammenhang auf zwei der wichtigsten Punkte bei der Einbeziehung von aphasiologischen Daten für die Erforschung normaler Sprachprozesse hin. Ein solches Forschungsvorgehen beruht auf der fundamentalen Annahme, daß es eine systematische Beziehung zwischen psychologischen Prozessen und deren Repräsentation im Gehirn gibt. Aus dieser Annahme läßt sich nun die Forderung ableiten, daß zwischen Modellen des normalen Sprachverhaltens und den neuropsychologischen Daten keine wesentlichen Inkonsistenzen bestehen sollten.

Eine sich ergänzende Beobachtung von normalem und pathologischem Sprachverhalten erlaubt somit erst sinnvolle Aussagen über die normalerweise ablaufenden Prozesse.

3. Historischer Überblick

Die traditionelle Erforschung des Zusammenhangs zwischen Sprache und Gehirn war lange Zeit eine Domäne der Neurologie, später dann der Neuropsychologie. Aus dem neuropsychologischen Forschungsansatz hat sich die Neurolinguistik mit ihren spezifisch linguistischen Fragestellungen entwickelt. So blickt die Medizin inzwischen auf eine hundertjährige Vergangenheit zurück, in deren Verlauf die verschiedensten Aphasie-Klassifikationen entstanden sind.

3.1 Klassisch-lokalisatorische und assoziationstheoretische Ansätze in der Neurologie

Der Beginn der eigentlichen Aphasiologie wird gern auf das Jahr 1861 datiert.[2] In diesem Jahr fand der französische Chirurg und Anthropologe Paul BROCA als Ursache einer erheblichen Sprachstörung eine Läsion in der zweiten und dritten Windung des Frontallappens (siehe Abb. 1). Hier lokalisierte er das »Centre du langage articulé«. Sprachstörungen, die durch Läsionen in diesem Bereich hervorgerufen werden, wurden von BROCA ›Aphemie‹ genannt.

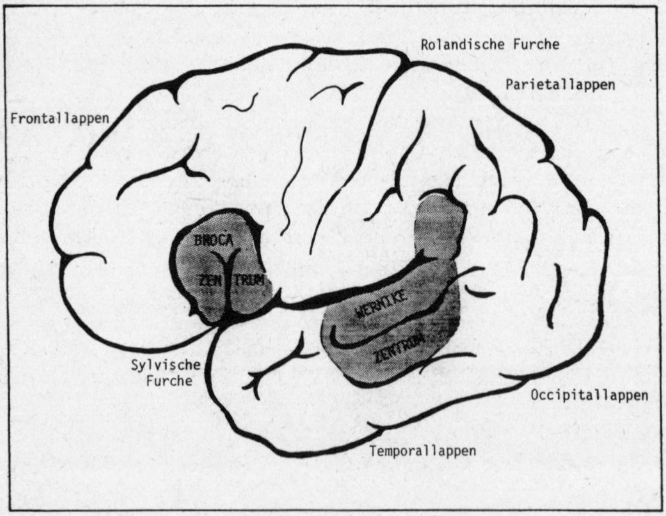

Abb. 1

Im Jahre 1874 trat in Deutschland Paul WERNICKE mit seinem Werk »Der aphasische Symptomenkomplex« an die neurologische Fachwelt heran. Er übernahm die Lokali-

---

2 Zur Prähistorie der Neuropsychologie siehe CLARKE & DEWHURST (1972).

sation des Brocaschen Zentrums, schrieb diesem Zentrum jedoch nur Zuständigkeiten für die Produktion der Sprache zu. Ein weiteres Zentrum, das er für das Sprachverständnis verantwortlich machte, lokalisierte er im hinteren Anteil der ersten Windung des linken Temporallappens (siehe Abb. 2). Er nannte es das **sensorische** (a) Sprachzentrum im Gegensatz zu dem von BROCA lokalisierten Sprachzentrum, welches er als **motorisches** Sprachzentrum (b) bezeichnete. Aphasien, die durch Läsionen in diesem Bereich entstehen, benannte er nach den definierten Zentren als sensorische bzw. motorische Aphasien. Als dritte Aphasieform postulierte er darüberhinaus die sogenannte Leitungsaphasie, bei der die Verbindung zwischen Perzeption und Produktion gestört sei, was zu schweren Störungen im Nachsprechen führe.[3] Als neurologisches Korrelat nahm er hierfür eine Zerstörung der Assoziationsbahnen zwischen dem auditiv-sensorischen und dem motorischen Zentrum an.

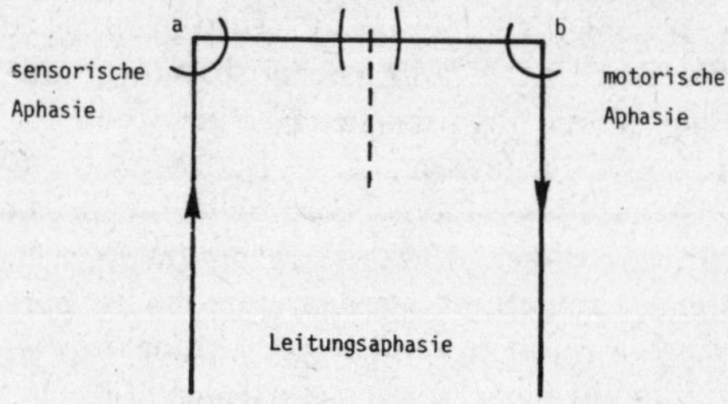

Abb. 2

Läsionen im Bereich des von WERNICKE lokalisierten auditiven Sprachzentrums führen zu Aphasien, die man die sensorische oder auch nach ihrem Inaugurator die WERNICKE-Aphasie nennt.

Dieser Dualismus zwischen motorischer und sensorischer Aphasie, der bis heute die gesamte Aphasieforschung beherrscht, geht zurück auf WERNICKE und LICHTHEIM. LICHTHEIM (1884), der selbst nicht auf empirische Ergebnisse zurückgreifen konnte, stellte die verschiedenen aphasischen Sprachstörungen in folgendem Modell (Abb. 3) dar. In einer Synthese aus der neurologischen Lokalisationslehre und der die damalige Psychologie beherrschenden Assoziationstheorie verbindet er das Begriffszentrum (B) direkt mit dem motorischen (M) und dem akustisch-sensorischen (A) Zentrum der gesprochenen Sprache. Wissen über die Schriftsprache ist in dem Zentrum für optische Sinnesbilder (O) und den Zentren für Schreibbewegungsvorstellungen oder Engrammen (E) repräsentiert. Spontanes Schreiben kann sich nur über den Umweg der gesprochenen Sprache und nicht durch eine direkte Verbindung zum Begriffszentrum manifestieren (3, M, E). Kopieren kann sich dagegen durch eine direkte Verbindung zwischen optischen Sinnesbildern (O) und den Schreibbewegungsvorstellungen (E) manifestieren.

LICHTHEIM unterscheidet nun nach diesem Schema zwei Arten von Aphasien. Neben den verschiedensten Leistungsaphasien (3: Nachsprechen ist gestört; 4 und 6: Nachsprechen ist möglich, aber Verstehen bzw. Wortfindung ist gestört; 5: Artikulationsstörung; 6: Taubheit), die durch Unterbrechung der Assoziationsbahnen zwischen den Zentren entstehen, grenzt er die sogenannten Kernaphasien (1–2), die beiden Hauptformen der Aphasie, ab. Sie entstehen bei Störungen des motorischen (M) bzw.

[3] Beschreibung der aphasischen Syndrome siehe Kapitel 5.2.

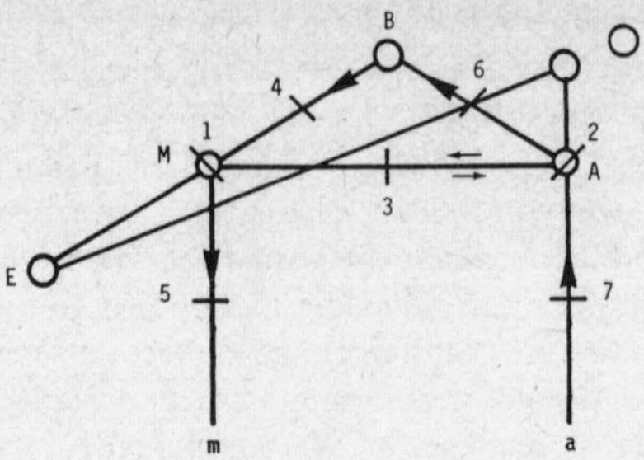

Abb. 3

sensorischen (A) Zentrums und werden als **motorische** bzw. **sensorische** Aphasien bezeichnet.[4]
Dieses Modell bot sich in seiner Klarheit und Einsichtigkeit als Grundlage vieler folgenden Aphasieklassifikationen an. Die Erwartungshaltungen, die es hervorrief, versperrten oftmals den Blick für die linguistischen Realitäten, die das Krankheitsbild der Aphasie dem Betrachter im allgemeinen bietet. LURIA (1947, 1970, 1976) hat sich später energisch gegen enge lokalisationstheoretische Beschreibungen, die auf fest umschriebenen Hirnarealen basieren, gewandt. Er nimmt an, daß komplexe Prozesse von funktionalen Systemen ausgeführt werden. Für ihn ist Sprache ein komplexes hierarchisch gegliedertes Kodesystem, in dem jeder Modalität zwar ihre eigene funktionale Organisation zukommt, wobei die verschiedenen kortikalen Zonen in funktioneller Dynamik verbunden sind. Die Schule der Moskauer Neuropsychologie spricht hierbei von einer »dynamischen Lokalisation«.

3.2 Psychologische Konzeptionen: Thesen von der symbolischen und kategorialen Grundstörung

Die Verbindung zwischen den Sprachzentren und dem Denkzentrum steht im Vordergrund psychologischer Aphasie-Betrachtungen. JACKSON (1864–1893), HEAD (1915–1926) und GOLDSTEIN (1910–1948)[5] sehen die Aphasie nicht als eine isolierte Sprachstörung. Vor allem HEAD möchte die Aphasie als eine der Asymbolie[6] unterzuordnende Störung verstanden wissen. Die Sprache sei nur Vermittler einer Störung, die sich primär im Bereich der gesamten Symbolorganisation manifestiere. Diese Annahme werde durch die Tatsache gestützt, daß die Aphasie in schweren Fällen meist auch von anderen Störungen höherer kortikaler Art begleitet wird. Die Frage

[4] Die kleinen Querstriche symbolisieren die jeweilige Störung an ihrem Entstehungsort (1–7). B: Begriffszentrum; A: Akustisch-sensorisches Zentrum; a: akustisch-sensorische Bahn; M: Motorisches Zentrum; m: motorische Bahn; O: optische Sinnesbilder; E: Engramme, Schreibbewegungsvorstellung.

[5] Die angegebenen Jahreszahlen beziehen sich auf die wesentlichen Veröffentlichungen. Genauere Angaben siehe Literaturverzeichnis.

[6] Asymbolie: »Die Unfähigkeit, Zeichen, Sprache, Worte, Dinge ihrem Sinngehalt nach zu erfassen« (Zit. nach HEHLMANN, W., Wörterbuch der Psychologie).

nach dem generellen Zusammenhang von Sprache und Denken, von Sprachstörung und Intelligenz wurde hiermit aufgeworfen.
GOLDSTEIN (1948) vertrat unter dem Einfluß der Gestaltpsychologie die Auffassung, daß Aphasie eine Folge einer generellen Beeinträchtigung des »kategorialen Verhaltens« sei. Aus den mangelhaften Leistungen beim Farbensortieren, die Aphasiker trotz gut erhaltener Farbwahrnehmung gezeigt hatten, und der gleichzeitig erhaltenen Fähigkeit, Farben deskriptiv zu bezeichnen, schloß er, daß diesen Patienten die Möglichkeit zu kategorialem Verhalten verloren gegangen sei und ihnen nur noch konkrete Verhaltensweisen zur Verfügung stünden.
ZANGWILL (1969) umreißt noch einmal die zwei verschiedenen Standpunkte, die sich innerhalb der Aphasieforschung herausgebildet haben.

»First, aphasia is to be regarded as a defect in symbolic formulation and expression, which to some extent transcends the linguistic sphere.«[7]

Dieser Standpunkt wurde schon früh von HEAD (1926) vertreten und übte weiten Einfluß aus.

»Secondly, aphasia has to be thought to depend, in some measure at least, upon a failure in ›categorisation‹, or the capacity for abstraction.«[8]

In neuerer Zeit wurde der letztere Standpunkt wieder von BAY (1962, 1964) aufgegriffen und als Forschungshypothese verschiedenen empirischen Untersuchungen zugrundegelegt. Bei seinen Untersuchungen stellte BAY (1973) eine positive Wechselbeziehung zwischen »charakteristischen Minderleistungen in Form einer Entdifferenzierung der betreffenden Gestalten«[9] und der Aphasieschwere fest. Obwohl die Ergebnisse aus dieser Untersuchungsmethode nur schwer quantitativ und qualitativ erfaßbar sind und damit nicht statistisch gesichert werden können, glaubt BAY, sagen zu können, daß »den typischen Störungen der Sprechhandlungen (. . .) analoge Störungen des begrifflichen Denkens entsprechen«.[10]

3.3 Erste linguistische Ansätze in der Aphasiologie

Innerhalb der medizinischen Aphasieforschung wies PICK (1913) als erster auf die Wichtigkeit linguistischer Beiträge zum Thema der Sprachstörungen hin. Er versuchte zwar das sprachliche Verhalten bestimmter Aphasieformen innerhalb eines Satzverarbeitungsmodells zu bestimmen, lokalisierte aber deren Ursache primär in nichtsprachlichen Funktionen (vgl. Kap. 6.1.1). Die erste linguistisch-theoretische Beschreibung von Sprachstörungen finden wir bei JAKOBSON (1941, 1956) und JAKOBSON und HALLE (1956). JAKOBSON klassifiziert die Sprachstörung innerhalb der von Saussure übernommenen Theorie, die zwei Arten der möglichen Beziehungen

[7] ZANGWILL (1969), S. 105.
[8] ebenda, S. 106.
[9] BAY 1973, S. 61.
[10] ebenda, S. 61. Für eine Reinterpretation des Zusammenhangs zwischen Aphasie und non-verbalen kognitiven Defiziten siehe COHEN et al. (1980).

von Zeichen kennt, die paradigmatische und die syntagmatische Beziehung. So werden ausgehend von den zwei klassischen Aphasieformen zwei Typen von Sprachstörungen definiert: die **Ähnlichkeitsstörung,** die sich auf Störungen im Paradigma bezieht, d.h. auf die Selektion oder Substitution eines Items in einem gegebenen Kontext, und bei der Wernicke-Aphasie zu beobachten ist, sowie die **Kontiguitätsstörung,** die sich als Störung der syntagmatischen Funktion erweist, d.h. als eine Störung der Kombination sprachlicher Einheiten, und welche die Broca-Aphasie charakterisiert.

Schon in diesem kurzen historischen Abriß (vgl. auch HUBER, 1981) wird die Vielfalt der Ansätze und Erklärungen von Aphasie deutlich. Nun ist es keineswegs so, daß die heutige Aphasieforschung ein weniger buntes Bild an Beschreibungsmöglichkeiten liefert. Auch wenn wir vielleicht das Phänomen Aphasie in all seinen Schattierungen noch nicht eindeutig beschreiben können, so scheint es doch möglich geworden, spezifische Aussagen über Sprachprozesse beim normalen und pathologischen Sprachgebrauch zu machen. Von diesen Spezifizierungen sollen die folgenden Kapitel handeln. Bevor wir uns dem Thema Aphasie zuwenden, sollen jedoch die biologisch bedingten, funktionellen Grundlagen der Sprache dargestellt werden.

4. Sprache und Hemisphärendominanz

Seit über einem Jahrhundert ist bekannt, daß das Gehirn bezüglich seiner Funktionen lateralisiert ist (DAX, 1836/1865; BROCA, 1861; WERNICKE, 1874).

4.1 Begriff der Dominanz

DAX (1836/1865) hatte aus der Beobachtung des gemeinsamen Auftretens von linksseitiger Läsion, der Lähmung der rechten Extremitäten und Sprachstörungen den Schluß gezogen, daß die Sprachfähigkeit der linken Hirnhälfte zuzuordnen sei. Auch BROCA (1865) behauptete, daß Sprachverlust mit einer Läsion der linken Hemisphäre einhergehe, und formulierte schon früh die Hypothese von der sprach-dominanten Hemisphäre, d.h. bei der eine, meist die linke Hemisphäre als diejenige angesehen wird, die für Sprachverarbeitung zuständig ist. Die wenigen Ausnahmefälle von Patienten, deren rechte Hemisphäre Sprachdominanz zeigte, waren Linkshänder und widersprachen somit nicht einer generellen These der Hemisphärendominanz. BROCA (1861) postulierte eine einfache Regel: beim Rechtshänder führen Läsionen der linken Hemisphäre zu Aphasien, beim Linkshänder dagegen Läsionen der rechten Hemisphäre. Diese einfache Regel der Hemisphärendominanz jedoch erklärt nicht alle beobachteten Fälle der Aphasien (BRAMWELL, 1898, 1899) und wurde in der folgenden Aphasieforschung oftmals modifiziert.

Die Forschung der vergangenen hundert Jahre auf diesem Gebiet kann als Ergebnis festhalten, daß die beiden Hirnhälften trotz ihrer generellen morphologischen Ähnlichkeit sich jedoch erheblich in ihren Funktionen unterscheiden. Diese Unterschiede können inzwischen durch eine Fülle von neuropsychologischen Daten und seit kurzem jedoch auch durch eine Reihe von neuroanatomischen Daten belegt werden (GESCHWIND & LEVITSKY, 1968; WITELSON & PALLIE, 1973; GALABURDA et al., 1978).

Die Hypothese von der dominanten linken Hemisphäre (BROCA, 1861; WERNICKE, 1874) behauptet ursprünglich, daß die linke Hemisphäre sowohl für die Sprachfunktionen von Perzeption und Produktion wie auch für andere höhere Funktionen dominant, das heißt primär zuständig, sei. In der Folge hat sich die Forschung gezielter mit dieser Hypothese auseinandergesetzt, wobei vor allem die Frage im Vordergrund stand, ob die Spezialisierung der linken Hemisphäre nur für Sprache oder auch für andere höhere Funktionen gelte (HENSCHEN, 1926; HEAD, 1926; BRAIN, 1962). Lange Jahre bestand das Konzept der zerebralen Asymmetrie, das davon ausging, daß es nur **eine dominante,** wirklich funktionierende Hemisphäre gäbe. Erst in den letzten 40 Jahren wurde deutlich, daß das menschliche Gehirn aus **zwei gleichwertigen** komplementären Hemisphären besteht, von denen jede über spezifische kognitive Prozesse verfügt und in diesen der anderen Hemisphäre überlegen ist. Die Forschungsergebnisse legen nahe, daß in der linken Hirnhälfte hauptsächlich verbales Lernen und Gedächtnis, phonologische Analyse, serielle Verarbeitung und symbolisches und schlußfolgerndes Denken repräsentiert sind, während in der rechten Hemisphäre bildliches Lernen und Gedächtnis, perzeptuelle Synthese, analoges Schließen, parallele Verarbeitung und konkretes Denken integriert sind. DIMOND & BEAUMONT (1974) präsentieren eine Fülle von Daten, die diese Behauptungen belegen (vgl. KINSBOURNE, 1978). PATTERSON und BRADSHAW (1975) wiesen darüberhinaus darauf hin, daß der Grad der allgemeinen Schwierigkeit einer Aufgabe ein wichtiger Faktor bezüglich der hemisphärenspezifischen Verarbeitung sei. TOMLINSON-KEASEY und KELLY (1979) machten darauf aufmerksam, daß die linke Hemisphäre generelle Überlegenheit für sequentielle Verarbeitung zeigt, und zwar nicht nur für verbales Material, sondern auch für bildliches Material, sofern sequentielle Verarbeitung unbedingt notwendig ist. Einen Überblick über die in den letzten 10 Jahren erarbeiteten experimentellen Ergebnisse gibt DEEGENER (1978).

4.2 Experimentelle Studien zur Lateralität

Bis vor kurzem bot allein das Naturexperiment, nämlich die Beobachtung des durch Hirnläsionen hervorgerufenen Verhaltens, einen möglichen Einblick in die funktionale Asymmetrie des Gehirns.
Ein erneutes Interesse am Problem der Lateralisierung erwuchs durch die Untersuchung an »split brain« Patienten, d.h. Patienten, denen man aus medizinisch-therapeutischen Gründen die Verbindung zwischen den beiden Hirnhälften durchgetrennt hat (SPERRY, 1974; SPERRY, GAZZANIGA & BOGEN, 1969; siehe auch Kap. 4.2.2), aber auch durch die Entwicklung neuer Untersuchungstechniken, die es erlaubten, bei Normalsprechern die Kapazitäten der jeweiligen Hemisphäre relativ isoliert zu betrachten und somit wichtige Erkenntnisse bezüglich der lateralen Organisation des Gehirns zu erlangen.

4.2.1 Untersuchungen bei Normalsprechern

Im vergangenen Jahrzehnt wurde eine neue Methode zur Erforschung der Sprachdominanz von KIMURA (1964) angewandt. Diese von BROADBENT (1952, 1954) entwikkelte Methode ist als das dichotische Hören (dichotic listening) bekannt geworden. KIMURA (1964) machte die Beobachtung, daß bei der simultanen Darbietung zweier verschiedener verbaler Stimuli auf dem rechten und auf dem linken Ohr derjenige Stimulus besser erkannt und wiedergegeben wurde, der dem rechten Ohr dargeboten wurde. Was heißt das? Um dieses Ergebnis und seine Interpretation verstehen zu können, müssen wir uns die anatomischen Gegebenheiten vor Augen führen. Unter normalen Bedingungen gelangt die Information, die das jeweilige Ohr aufnimmt, sowohl auf kontralateralen wie auch auf ipsilateralen Wegen zu den bilateral angelegten primären auditorischen Regionen im Temporallappen (Abb. 4). Das bedeutet, daß das, was **ein** Ohr hört, jeweils primär in **beide** Hirnhälften projiziert wird.
Die Regionen der primären auditorischen Perzeption im Kortex erhalten also den Input jeweils von zwei Ohren; zum Beispiel erhält die linke primär auditorische Region Informationen sowohl kontralateral (b) vom rechten Ohr, wie auch ipsilateral (a) vom linken Ohr. Nun nehmen zwar beide primären auditorischen Regionen Töne wahr, jedoch nur die linke Hemisphäre ist imstande, eine linguistische Analyse und Verarbeitung der verbalen Information durchzuführen. Die linke primäre auditorische

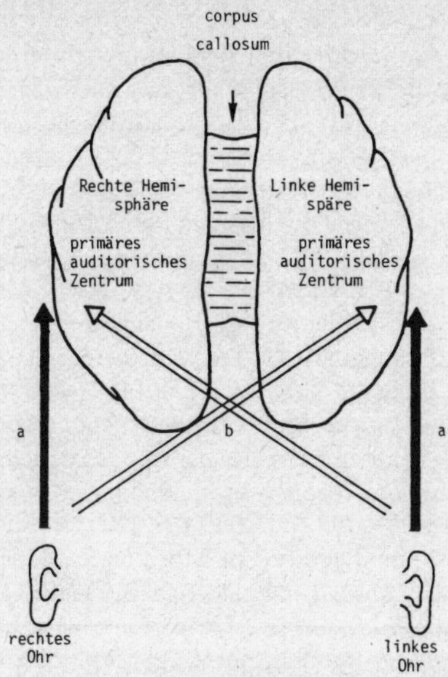

Abb. 4

Region hat somit einen direkteren (kürzeren) Weg zu den Sprachzonen als die rechte. Verbale Stimuli, die in der rechten primären auditorischen Zone empfangen werden, müssen von der rechten in die linke Hemisphäre wechseln, damit sie in den dort angelegten Sprachzonen verarbeitet werden können, denn Sprachverarbeitung in der rechten Hemisphäre ist nicht oder nur – wie wir später sehen werden – beschränkt möglich.

KELLY & ORTON (1979) demonstrierten, daß die beobachteten Hemisphären-Unterschiede auch von dem Faktor der Bildhaftigkeit (imagery) des Wortmaterials abhängig sind. Sie prüften die Hemisphärendominanz mittels dichotisch dargebotenen Wortpaaren von unterschiedlichem Bildhaftigkeitswert und stellten fest, daß die linke Hemisphäre sich gegenüber der rechten Hemisphäre als weniger dominant erweist, wenn ein Stimulus von hohem Bildhaftigkeitswert präsentiert wird.

KIMURA (1964) zeigte, daß musikalische Elemente besser auf dem linken Ohr wahrgenommen – also von der rechten Hemisphäre verarbeitet – werden.

STUDDERT-KENNEDY & SHANKWEILER (1970) verglichen Vokale und Konsonanten im dichotischen Hörverfahren. Es wurde deutlich, daß die Lateralisation im Sinne einer Überlegenheit der linken Hemisphäre für Konsonanten sehr viel stärker war als für Vokale. Vokale wurden von beiden Hemisphären gleich gut verarbeitet. In der Erkennung von Intonationsmustern zeigte die rechte Hemisphäre sogar eine deutliche Überlegenheit (DARWIN, 1969).

ZURIF (1974) gibt einen guten Überblick über den Zusammenhang zwischen den prosodischen und syntaktischen Faktoren bei auditorischer Perzeption und deren Lateralisierung.

Bezüglich der Prosodie der Sprache ist die Studie von BLUMSTEIN & COOPER (1974) richtungsweisend. In ihren Experimenten filterten die Autoren reale Sprache so, daß von verschiedenen Sätzen nur noch die zugrundeliegenden melodischen Muster übrigblieben (z.B. Deklarativsatz, Frage und Imperativ). Die Versuchspersonen wurden unter drei verschiedenen Bedingungen getestet. In allen drei Bedingungen wurde das Material dichotisch dargeboten; die Antwortbedingungen waren

(1) Wiedererkennung der melodischen Kontur,
(2) linguistische Assoziation, d.h. die Versuchsperson mußte anhand von realen Sätzen anzeigen, welche Kontur sie wahrgenommen hatte und
(3) non-linguistische Assoziation, d.h. die Versuchsperson mußte anhand von visuellen Analogen (z.B. —/, —\ ) die gehörte Satzkontur identifizieren.

Die Autoren fanden für alle drei Bedingungen eine Linksohrüberlegenheit (Überlegenheit der rechten Hemisphäre), die für Bedingung (1) und (3) signifikant war. Für die linguistische Bedingung (2) jedoch erwies sich die Ohrdifferenz als nicht signifikant. Es scheint, als ob die Intonationskontur eine der linguistischen Eigenschaften sei, die von der rechten Hemisphäre besser verarbeitet wird.
Zurif und Mitarbeiter (Zurif & Sait, 1970; Zurif & Mendelsohn, 1972; Clark, 1972) untersuchten, inwieweit die Linksohrüberlegenheit für Intonation in linguistischem Material als eine generelle anzusehen ist. Sie präsentierten Material, das es erlaubte, die Verarbeitung von Intonation unabhängig von syntaktischer Struktur zu beobachten. Zurif & Sait (1970) boten den Versuchspersonen bedeutungslose Sequenzen, die Unsinns-Silben, gebundene Morpheme und Funktionswörter der englischen Sprache enthielten, unter verschiedenen Bedingungen an. Das Material war einmal durch volle Intonation strukturiert, zum anderen blieb es unstrukturiert, d.h. ohne jegliche Intonation. Sie fanden, im Gegensatz zu Blumstein und Cooper (1974), eine generelle Rechtsohrüberlegenheit (Überlegenheit der linken Hemisphäre), die allerdings nur für die »strukturierten« Bedingungen signifikant war. Angesichts dieser Ergebnisse wird deutlich, daß dann, wenn Intonation unabhängig vom linguistischen Medium verarbeitet werden soll, dies eher in der rechten Hemisphäre geschieht; wenn jedoch zusätzlich linguistische Entscheidungen notwendig sind, dann übernimmt die linke Hemisphäre die Verarbeitung der sprachlichen Intonation. Die Studie von Clark (1972) macht deutlich, daß die Verarbeitung von Syntax vornehmlich in der linken Hemisphäre stattfindet.

4.2.2 »Split-brain« Studien

Die Spezialisierung der Hemisphären und insbesondere die interhemisphärische Informationsverarbeitung kann unter natürlichen Bedingungen an solchen Patienten erforscht werden, die eine Schädigung der Kommissuren, d.h. derjenigen Fasern, die beide Gehirnhälften miteinander verbinden, erlitten haben. Wichtigste dieser Kommissuren ist der Balken (corpus callosum) (siehe Abb. 4). Die ersten Fälle dieser Art wurden Ende des neunzehnten Jahrhunderts von Dejerine (1892) in Frankreich und von Liepmann (1907) in Deutschland untersucht. Beide der beschriebenen Läsionen wurden durch einen Schlaganfall verursacht.
Heute hingegen kann Hemisphärenspezialisierung und interhemisphärische Kommunikation bei Patienten untersucht werden, bei denen die Kommissurenbahnen durch einen chirurgischen Eingriff aus medizinisch-therapeutischen Gründen durchtrennt wurden. Ein solcher Eingriff wurde 1960 erstmalig von Joseph Bogen am White Memorial Hospital in Los Angeles vorgenommen, um eine schwere interhemisphärische Epilepsie, die medikamentös nicht mehr zu behandeln war, unter Kontrolle zu bringen. Zahlreiche neuropsychologische Untersuchungen, auch bezüglich des Zusammenhangs von Hemisphärendominanz und Sprache wurden mit solchen »split-brain« Patienten zuerst am California Institute of Technology und am Cornell University Medical College (Gazzaniga & Sperry, 1967; Bogen, 1969; Sperry et al., 1969; Zaidel, 1973), später auch an anderer Stelle (Levy & Trevarthen, 1977)

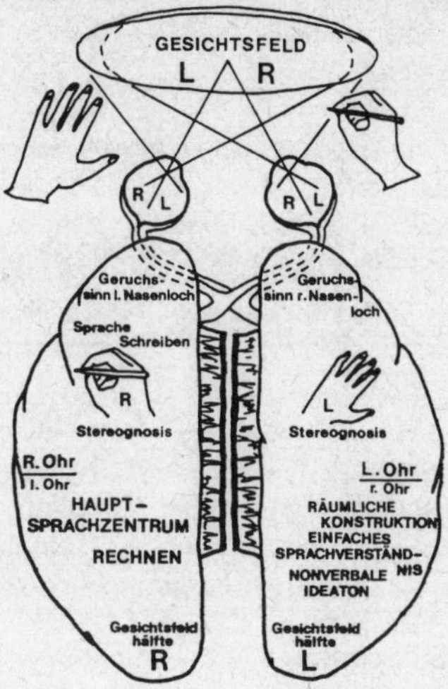

Abb. 5

durchgeführt. Den für die Neurolinguistik interessanten Studien liegt nun folgendes anatomisches Schema zugrunde (Abb. 5). Die normale Verteilung der Fasern des optischen Systems ist dergestalt, daß Informationen, die nur in eine Gesichtshälfte projiziert werden, auch nur in eine Hemisphäre – und zwar die kontralaterale Hemisphäre – gelangen. Informationen, die in das rechte Gesichtsfeld projiziert werden, nehmen ihren Weg ausschließlich in die linke Hirnhälfte und umgekehrt. Um sicher zu gehen, daß die Information wirklich nur in einer Gesichtshälfte erscheint, werden die Stimuli meist tachistoskopisch[11] (wie im Folgenden erklärt) dargeboten. Die Versuchsanordnung sieht dabei vor, daß die Versuchsperson vor einer Leinwand oder einem Bildschirm sitzt und einen festen Punkt in der Mitte des Schirms zu fixieren hat. Das Stimulusmaterial wird nun jeweils in die rechte oder linke Hälfte des Schirms projiziert. Bei einer Darbietungsdauer von maximal 240 msec hat das Auge keine Zeit, sich ganz auf eine informationsrelevante Seite des Schirms auszurichten, was die Wahrnehmung der Information mit beiden Gesichtshälften ermöglichen würde. Bei kurzer Präsentationsdauer wird die Information jeweils nur in einer Gesichtshälfte wahrgenommen und kann somit nur in die kontralaterale Hemisphäre gelangen. Bei Darbietung des Stimulusmaterials im linken Gesichtsfeld erhält also nur die rechte Hemisphäre die relevante Information. Untersuchungen, die mit dieser Methode bei »split-brain« Patienten durchgeführt wurden, sollen im Zusammenhang mit Studien dargestellt werden, die sich einer neuen Methode bedienten. Die kurze Darbietungsdauer von 240 msec bewog ZAIDEL (1975) nach einer Lateralisierungstechnik zu suchen, die längere Präsentationszeiten des Materials erlaubte und somit auch das Hantieren mit dem Stimulusmaterial ermöglichte. Durch eine Kontaktlinsentechnik konnten die genannten Forderungen erfüllt und weiterführende Untersuchungen vorgenommen werden (genauere Beschreibungen siehe ZAIDEL, 1975).

Als unmittelbare und folgerichtige Konsequenz der Hirnbisektion (Trennung der Hirnhälften) ist der interhemisphärische Informationsaustausch unterbrochen, so daß im Grunde die eine Hirnhälfte nicht weiß, was die andere tut, bzw. welche Information sie gerade verarbeitet. Zur Verdeutlichung seien folgende Beispiele (GAZZANIGA & LEDOUX, 1978) angeführt (Abb. 6):

[11] grch. tachis = schnell, scopen = schauen.

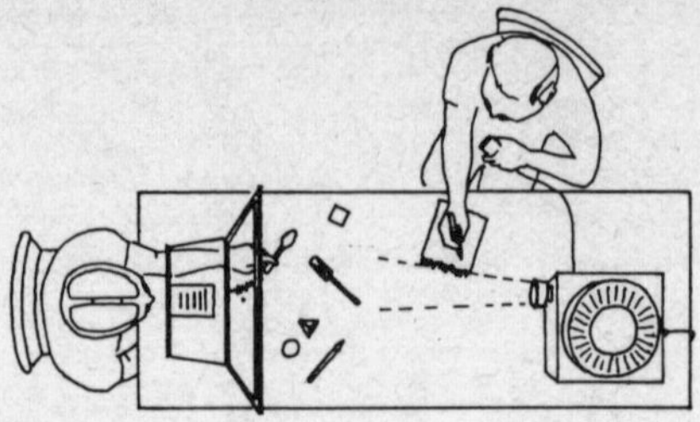

Abb. 6

Wenn das Wort »spoon« (Löffel) in der linken Gesichtshälfte erscheint, so daß die Information nur in die rechte Hemisphäre gelangt, so würde die Versuchsperson auf Befragung hin sagen, daß sie nichts gesehen habe, wäre jedoch bei Aufforderung fähig, mit der linken Hand (die ihre Information aus der rechten Hemisphäre bezieht) das richtige Objekt aus einer Reihe von Objekten herauszusuchen. Wenn der Experimentator weiterhin fragt, »Was haben Sie in der Hand?«, so würde die Versuchsperson antworten, sie wisse es nicht. Die linke, d.h. die »sprechende« Hemisphäre hat die notwendige Information nicht, um die richtige Antwort geben zu können. Es sei jedoch schon hier darauf hingewiesen, daß die rechte Hemisphäre offensichtlich einzelne Wörter lesen und verstehen kann. Wir kommen später darauf zurück. In ersten Untersuchungen dieser Art (GAZZANIGA & SPERRY, 1967) hatte man schon gefunden, daß einige Patienten mit der rechten Hemisphäre durchaus einfache konkrete Nomen verstehen konnten, andererseits die rechte Hemisphäre jedoch nicht imstande war, Verben oder Adjektive zu verstehen. Die Annahme, daß die rechte Hemisphäre große Schwächen bei der syntaktischen Verarbeitung zeigt, wurde in einer Studie von HILLYARD und GAZZANIGA (1971) bestätigt. Die Untersuchung machte deutlich, daß sich die rechte Hemisphäre vor allem durch die Unfähigkeit auszeichnet, Plurale und Tempus zu verarbeiten.

LEVY & TREVARTHEN (1977) zeigten, daß die rechte im Gegensatz zur linken Hemisphäre nicht fähig ist, Reime zu bilden. Gewöhnlich wird als Reimbildungs-Aufgabe (Rhyming Task) die folgende Methode angewandt. Aus einer begrenzten Anzahl von Objektbildern sollen die zwei Bilder herausgesucht werden, deren Namen sich reimen, z.B. im Englischen »eye« [ai] und »pie« [pai]. Da der sich reimende Endlaut [ai] in beiden Fällen graphisch unterschiedlich realisiert wird, muß, um die Anforderung dieser Aufgabe erfüllen zu können, notwendigerweise die phonologische Repräsentation der Wörter aktiviert werden. Da nun einerseits die rechte Hemisphäre in einer solchen Reimbildungs-Aufgabe nicht erfolgreich ist, andererseits jedoch fähig ist, einzelne Wörter zu verstehen, folgern LEVY und TREVARTHEN (1977), daß die rechte Hemisphäre geschriebene Wörter verarbeitet, indem sie die geschriebenen Wörter als Ideogramme dekodiert, d.h. sie nehmen eine direkte Zugriffsmöglichkeit zu der jeweiligen visuellen lexikalischen Repräsentation ohne phonologische Kodierung an. Ein phonologischer Analysator sei nur in der linken Hemisphäre vorhanden.

Die Untersuchungsergebnisse, die mit der oben beschriebenen Methode von ZAIDEL (1977) berichtet werden, deutet jedoch auf eine größere linguistische Kapazität der rechten Hemisphäre hin, als bis dahin angenommen. Sprachverarbeitungsmechanismen können von daher nicht ausschließlich der linken Hemisphäre zugeschrieben werden. ZAIDEL (1977) kommt zu dem Schluß, daß die phonologische und syntaktische Analyse wohl hauptsächlich in der linken Hemisphäre spezialisiert ist, die rechte Hemisphäre jedoch über ein reichhaltiges Lexikon verfügt. Die rechte Hemisphäre zeichnet sich dadurch aus, daß ihr weder über phonologische Enkodierungsmechanismen noch über Phonem-Graphem-Korrespondenz Regeln zur Verfügung stehen.

Zaidel sieht darin gleichzeitig die mögliche Interpretation der neurologischen Unabhängigkeit von auditorischem und visuellem Lexikon.
Diese Annahme erweist sich im Zusammenhang mit der linguistischen Modellbildung als äußerst interessant. Die theoretische Linguistik mit ihren drei Domänen Phonologie, Syntax und Semantik nimmt an, daß Lexikoneinträge phonologischer Natur sind. Neue psycholinguistische Untersuchungen zum Problem des Lesens und neurolinguistische Berichte über Dyslexie (Shallice & Warrington, 1975; Marshall & Newcombe, 1973) legten nahe, daß Lesen auch ohne die Phonologie (Saffran & Marin, 1977), d.h. ohne phonologische Kodierung möglich ist. Dies soll in Kapitel 9 noch ausführlicher diskutiert werden. Gazzaniga & Ledoux (1978) warnen jedoch davor, die Daten von »split-brain« und anderen neurologischen Patienten bezüglich der Aktivitäten der rechten Hemisphäre in der Sprachverarbeitung auf die normalen Vorgänge zu generalisieren.
Neuere Arbeiten untersuchten deshalb, inwieweit linguistische Prozesse, die bei »split-brain« Patienten beobachtet wurden, auf normale Sprecher übertragbar sind. Niederbuhl et al. (1978) kommen zu dem Ergebnis, daß normalerweise jegliche Information der rechten Hemisphäre sofort in die linke Hemisphäre gesendet wird. Sie nehmen daher an, daß die rechte Hemisphäre im normalen Lernprozeß nicht sehr beteiligt ist, schließen aber die Möglichkeit, daß auch die rechte Hemisphäre zu einfachen linguistischen Funktionen fähig ist, nicht gänzlich aus.
Eine zunehmende Anzahl von tachistoskopischen Studien an Normalpersonen (Day, 1977; Ellis & Shepherd, 1974; Hines, 1976; Marcel & Patterson, 1978) legten allerdings nahe, daß die rechte Hemisphäre eines normal funktionierenden Gehirns Sprache in ähnlicher Weise verarbeitet, wie es für die isolierte rechte Hemisphäre von »split-brain« Patienten beobachtet wurde. Es zeigte sich, daß die rechte Hemisphäre der Normalperson in der Lage ist, konkrete Nomen zu verarbeiten, während für abstrakte Nomen eine Überlegenheit der linken Hemisphäre festgestellt werden kann (Borkowski et al., 1965). Die Ergebnisse von Marcel & Patterson (1978) deuten darauf hin, daß eher Bildhaftigkeit (imagery) eines bestimmten Wortes als seine Konkretheit per se für den beobachteten Zusammenhang von Hemisphären und Wortkategorie verantwortlich ist. Day (1979) fand eine Überlegenheit der linken Hemisphäre in Wortwiedererkennungsexperimenten für Nomen und Adjektive mit niedrigem Bildhaftigkeitswert und für Verben im allgemeinen (mit niedrigem und mit hohem Bildhaftigkeitswert), jedoch keinen Hemisphärenunterschied für Nomen und Adjektive mit hohem Bildhaftigkeitswert. Das bedeutet, daß Nomen und Adjektive mit hohem Bildhaftigkeitswert sehr wohl von der rechten Hemisphäre verarbeitet werden können, Verben gleich welchen Bildhaftigkeitswertes jedoch hauptsächlich von der linken Hemisphäre verarbeitet werden. Somit kann das rezeptive Vokabular des intakten Gehirns sowohl als eine Funktion von Wortbildhaftigkeit als auch von syntaktischer Kategorie beschrieben werden. Es scheint, als ob das System der Worterkennung der rechten Hemisphäre generell durch einen internen lexikalischen Kode erleichtert wird, der auf Bildhaftigkeit basiert. Verben nehmen dabei einen besonderen Status ein, da sie generell nicht von gleicher Bildhaftigkeit sind wie Nomen und Adjektive. Verben seien – so Reid (1974) – eher indirekt durch die verbindenden Merkmale zwischen Subjekt und Objekt repräsentiert.

4.3 Modelle der Hemisphärendominanz

Die vorgeschlagenen Modelle zur Erklärung der Hemisphärendominanz lassen sich grob in zwei Ansätze einteilen. Ein Ansatz sieht eine Funktion jeweils nur in einer Hemisphäre repräsentiert, d.h. nimmt eine unilaterale Repräsentation an, während die größere Anzahl von Erklärungsversuchen eher an eine bilaterale Repräsentation glauben. Die bilateralen Ansätze, die eine jeweilige Funktion in beiden Hemisphären repräsentiert wissen wollen, lassen sich wiederum nach zwei unterschiedlichen Grundannahmen trennen. Die einen postulieren die beiden Hemisphären als kooperativ, die anderen als inkooperativ. Während bei den ersten Ansätzen die Hemisphären miteinander kooperieren, gewinnt im letzteren Ansatz die linke Hemisphäre ihre Dominanz dadurch, daß sie die rechte Hemisphäre inhibiert (MOSCOVITCH, 1973). Diese zuletzt genannte Betrachtungsweise ist beim jetzigen Forschungsstand als die am besten durch empirische Ergebnisse gestützte zu bezeichnen, sie soll deshalb nachfolgend genauer dargestellt werden.
MOSCOVITCH (1973) versucht, die unterschiedlichen Ergebnisse der Sprachfähigkeit der rechten Hemisphäre bei normalen und »split-brain« Patienten in einem Modell zu integrieren. Dieses funktionale Modell nimmt generell gleichartige Prozesse im normalen, im aphatischen und im bisektionalen Gehirn an. Unterschiede kommen dadurch zustande, daß die linke Hemisphäre die Aktivitäten der rechten Hemisphäre hinsichtlich linguistischer Verarbeitung normalerweise hemmt. Bei »split-brain« Patienten jedoch wirkt die linke Hemisphäre nicht inhibitorisch auf die rechte Hemisphäre, sodaß diese nun unbeeinflußt linguistisch arbeiten kann. Im Rahmen dieses Modells lassen sich sowohl die Ergebnisse, die für die relative Unbeteiligtheit der rechten Hemisphäre beim normalen Sprechen (NIEDERBUHL et al., 1978), wie auch die Ergebnisse der Aphasieforschung erklären. Die oft gestellte Frage, ob nicht bei Aphasie die rechte Hemisphäre die linguistischen Aktivitäten übernehmen kann, kann wie folgt beantwortet werden. Solange inhibitorische Einflüsse der linken Hemisphäre noch in irgendeiner Weise bestehen, kann die rechte Hemisphäre nicht aktiv werden. Die große Variabilität der aphasischen Restsprache (KINSBOURNE, 1971) sei davon abhängig, welche der intakten Regionen der linken Hemisphäre inhibierenden Einfluß auf die rechte Hemisphäre geltend machen kann. Diese Inhibitionshypothese erhält auch Unterstützung durch Untersuchungen, die zeigen, daß Läsionen in der linken Hemisphäre recht spezifische Ausfälle zur Folge haben, daß diese Ausfälle jedoch nicht mehr zu beobachten sind, wenn die gesamte Hemisphäre chirurgisch entfernt wird (SMITH, 1969; DENNIS & WHITAKER, 1976).[12]

4.4 Lateralität und andere Faktoren

In allen Modellen, die den Versuch unternehmen, Hemisphärendominanz zu erklären, spielen die Variablen Alter, Geschlecht und Händigkeit eine wichtige Rolle. Die relevanten Daten bezüglich dieser Faktoren werden in den folgenden Abschnitten behandelt.

---

[12] Einen guten Überblick über die relevante Literatur zur Sprachfähigkeit der rechten Hemisphäre gibt SEARLEMAN (1977).

4.4.1 Lateralität und Händigkeit

Obwohl seit BROCA (1865) der Zusammenhang zwischen Schädigung der linken Hemisphäre bei den meisten Rechtshändern und der Störung verschiedener Sprachkomponenten als bekannt galt, wurden im Laufe der Zeit immer mehr Fälle veröffentlicht, die dieser anfänglichen Beobachtung widersprachen. BRAMWELL (1899) berichtet von einer Aphasie eines Linkshänders, die als Folge einer Läsion in der linken Hemisphäre auftrat. Er prägte für dieses Symptom den Begriff »gekreuzte Aphasie« (›crossed aphasia‹). Es zeigte sich in jüngeren Studien, daß Linkshänder ebenso linksseitig sprachdominant sein können, auch wenn dies nicht mit der gleichen Häufigkeit auftritt wie bei Rechtshändern. Diese Feststellungen basieren auf Beobachtungen, die zum Teil auf elektronischer Stimulation des entsprechenden Kortex (PENFIELD & ROBERTS, 1959), zum Teil auf Untersuchungen mit einer von WADA (1949) eingeführten Methode der interkarotiden Injektion von Sodium Amytal (BRANCH, MILNER & RASMUSSEN, 1964) und ebenso auf Daten von Gehirngeschädigten (GOODGLASS & QUADFASEL, 1954; NEWCOMBE & RATCLIFF, 1978) beruhen.
Die Mehrzahl aller aphatischen Sprachstörungen werden durch eine Schädigung in der linken Hemisphäre verursacht. Dies gilt für die überwiegende Mehrheit der rechtshändigen Erwachsenen. Daß durch eine unilaterale rechtsseitige Läsion bei Rechtshändern eine Sprachstörung zustande kommt, wurde schätzungsweise in nicht mehr als 1 % der Fälle beobachtet. Anders jedoch sieht es bei linkshändigen Aphasikern aus: Studien an linkshändigen Aphasikern zeigen (GOODGLASS & QUADFASEL, 1954; PENFIELD & ROBERTS, 1959), daß Aphasien bei Linkshändern zu 60 % durch linksseitige und zu 40 % durch rechtsseitige Läsionen verursacht werden. Diese Ergebnisse lassen mehrere mögliche Interpretationen zu. Erstens wäre es möglich, daß Linkshänder eine unilaterale Sprachdominanz zeigen, sei es für die linke oder rechte Hemisphäre. Zweitens kann die Tatsache, daß bei Linkshändern sowohl rechts- wie linksseitige Läsionen eine Aphasie zur Folge haben, auf eine bilaterale Repräsentation der Sprache hinweisen. Das hieße, daß bei Linkshändern Sprache in beiden Hemisphären repräsentiert sei. Diese letztere Interpretationsmöglichkeit wird durch die Ergebnisse von GLONING, HAUB und QUATEMBER (1969) unterstützt. Es zeigte sich, daß bei Linkshändern eine Läsion in **jeder** der beiden Hemisphären mit der selben Häufigkeit eine Aphasie verursachen kann, wie eine Läsion der **linken** Hemisphäre bei Rechtshändern. Außerdem weisen Beobachtungen, daß sich Linkshänder schneller als Rechtshänder von einer Aphasie erholen und ihre Sprachfähigkeit wiedergewinnen, auf eine bilaterale Sprachrepräsentation bei Linkshändern hin (LURIA, 1970).
Für die Wiedererlangung der Sprache scheint auch die Händigkeit in der Familie von großer Bedeutung zu sein. Schon 1916 wies KENNEDY darauf hin, daß die Rechtshänder, die eine Aphasie aufgrund einer rechtsseitigen Läsion entwickeln, oft aus einer Linkshänder-Familie kommen. So berichtet LURIA (1970), daß Aphasien bei Rechtshändern, die aus einer linkshändigen Familie kommen, einen geringeren Schweregrad aufweisen als bei Rechtshändern, die rechtshändigen Familien entstammen. Bei rechtshändigen Aphasiepatienten aus linkshändiger Familie kann somit eine bessere Prognose bezüglich der Wiedergewinnung der Sprache gestellt werden.

4.4.2 Kindliche Entwicklung und Hemisphärendominanz

Schon FREUD hat 1897 darauf hingewiesen, daß Hirnläsionen bei Erwachsenen und Kindern sehr unterschiedliche Auswirkungen haben. Neuerlich hat LENNEBERG (1967) jene Prinzipien unter leichter Modifikation nochmals formuliert und führt als Unterstützung dieser Prinzipien Daten von BASSER (1962) an:

(1) die erworbene Aphasie tritt bei Kindern weit häufiger nach Läsionen der rechten Hemisphäre auf als bei Erwachsenen,
(2) die Sprache wird bei früh einsetzender Aphasie sehr schnell wiedererlangt,
(3) der Aphasietyp, der durch frühe Läsionen hervorgerufen wird, ist meist motorischer Art (Broca-Aphasie),
(4) für die Wiedererlangung der Sprache gilt das Alter als kritischer Faktor; es zeigte sich, daß bei Aphasien, die vor dem dritten Lebensjahr auftraten, die Sprache vollständig und schnell wiedererlangt wurde; bei Aphasien, die bis zum Alter von 10 Jahren auftraten, wurde die Sprache langsam wiedererlangt; wenn die Läsion zwischen dem elften und vierzehnten Lebensjahr auftrat, wurde die Sprache meist nicht vollständig wiedererlangt.

LENNEBERG (1967) schloß, daß ungefähr zwischen dem dritten Lebensjahr und der Pubertät eine Periode der zerebralen Plastizität angenommen werden kann und die Hemisphären sich erst nach dieser Zeit endgültig spezialisieren.
Die von LENNEBERG formulierten Annahmen wurden jedoch kürzlich von KRASHEN (1973) in Frage gestellt. Der Autor nimmt an, daß die Periode, in welcher noch ein Transfer zwischen Hemisphären, d.h. Verlagerung der sprachlichen Fähigkeiten von einer Hirnhälfte zur anderen, stattfinden kann, vor dem fünften Lebensjahr liegt und favorisiert von daher eher die »Lateralisierung-mit-fünf-Hypothese«. Er stützt diese Annahme durch eine erneute Analyse der Untersuchungen von BASSER (1962). Die Kinder, über die BASSER berichtet, waren alle jünger als 5 Jahre und nicht nur jünger als 10 Jahre – wie LENNEBERG behauptete. Außerdem belegen auch andere Untersuchungen (z.B. ALAJOUANINE und LHERMITTE, 1965), daß bei Kindern nach dem Alter von 5 Jahren Aphasien aufgrund von Läsionen der rechten Hemisphäre ebenso selten sind wie bei Erwachsenen. KRASHEN (1973) sieht seine Hypothese ebenfalls durch die Ergebnisse der Untersuchungen mit dichotischem Hörverfahren (siehe Kap. 4) unterstützt. WITELSON (1977) berichtet in einem Überblick, daß 30 von 36 Experimenten (83 %) eine Rechts-Ohr-Überlegenheit schon für die jüngsten Untersuchungsgruppen zeigen und **alle** Berichte, zumindest bei den älteren Kindern, eine Rechts-Ohr-Überlegenheit feststellen. Aufgrund der Untersuchungen kann als gesichert angenommen werden, daß schon im Alter von drei Jahren die linke Hemisphäre zumindest einen größeren Anteil an der Verarbeitung von linguistischen Aspekten hat als die rechte. Elektrophysiologische Messungen haben gezeigt, daß zum Beispiel auditorisch evozierte Potentiale schon bei Neugeborenen eine unterschiedliche Hemisphärenaktivität erzeugen (MOLFESE et al., 1975); auch haben EEG-Messungen schon früh hemisphärische Unterschiede belegt (GARDNER & WALTER, 1976). Die Möglichkeit einer angeborenen Hemisphärenspezialisation wird darüber hinaus durch weitere Untersuchungen unterstützt (WITELSON & PALLIE, 1973; WADA et al., 1975; LEMAY & CULEBRAS, 1972).
WOODS & TEUBER (1973, 1978) untersuchten eine Gruppe von Personen, die entweder vor dem ersten Lebensjahr oder im Alter von 1 bis 15 Jahre eine Hirnläsion erlitten. Es zeigte sich, daß Aphasien nach rechtshemisphärischer Läsion im allge-

meinen weniger häufig waren als nach linkshemisphärischer Läsion. Darüber hinaus erwies sich die Hälfte der Aphasiker mit rechtsseitigen Läsionen als Linkshänder. Sowohl die Zeit der Wiedererlangung der Sprache als auch der Aphasietyp stellte sich als weit variabler heraus, als man aufgrund des LENNEBERGschen Modells hätte annehmen können. WOODS und TEUBER (1973, 1978) nehmen an, daß die Auswirkungen einer linkshemisphärischen Läsion zwar mit zunehmendem Alter deutlicher werden, jedoch auch schon in früher Kindheit beobachtet werden können.

WOODS (1980) faßt die Entwicklung der Hemisphären wie folgt zusammen: Bei der Geburt haben beide Hemisphären die Möglichkeit zur Sprachentwicklung, obwohl schon früh die linke Hemisphäre verstärkt ins Spiel kommt, wenn es darum geht, syntaktische Aspekte im Sprachverständnis zu verarbeiten (DENNIS & KOHN, 1975). In den nächsten Jahren spielt die linke Hemisphäre sowohl im Verständnis wie im Produktionsprozeß eine zunehmend aktivere Rolle, während sich das Sprachvermögen der rechten Hemisphäre langsam zurückbildet (WOODS & CAREY, 1981).

Unbeachtet bleiben bei diesen Betrachtungen häufig die spezifischen Gegebenheiten der interferierenden Sprachentwicklungsprozesse. Es muß aufgrund der bis heute zugänglichen Daten im Bereich der Spekulation bleiben, wenn wir diesen Interferenzen Rechnung tragen wollen. Die Ausführung einer derartigen spekulativen Betrachtungsweise würde den Rahmen einer Überblicksdarstellung sprengen.

4.4.3 Geschlechtsspezifische Unterschiede

Ein anderer wichtiger, oft heftig diskutierter Faktor bezüglich der Lateralität ist das Geschlecht (MCKEEVER & JACKSON, 1979; KLANN-DELIUS, 1980). Die überwiegende Mehrheit der Literatur berichtet: Männer und Frauen weisen unterschiedliche sprachliche und nicht-sprachliche, z.B. visuell räumliche Fähigkeiten auf (NEWCOMBE & RATCLIFF, 1978; MCGLONE, 1980). Eine große Anzahl von Studien legt nahe, daß Mädchen zumindest in gewissen Stadien der Entwicklung Jungen sprachlich überlegen sind (HARRIS, 1977; MACCOBY & JACKLIN, 1974). Sie sollen in den ersten Lebensjahren mehr sprachliche Äußerungen tätigen (CHERRY & LEWIS, 1976), früher von Einwort- zu Zweiwort-Äußerungen übergehen (RAMER, 1976) und über einen größeren Wortschatz verfügen (MCCARTHY, 1953). Andere Untersuchungen konnten diese geschlechtsspezifischen Unterschiede allerdings nicht immer bestätigen (SAUSE, 1976; CLARK, 1959). Bezüglich der Lautentwicklung zeigte sich eine deutliche Überlegenheit der Mädchen im aktiven Gebrauch (IRWIN, 1957; GARAI & SCHEINFELD, 1968), keine Unterschiede wurden dagegen in der passiven Lautdiskrimination gefunden (TEMPLIN, 1957). Trotz der nicht immer einheitlichen Ergebnisse der Spracherwerbsforschung gelten folgende Phänomene in der Sprachentwicklung als gesichert. Erstens, daß Mädchen schneller lesen lernen als Jungen (SHERIDAN, 1976) und weniger Lesestörungen (Dyslexie) im Entwicklungsalter haben (CRITCHLEY, 1970; WITELSON, 1976). Zweitens sind Aphasien im Entwicklungsalter (BENTON, 1964) und infantiler Autismus (RUTTER, BARTAK & NEWMAN, 1971) bei Mädchen weniger häufig. Während Mädchen oft eine Überlegenheit in den sprachlichen Fähigkeiten zeigen, ist bei den Jungen schon früh eine deutliche Überlegenheit der visuell räumlichen Fähigkeiten nachweisbar, die auch durch die gesamte Lebensspanne manifestiert bleibt (HANNAY, 1976; LANSDELL, 1962; LEVY & REID, 1977; MCGLONE & KERTESZ, 1973). Einige Untersuchungen deuten darauf hin, daß Frauen über visuell räumliche Funktionen in beiden Hemisphären verfügen (KIMURA, 1969; MCGLONE & DAVIDSON, 1973), und diese daher nicht – wie beim männlichen Geschlecht – hemisphärenspezifisch sind.

Eine der Erklärungshypothesen für die beobachteten Phänomene nimmt an, daß Jungen früher und deutlicher lateralisieren als Mädchen und durch eine Spezifizierung der rechten Hemisphäre eine Überlegenheit für visuell räumliche Fähigkeiten (HARRIS, 1977; MACCOBY & JACKLIN, 1974; WITELSON, 1976) zeigen. Mädchen hingegen lateralisieren weniger stark, haben eine bihemisphärische Repräsentation der visuell räumlichen Funktionen und zeigen daher nicht die für die Jungen angenommene Spezifizierung (KIMURA, 1969; MCGLONE & DAVIDSON, 1973). Auch ist die Hypothese vertreten worden, daß Frauen über eine bilaterale Repräsentation der sprachlichen Fähigkeiten verfügen, wobei die Spezifizierungshypothese hierbei nicht bemüht werden kann. Hier soll bilaterale Repräsentation zu einer frühen Sprachfähigkeit führen. MCGLONE (1977) hat durch Untersuchungen an einer Gruppe von unilateralen Hirngeschädigten diese These neuropsychologisch zu stützen versucht. Der folgerichtige Schluß, daß bei einer bilateralen Repräsentation der Sprachen Frauen nach einer Aphasie schneller wieder ihre Sprachfähigkeit zurückgewinnen müßten als Männer, wurde in dieser Untersuchung (MCGLONE, 1977) bestätigt. Andere Untersuchungen haben jedoch bezüglich dieser Frage keine geschlechtsspezifischen Unterschiede feststellen können (KERTESZ und MCGABE, 1977). Zusammenfassend kann festgestellt werden, daß gerade jüngste Forschungsergebnisse darauf hinweisen, daß Frauen eine geringere Lateralisierung, zumindest für die raumbezogenen Fähigkeiten in der rechten Hemisphäre, zeigen. Die Frage nach der Lateralisierung der sprachlichen Fähigkeiten bei Frauen ist noch weitgehend ungeklärt und bedarf weiterer empirischer Forschung.

4.5 Zerebrale Organisation bei Bilingualen

Neurolinguisten und Psycholinguisten sind schon des längeren an der Frage interessiert, ob Sprache bei Zwei- oder Mehrsprachigen anders als bei Einsprachigen organisiert ist und, wenn »ja«, wie? (LEISCHNER, 1948).

Wie bei der Untersuchung zur zerebralen Organisation der Sprache bei Einsprachigen gibt es auch hier zwei Methoden; einmal die Beobachtung von Zweisprachigen mit Hirnschädigung und zum zweiten experimentelle Studien bei normalen Bilingualen (z.B. dichotisches Hörverfahren, tachistoskopische Präsentation, vgl. Kap. 4.2).

4.5.1 Bilingualismus und Lateralität

Im Vordergrund der Untersuchungen zur zerebralen Organisation der Sprache bei Bilingualen steht die Frage nach der Hemisphärendominanz bezüglich der verschiedenen Sprachen, d.h. die Frage danach, ob und wieweit die rechte Hemisphäre beim Erwerb und der Verarbeitung einer zweiten Sprache involviert ist.

Eine Analyse der Studien über bilinguale Aphasiker hatte gezeigt, daß mehr linkshändige Polyglotte eine rechtshemisphärische Schädigung hatten als linkshändige Monolinguale (GALLOWAY, 1980). Dieses Ergebnis spricht also für eine stärkere Involviertheit der rechten Hemisphäre bei Mehrsprachigen. Da die Beteiligung der rechten

Hemisphäre bei der Sprachverarbeitung von Polyglotten jedoch davon abhängig sein kann, wann die zweite Sprache erworben wurde (KRASHEN & GALLOWAY, 1978), gingen eine Reihe von Forschern dieser Frage nach, indem sie nicht-hirnverletzte (»normale«) Zweisprachige experimentell untersuchten.

Die Untersuchungen zur hemisphärischen Sprachrepräsentation sind zum Teil widersprüchlich. Eine Reihe von Studien zeigt, daß die linke Hemisphäre sowohl für die Muttersprache wie auch für die Zweitsprache dominant ist; und zwar sowohl für Erwachsene (HAMERS & ZATORRE, 1977; WALTERS & ZATORRE, 1978; GORDON, 1980) wie auch für Kinder im durchschnittlichen Alter von 9,6 und 13,6 Jahren (PIAZZA-GORDON & ZATORRE, 1981). Andere Studien haben über eine unterschiedliche Lateralisierung für beide Sprachen berichtet (ROGERS et al., 1977; VAID & LAMBERT, 1979).

Die Hypothese vom Einfluß des Spracherwerbsalters auf die Lateralisierung (KRASHEN & GALLOWAY, 1978) sagt allerdings unterschiedliche Muster bezüglich der Repräsentation der Zweitsprache für »frühe« und »späte« Bilinguale voraus (STARCK et al., 1977; GENESEE et al., 1978).

Eine kürzlich veröffentlichte Untersuchung (SUSSMAN, FRANKLIN & SIMON, 1982) berichtet, daß Sprache bei Bilingualen symmetrischer in den Hemisphären repräsentiert ist als bei Einsprachigen, und daß dies besonders für die Bilingualen zutrifft, die die Zweitsprache nach der frühen Kindheit erlernt haben. Im Gegensatz zu allen anderen Studien, die entweder dichotische Hörtests oder visuelle tachistoskopische Präsentation als experimentelle Methode wählten, wurde bei dieser Untersuchung ein »verbal-manual-interference« Paradigma (WHITE & KINSBOURNE, 1980) verwandt. In diesem Paradigma soll die Versuchsperson zwei Aufgaben gleichzeitig durchführen: reden und »finger-tapping«.[13] Wenn beide Aufgaben von derselben Hemisphäre bewältigt werden müssen, d.h. reden (linke Hemisphäre) und »finger tapping« mit dem rechten Indexfinger, so wird das »tapping« häufiger unterbrochen, als wenn die Aufgabe je von der anderen Hemisphäre gesteuert wird, d.h. reden (linke Hemisphäre) und »tapping« mit dem linken Indexfinger (rechte Hemisphäre). Eine größere Unregelmäßigkeit beim »tapping« mit dem rechten Finger wurde als Indikator für links-hemisphärische Lateralisierung der Sprache interpretiert (KINSBOURNE & COOK, 1971). SUSSMANN et al. untersuchten 40 Bilinguale mit dem Interferenz-Paradigma. Alle Versuchspersonen sprachen Englisch fließend, für 22 war Englisch die erste Sprache, für 8 die Zweitsprache und 8 berichteten, daß sie beide Sprachen gleichzeitig gelernt hätten. Die jeweils andere Sprache war entweder Spanisch, Deutsch, Französisch, Portugiesisch oder Finnisch. Die Ergebnisse dieser Untersuchung helfen, die sich scheinbar widersprechenden Ergebnisse in der Literatur zu erklären. Die drei Hypothesen zur Lateralisation bei Bilingualen erhalten alle Unterstützung:

(1) insgesamt zeigte sich eine linkshemisphärische Dominanz sowohl für die Erst- wie für die Zweitsprache,
(2) allerdings war die Lateralisierung für Bilinguale schwächer als für Monolinguale, und
(3) innerhalb der Bilingualen wurden signifikante Unterschiede im Grad der Lateralisierung bezüglich der Erst- und Zweitsprache sichtbar.

Diese letzte Aussage konnte weiter spezifiziert werden: Bilinguale, die beide Sprachen **vor** dem sechsten Lebensjahr erlernten, zeigten eine linkshemisphärische Dominanz

[13] »finger-tapping«: die Versuchsperson soll mit dem rechten oder linken Indexfinger in ununterbrochener Reihenfolge und so schnell wie möglich auf eine Unterlage klopfen.

für beide Sprachen, während Bilinguale, die die Zweitsprache **nach** dem sechsten Lebensjahr erworben hatten, linkshemisphärische Dominanz nur für die Erstsprache und symmetrische Hemisphärenbeteiligung für die Zweitsprache (vgl. GALLOWAY & SCARCLLA, 1982) zeigten.
Diese Evidenz und die Berichte der polyglotten Aphasien (GALLOWAY, 1980) deuten darauf hin, daß bei Bilingualen eine höhere Beteiligung der rechten Hemisphäre zu finden ist als bei Monolingualen, besonders wenn die Zweitsprache erst nach der frühen Kindheit erworben wurde.

4.5.2 Exkurs: Sprachrestitution bei Bilingualen im Falle von Aphasie

Die Aphasie bei Mehrsprachigen vermittelt uns Einsichten über die zerebrale Lokalisation und Speicherung verschiedener Sprachen und gibt Aufschlüsse darüber, wie verschiedene Sprachen untereinander in Beziehung stehen. Verhalten sich die unterschiedlichen Sprachen im Zerstörungsprozeß autonom oder weist das Zerstörungsmuster eher auf eine enge Verknüpfung hin?
Betrachten wir die vorhandene Literatur über Aphasie bei Polyglotten, so fällt vor allem die Verschiedenartigkeit der einzelnen Fälle auf. Einen ausführlichen Überblick über alle in der Literatur beschriebenen Fälle geben ALBERT & OBLER, 1978; PARADIS, 1977; VAID & GENESEE, 1980; WHITAKER, 1979.
PARADIS (1977) und ALBERT und OBLER (1978) haben alle zugänglichen Fallbeschreibungen auf die Restitutionsmuster der Sprachen hin analogisiert. PARADIS schätzt die Fälle, bei denen die Wiedererlangung bei beiden (oder mehr) Sprachen nicht mehr parallel verlief, auf 45 %, während ALBERT und OBLER ungefähr 53 % diesem Muster zuordnen. D.h. in diesem Falle wurde eine der Sprachen schneller und besser wiedererlernt als die andere.
VAID und GENESE (1980) haben darauf hingewiesen, daß die veröffentlichten Fallbeschreibungen wahrscheinlich eher die besonderen als die »normalen« Fälle berichten und von daher nicht unbedingt repräsentativ sind. Denn von den acht Bilingualen, die LHERMITTE et al. (1966) beschreiben, zeigen nur zwei unterschiedliche Restitution der Sprachen und auch NAIR und VIRMANI (1973) zeigen, daß nur zwei von dreiunddreißig Patienten unterschiedliche Symptome beobachten lassen.
RIBOT (1881) hatte im Jahre 1881 postuliert, daß diejenigen kognitiven Einheiten, die schon früh im Leben erlernt werden, bei einer Hirnverletzung auch die letzten sind, die verloren gehen, und wenn sie verloren gehen, so seien es die ersten, die wiedererlangt würden. Diese RIBOTsche Regel – wie sie später genannt wurde – bedeutet nun übertragen auf bilinguale Aphasien, daß diejenige Sprache als erste wiedererlangt werden müßte, die als erste erlernt wurde.
Ein Jahr später hatte PITRES (1882) festgestellt, daß die von RIBOT aufgestellte »Regel« nicht in allen Fällen zutraf. Er nahm im Gegensatz zu RIBOT (1882) an, daß generell alle Sprachen gleichmäßig wiedererlangt würden. In Fällen, wo zwei Sprachen unterschiedlich schnell wiedererlangt werden, sei es nicht notwendigerweise die Muttersprache, die schneller wiedererlangt wird, sondern eher die Sprache, die kurz vor der Erkrankung am meisten gebraucht wurde.
Nach Analyse der veröffentlichten Fälle kommen OBLER und ALBERT (1977) zu dem Schluß, daß die PITRESsche Regel eher für die Gruppe der Polyglotten mittleren Alters (bis 59 Jahre) zutrifft, als für die älteren Polyglotten (älter als 59 Jahre). Die Regel von RIBOT trifft dagegen für keine der beiden Altersgruppen zu. Es ist jedoch fraglich, ob wohl dieser Vergleich der in der Literatur vorhandenen (selektierten) Fälle hinreichend ist, um eine oder andere Hypothese zu verwerfen oder anzunehmen. Eine Veri-

fizierung der Hypothese RIBOTs hängt direkt von den zur Verfügung stehenden Informationen über den Erwerb der Sprachen ab; diese Information ist jedoch in den meisten Fallbeschreibungen unzureichend.
MINKOWSKI (1927) sah in keinem der beiden Ansätze (PITRES oder RIBOT) eine hinreichende Erklärung für die beobachteten Verläufe der Wiedererlangung von verschiedenen Sprachen. Er machte auf die psychologischen Faktoren aufmerksam, die den Wiedererlangungsprozeß beeinflußen können.
MINKOWSKI (1963) nahm an, daß affektive und emotionale Faktoren sowohl vor wie nach der Erkrankung einen entscheidenden Einfluß darauf nehmen, welche der Sprachen zuerst wiedererlangt wird.
MINKOWSKI (1963) wies ebenfalls darauf hin, daß die Häufigkeit des Umgangs mit geschriebener Sprache als Einflußfaktor angesehen werden kann. Er hatte bemerkt, daß eine Reihe von Patienten die deutsche Standardsprache eher wiedererlangten als den vor der Erkrankung vorwiegend benutzten Dialekt des Deutschen, nämlich Schweizer-Deutsch. Die Erklärung hierfür bot der Patient selbst, als er mitteilte, daß das Standard-Deutsch ihm einfacher falle, da er das geschriebene Wort auch visuell aufnehmen könne. Diese introspektive Erklärung hat sich durch andere Fälle belegen lassen. Auch ist bekannt, daß das Lesen und Schreiben von unterschiedlichen Schriftsystemen – wie z.B. das japanische kana und kanji – bei einem Patienten unterschiedlich gestört sein kann (siehe auch Kap. 8.4).
Nachdem weder linguistische noch psychologische Faktoren zur Erklärung der selektiven Restitution der einzelnen Sprachen als genereller Erklärungsansatz angenommen werden konnte, suchte man die verschiedenen Phänomene durch kortikale Korrelate zu belegen. Drei grundlegende Theorien wurden diesbezüglich formuliert:

(1) jeder Sprache ist ein spezifisches Hirnareal zugeordnet,
(2) es gibt eine Stelle im Gehirn, die als Umschaltzentrum oder Verteiler angesehen werden kann und dem Mehrsprachigen erlaubt, von einer zur anderen Sprache umzuschalten,
(3) die nicht wiedererlangte Sprache ist nicht verloren gegangen, sondern nur blokkiert oder gehemmt (inhibiert).

Die erste Annahme hat nicht viele Verfechter gefunden. Die von SCORESBY-JACKSON (1867) als rein spekulativ geäußerte Hypothese erhielt im Laufe der Jahre wenig Zustimmung. PÖTZL (1925) spricht sich gegen die Annahme von verschiedenen Sprachzentren für unterschiedliche Sprachen aus, und MINKOWSKI (1927) betont ausdrücklich, daß verschiedene Sprachen in ein und demselben Hirnareal repräsentiert sind. Ebenso verneinen PENFIELD und ROBERTS (1959) die Möglichkeit der Existenz verschiedener kortikaler Repräsentationen für unterschiedliche Sprachen. Später bestätigen GLONNING und GLONNING (1965), daß es keine neuroanatomische Evidenz gibt, die die Annahme von unterschiedlichen Hirnarealen für verschiedene Sprachen unterstützt. Die Annahme einer umschriebenen Umschaltstelle im Gehirn wurde von PÖTZL (1925) vertreten. Er hatte einen Zusammenhang zwischen der Zerstörung von bestimmten Hirnregionen und der unterschiedlichen Wiedererlangung von verschiedenen Sprachen ausgemacht. Sowohl die linke supramarginale Hirnwindung (PÖTZL, 1925; LEISCHNER, 1948) wie auch der posteriore Anteil der sylvischen Furche (PÖTZL, 1930) wurden als mögliche Vertreterstellen im Gehirn diskutiert. GLONNING und GLONNING (1965) haben jedoch festgestellt, daß es keine signifikanten Korrelationen zwischen den genannten Hirnregionen und der selektiven Wiedererlangung der Sprachen oder gar einer Vermischung der Sprache gibt.
Die letzte Hypothese von der Blockierung oder Hemmung einer Sprache hat die brei-

teste Unterstützung erhalten. Sie wurde in Einklang gebracht mit den generellen neurophysiologischen Gesetzen von Hemmung und Bahnung. Schon PITRES (1895) hatte vorgeschlagen, daß die verschiedenartigen Wiedererlangungsmuster nicht auf organische sondern eher auf funktionale Störungen zurückzuführen seien. Bestimmte neuropathologische Bedingungen erlaubten das Funktionieren nur einer Sprache, während die andere Sprache für längere Zeit oder aber für immer gehemmt ist.

5. Aphasie – ein Gegenstand der Neurolinguistik

5.1 Definition der Aphasie

Die Aphasie ist eine zentral bedingte Störung des Umgangs mit Sprache, die von Funktionsstörungen der ausführenden Organe, d.h. von den Artikulationsstörungen (Dysarthrien) zu unterscheiden ist. Der Störung liegt immer ein organischer Hirnschaden zugrunde, der meist durch Hirngefäßerkrankungen, aber auch durch Schädelhirntraumen, Hirntumore und seltener Encephalitiden zustande kommt. Da es sich hierbei um einen erworbenen und nicht um einen angeborenen Hirnschaden handelt, bezeichnet man als Aphasie meist eine Störung, die sich erst nach bereits vollzogenem (oder teilweise vollzogenem) Spracherwerb manifestiert.[14] Sie kann grundsätzlich alle Sprachmodalitäten betreffen. Die Aphasie ist also nicht nur eine Störung der Produktion der Sprache, sondern meist auch eine Störung des Verstehens von Äußerungen. Diese Störungen beschränken sich nicht ausschließlich auf die Lautsprache, sondern zeigen sich fast auch immer in der Schriftsprache. Aphasien lassen sich – wie im folgenden deutlich werden wird – linguistisch als Beeinträchtigung der verschiedenen Komponenten des Sprachsystems (Phonologie, Syntax und Semantik) beschreiben. Bevor die Sprachstörungen jedoch hinsichtlich ihrer neurolinguistischen Relevanz diskutiert werden, sollen kurz die klinischen Bilder der einzelnen Aphasieformen dargestellt werden.

5.2 Syndrome der Aphasie

Schon im vorangehenden historischen Überblick ist deutlich geworden, daß es keine Übereinstimmung in der Klassifikation der aphasischen Syndrome gab und bis heute noch nicht gibt. Die Tabelle I gibt einen Überblick[15] über die unterschiedlichen Klassifikationen. Unter den Rubriken 1–4 finden sich die am häufigsten beschriebenen Aphasieformen. Diese Syndrome sollen im folgenden charakterisiert werden.

5.2.1 Broca-Aphasie

Das klinische Bild der Broca-Aphasie – auch motorische (Wernicke, 1874), expressive (Weisenburg & McBride, 1935) oder nicht-flüssige Aphasie (Howes & Geschwind, 1965) genannt – läßt sich vor allem durch das verlangsamte mit vielen Pausen und großer Sprachanstrengung gekennzeichnete Sprechen festmachen (Ker-

[14] Bei den Betrachtungen von Aphasien im Kindesalter muß die strenge Unterscheidung zwischen der angeborenen Entwicklungsaphasie (developmental oder congenital aphasia) und der erworbenen Aphasie (acquired aphasia) gemacht werden. Die zuletzt genannte Aphasie ist per definitionem als eine Störung des bis dahin normal entwickelten Spracherwerbs zu verstehen (vgl. Leischner, 1976).

[15] Tabelle modifiziert nach Kertesz (1979).

SCHENSTEINER et al., 1979). Dieses durch mühsame Formulierungsversuche charakterisierte Sprachverhalten wird meist von Schwierigkeiten in der Artikulation (Dysarthrie) begleitet, kann jedoch auch unabhängig von diesen auftreten und muß deshalb generell von diesen unterschieden werden. Die produzierten Sätze, d.h. die Einheiten der Äußerung, die einen Bedeutungszusammenhang erkennen lassen, sind kurz und in der syntaktischen Struktur verarmt. Sie bestehen meist aus einer Aneinanderreihung von wenigen bedeutungstragenden Wörtern, d.h. Inhaltswörtern wie z.B. Nomen, Verben, Adjektive. Funktionswörter wie z.B. Artikel, Pronomen und Präpositionen ebenso wie gebundene grammatische Morpheme, wie z.B. Suffixe, Präfixe und Flexionsendungen werden häufig ausgelassen. Tritt dieses telegrammartige Sprachverhalten in reiner Form auf, so wird es auch als **Agrammatismus** (PICK, 1913) bezeichnet. Verglichen mit den schweren syntaktischen Störungen kommen lexikalische Störungen weitaus seltener vor. Semantische Verstöße bei der Wortwahl sind kaum zu beobachten, jedoch ist der Wortschatz in seiner Gesamtheit eingeschränkt. Zielwörter werden eher phonematisch als semantisch erstellt. Bei solchen phonematischen Paraphasien werden einzelne Laute im Zielwort ersetzt [puʃən] statt [putən], ausgelassen (»Apfeline« statt »Apfelsine«), hinzugefügt (»Brügel« statt »Bügel«) oder umgestellt (»Bort« statt »Brot«). Auch haben Broca-Patienten oft eine gestörte Prosodie (Dysprosodie), die sich in Abweichungen vom normalen Wort- und Satzakzent sowie in abweichenden Satzintonationen manifestiert.

Beim Nachsprechen von Wörtern und Sätzen zeigen sich ähnliche sprachliche Abweichungen wie beim spontanen Sprechen, jedoch meist in weniger starker Ausprägung. Der Patient produziert phonematische Paraphasien und vereinfacht die vorgegebene syntaktische Struktur oft in agrammatischer Weise.

Auch beim Benennen werden die Zielwörter oft phonematisch entstellt. Semantische Abweichungen sind weniger häufig und haben, wenn sie vorkommen, meist eine enge Beziehung zum Zielwort (»Topf« statt »Deckel«).

Während Kliniker in der Beurteilung der Sprachproduktion bei Broca-Aphasie meist übereinstimmen, so gehen die Auffassungen über Ausmaß und Qualität der Störung im Sprachverständnis auseinander. Bei der Broca-Aphasie werden die Störungen in der Spontansprache meist von entsprechenden syntaxbedingten Sprachverständnisstörungen begleitet, diese sind jedoch kommunikativ weniger auffällig und lassen daher leicht den Eindruck eines relativ intakten Sprachverständnisses entstehen. Dieser Eindruck wird sicher auch dadurch verstärkt, daß sich der Untersucher auf den sprachgestörten Sprecher einstellt und zu ihm zuerst nur in kurzen und einfachen Sätzen redet. Diese Sätze sind oft aufgrund der durch die Inhaltsworte vermittelten semantischen Information zu interpretieren. Auch helfen nicht-syntaktische Strategien, z.B. »interpretiere-das-erste-Nomen-als-Agent« (agent-first-strategy), einfache Subjekt-Verb-Objekt Sätze zu verstehen. Ist jedoch die syntaktische Analyse notwendige Voraussetzung für die richtige Interpretation eines Satzes, so zeigt der Broca-Aphasiker auch im Sprachverständnis erhebliche Störungen.

Die in der Spontansprache sichtbare syntaktische Störung wird meist auch im Schreiben deutlich. Den Patienten gelingt es zumindest auf der lexikalischen Ebene, Inhaltsworte, die nicht artikuliert werden können, schriftlich niederzulegen. Dies muß oft mit einer geschwächten rechten Hand oder gar mit der linken Hand geschehen, da die motorische Aphasie fast immer von einer leichten oder schweren Halbseitenlähmung (Hemiparese bzw. Hemiplegie) begleitet wird.[16]

[16] Auch auf der Satzebene werden zuweilen beim Schreiben bessere Leistungen als beim Sprechen beobachtet. Die beim Schreiben zusätzlich zur Verfügung stehende Zeit mag die Störung in dieser Modalität manchmal weniger ausgeprägt erscheinen lassen.

Das Lesesinnverständnis ist nur bei relativ einfachen Satzkonstruktionen teilweise erhalten; sofern korrektes Verstehen auf der Verarbeitung von syntaktisch schwierigen Satzkonstruktionen beruht, zeigt sich eine deutlichere Verständnisstörung. Das Lautlesen weist bei vielen Patienten dieselben Charakteristiken auf wie das spontane Sprechen, d.h. es ist agrammatisch vereinfacht. Obwohl alle sprachlichen Elemente schriftlich vorliegen, werden vornehmlich Inhaltswörter gelesen und Funktionswörter ignoriert. Andere Patienten jedoch sind zwar fähig, ganze Sätze Wort für Wort einschließlich der Funktionselemente laut zu lesen, sind aber dennoch nicht in der Lage, die syntaktische Information, die diese Elemente tragen, zur Interpretation der syntaktischen Relation im Satz zu verwenden.

5.2.2 Wernicke-Aphasie (sensorische Aphasie)

Die Spontansprache der Patienten mit Wernicke-Aphasie – auch sensorische Aphasie (WERNICKE, 1974), rezeptive (WEISENBURG & McBRIDE, 1935) oder flüssige Aphasie (HOWES & GESCHWIND, 1965) genannt – ist von normaler, d.h. flüssiger Sprechgeschwindigkeit, Intonation und Prosodie (vgl. HUBER et al., 1975). Die Artikulation ist gut, jedoch sind die Äußerungen zum großen Teil paraphasischer Natur. Der aphasische Sprecher dieses Aphasietyps scheint die paraphasischen Entstellungen nicht zu bemerken; nur selten versucht er, sich zu verbessern. Teils werden überwiegend phonematische Paraphasien produziert, d.h. die Paraphasien sind in ihrer Lautstruktur dem Zielwort ähnlich. Die phonematischen Abweichungen vom Zielwort können oft so erheblich sein, daß das Zielwort selbst nicht mehr erkennbar ist; in diesem Falle bezeichnet man die produzierte Abweichung als Neologismus, z.B. »die Kerze **blaut** noch« statt »die Kerze brennt«. Die Neologismen weichen weniger hinsichtlich des Phoneminventars als hinsichtlich ihrer phonotaktischen Struktur von dem Zielwort ab. Häufen sich paraphasische und neologische Einstellungen in einem Maße, daß der Kommunikationspartner die Äußerungen nicht mehr verstehen kann, so wird dieses sprachliche Verhalten phonematischer Jargon genannt (vgl. Kap. 6.4.3). Teils sind die paraphasischen Entstellungen überwiegend semantischer Natur, d.h. die Paraphasie entstammt dem Bedeutungsfeld des Zielwortes und ist mit diesem eng oder auch nur vage verbunden. Auch auf der Wortebene kann es zu Neologismen kommen, indem Wörter zu Kompositen zusammengefügt werden, die keinen Sinn ergeben.
Häufig wird die Unfähigkeit, die richtigen Wörter zu finden, durch Floskeln oder weitläufige Umschreibungen umgangen (z.B. wird der in einem Bild dargestellte Sachverhalt »die Fischer flicken die Netze« wie folgt verbalisiert: »und das ist am/ am/ am/ am Rhein/ äh/ setzen ungefähr/ und ach wunderbar/ ungefähr am Rhein dies und jenes und so weiter/«).
Die Sätze, die diese Patienten produzieren, sind häufig komplex in ihrer Struktur, zeichnen sich aber durch Umstellungen von Wörtern und Konstituenten sowie durch Substitutionen meist innerhalb von grammatischen Klassen aus. Das heißt, falsche Endungen, nicht zutreffende Präpositionen und Pronomen sowie unerlaubte Aneinanderreihungen und Verschränkungen von Konstituenten ergeben das Symptom des **Paragrammatismus.**
Beim Nachsprechen sind auf der Wortebene ähnliche phonematische und semantische Entstellungen wie beim spontanen Sprechen zu beobachten. Sätze werden beim Versuch, diese nachzusprechen, teils mit erheblichen lexikalischen und syntaktischen Abweichungen vom vorgegebenen Satz realisiert. Das Benennen von Objekten oder Objektbildern verursacht häufig Schwierigkeiten. Neben phonematischen und semantischen Paraphasien, pragmatischen Umschreibungen treten oft Paraphasien auf, die

dem Zielwort weder phonematisch ähnlich sind noch in irgendeinem semantischen Bezug zu diesem stehen.
Das Sprachverständnis dieser Patienten ist stark beeinträchtigt, oft ist es ihnen nicht möglich, selbst einfache Aufträge auszuführen – oder auch nur ein vom Untersucher bezeichnetes Objekt aus einer Reihe von Objekten herauszusuchen. Störungen der Sprachperzeption treten bei Wernicke-Patienten auf allen linguistischen Ebenen auf. Das Satzverständnis ist stärker gestört als bei Patienten mit Broca- oder amnestischer Aphasie, ebenso sind Wernicke-Aphasiker beim Wortverständnis stärker beeinträchtigt. Selbst auf der Phonemebene demonstrieren diese Patienten Diskriminierungsschwierigkeiten, die größer sind als bei anderen Aphasiepatienten. Das Lesesinnverständnis ist meist ebenso herabgesetzt.
Lautes Lesen, Diktatschreiben wie auch spontanes Schreiben sind paraphasisch entstellt.

5.2.3 Globale oder totale Aphasie

Wie die Bezeichnung dieser Form der Aphasie schon andeutet, bezieht sich die Störung in gleichem Maße sowohl auf die Sprachproduktion wie auf das Sprachverständnis (vgl. STACHOWIAK et al., 1977). Die Spontansprache ist meist bis auf eine Restsprache von einzelnen Wörtern oder Silben »dododo«, »tamtam« und stereotypen Floskeln »Scheiße«, »meine Güte«, »ja«, »nein« oder auch Sprachautomatismen zurückgeschnitten. Diese oft zusammenhangslos produzierten Elemente kehren in den Äußerungen immer wieder. Ein Teil der Patienten ist auf Sprachautomatismen zurückgeworfen, die aus aneinandergereihten Silben oder Silbenkombinationen (»recurring utterances«) bestehen. Meist besteht bei globaler Aphasie auch eine starke dysarthrische Störung. Fast alle Patienten versuchen, in ihrer sprachlichen Hilflosigkeit mit Gesten, Mimik und besonders durch Ausschöpfung aller zur Verfügung stehenden Intonationsmittel die Restsprache zu variieren und kommentieren. Die Patienten können auf diese Weise eine erstaunliche Menge von – vor allem – affektiven Inhalten kommunizieren.
Das Nachsprechen ist bei dieser Aphasieform ebenfalls selbst auf der Einwortebene stark gestört und mit großen Anstrengungen verbunden.
Auch beim Benennen zeigen sich bei globaler Aphasie schwerste Defizite. Der Patient ist unfähig, überhaupt verbal zu reagieren. Die Reaktionen, die der Patient zustande bringt, sind oft neologistisch und werden über mehrere Stimuli hinweg perseveriert.
Das Sprachverständnis ist stark beeinträchtigt. Einfache Aufforderungen oder Fragen werden teilweise verstanden, komplexe Sätze so gut wie nie.
Spontanes Schreiben sowie Schreiben nach Diktat ist den Patienten nicht möglich. Einzelne Wörter und Buchstaben können kopiert werden.
Lautes Lesen ist ebenso gestört wie alle anderen sprachlichen Produktionsfähigkeiten. Das Verständnis für geschriebene Sprache ist noch schwerer beeinträchtigt als das für gesprochene Sprache. Bei Globalaphasie besteht immer auch eine Hemiparese oder Hemiplegie.

5.2.4 Amnestische Aphasie

Die Wortfindungsstörung, die dieser Aphasie als Leitsymptom zugrunde liegt, bestimmt in unterschiedlichem Ausmaß die Spontansprache (vgl. POECK et al., 1974). Bei leichteren Fällen ist die Rede flüssig. Es fällt auf, daß oft recht ungenaue Bezeichnungen oder Umschreibungen für konkrete Objekte oder Tatbestände gewählt werden. In der Objektbenennungsaufgabe wird deutlich, daß präzise Benennung oft nicht möglich ist. Semantische Paraphasien (Stuhl ▷ Tisch), pragmatische Umschreibungen (Stuhl ▷ zum d'rauf sitzen) oder allgemeine Redensarten (Stuhl ▷ ja, ich auch schon mal) werden zur Benennung eines bestimmten Objektes verwendet. Bei schweren Fällen bestimmt die Wortfindungsstörung das spontane Sprechen derart, daß es häufig zu längeren Pausen kommt, in denen der Patient krampfhaft nach der richtigen Bezeichnung sucht oder die Pausen mit Ersatzstrategien, wie Wiederholung des bereits Gesagten oder Floskeln, wie »Na, ich komm' jetzt nicht drauf«, füllt.

In allen Schweregraden der Wortfindungsstörung ist der Patient selten mit seinen Fehläußerungen zufrieden. Meist weiß er, daß das produzierte Wort nicht das richtige ist. Es scheint, als habe der Patient das richtige Wort »auf der Zunge liegen«, könne es nur im Moment nicht finden. So passiert es auch manchmal, daß ein Patient, der im Benennungstest das Wort ›Stuhl‹ nicht finden kann, später erklärt, »zu dumm, daß ich immer das Wort ›Stuhl‹ vergesse«, bei erneutem Nachfragen, wie das Ding nun heiße, es wiederum nicht benennen kann.

Das Nachsprechen ist kaum gestört. Beim Benennen lassen sich die selben paraphasischen Reaktionen wie in der spontanen Sprache beobachten.

Das Sprachverständnis ist bei amnestischer Aphasie in der normalen Gesprächssituation nur geringfügig beeinträchtigt. Bei eingehender Prüfung zeigt sich jedoch auch bei dieser Aphasieform eine gewisse Einschränkung des Verständnisses – vor allem bei komplexen Satzgebilden.

Meist sind Schreiben und Lesen recht gut erhalten. Beim spontanen Schreiben manifestiert sich auch wieder die Wortfindungsstörung. Schreiben nach Diktat wird problemlos gemeistert.

5.2.5 Andere aphasische Syndrome

Während die vorausgehenden vier Aphasieformen in den meisten Klassifikationsschemata zu finden sind, gibt es andere aphasische Syndrome, die weniger einheitlich klassifiziert werden.

5.2.5.1 Leitungsaphasie

Patienten, die flüssig reden, jedoch schwer im Nachsprechen gestört sind und häufig phonematische Paraphasien produzieren, werden als Leitungsaphasiker eingestuft. Je länger die nachzusprechende Sequenz, desto fehlerhafter wird die nachgesprochene Äußerung. Oft wurde und wird bestritten, daß dies eine eigenständige Aphasieform sei. Da einige Schulen in ihr eine separate Aphasieform sehen, sei sie hier angeführt.

5.2.5.2 Transkortikale Aphasien

Das umgekehrte klinische Bild bietet die transkortikale Aphasie; hier ist vor allem das Nachsprechen im Gegensatz zu sonstigen sprachlichen Funktionen intakt. Patienten, die schwere Störungen in der Spontansprache zeigen, jedoch durch gute Verstehens- und Nachsprechleistungen auffallen, werden den transkortikal-motorischen Aphasien zugeordnet. Bei Patienten, die sich durch schlechtes Sprachverstehen, flüssigen Sprachoutput und gute Nachsprechleistungen auszeichnen, spricht man dagegen von transkortikal-sensorischer Aphasie.

5.2.5.3 Modalitätsspezifische Aphasien

Modalitätsspezifische »Aphasien« sind äußerst selten und im seltensten Falle »rein«. Isolierte Produktionsstörungen, den oralen Output betreffend, heißen »reine Wortstummheit«, »Aphonie«, »Anarthrie« und »verbale Apraxie«, den schriftlichen Output betreffend: »reine Agraphie«. Solche isolierten Störungen lassen sich auch für die Perzeption vereinzelt beobachten: »Worttaubheit«, »Satzblindheit« werden in Fallbeschreibungen aufgeführt, sie sollten jedoch nicht als Beispiel einer Aphasieform verstanden werden. Zur näheren Beschreibung einzelner modalitätsspezifischer Sprachausfälle verweisen wir auf die folgenden Kapitel.

5.3 Aphasie: Kompetenz- oder Performanzstörung?

Untersuchungen, deren primäres Forschungsobjekt das konkrete Sprachverhalten ist, stoßen bald auf ein Problem, das seit CHOMSKYs (1965) Syntax-Theorie sowohl die theoretische wie auch die angewandte Linguistik beschäftigt. Die Frage, ob die theoretisch-dichotomisierende Unterteilung der Sprache in Kompetenz und Performanz der psychologischen Realität entspricht, ist bereits als Grundlage und Ausgangspunkt neurolinguistischer Modelle verwandt worden (WEIGL & BIERWISCH, 1970/1972).[17] Der Neuropsychologe WEIGL und der Sprachwissenschaftler BIERWISCH nehmen mit dieser Theorie an, »daß die linguistische Kompetenz, d.h. die immanente Kenntnis einer gegebenen Sprache, dem komplexen System von Performanzstrategien zugrunde liegt«, und leiten hieraus die Haupthypothese ihrer Untersuchungen zur Aphasie ab. Sie definieren die »aphasischen Syndrome im allgemeinen als Störungen von Komplexen von Komponenten oder Subkomponenten des Performanzsystems (. . .) während die zugrundeliegende Kompetenz intakt bleibt«.[18] Zu dieser Annahme gelangen sie aufgrund der Beobachtungen,

(a) daß eine oder mehrere Komponenten der Sprachperformanz gestört sein können, während andere intakt bleiben,
(b) daß in einigen Fällen eine große Fluktuation innerhalb einer Komponente auftreten kann, d.h. der Patient kann z.B. an einem Tag ein Objekt benennen und an einem anderen nicht,
(c) daß durch die von WEIGL gefundene Deblockierungsmethode vermeintlich gestörte Leistungen, zum Beispiel beim Benennen, durch Hinzuziehung anderer Sprachmodalitäten oder auch extralinguistischer Komponenten wieder verfügbar gemacht werden können, was nicht möglich wäre, wenn nicht eine zugrundeliegende, irgendwie geartete Kenntnis dieses bestimmten Wortes angenommen würde.

Diese These klingt recht einleuchtend und scheint einige, jedoch nicht alle Phänomene im Bereich der Aphasie zu erklären. Parallele Störungen in verschiedenen Modalitäten müßten zum Beispiel mit dem »zufälligen« Ausfall derselben Komponenten in beiden

---

[17] CHOMSKY (1973), S. 14, definiert Kompetenz als: »die Kenntnis des Sprecher-Hörers von seiner Sprache« und Performanz als: »der aktuelle Gebrauch der Sprache in konkreten Situationen«.

[18] WEIGL & BIERWISCH (1972), S. 440.

Performanzen erklärt werden. Dies klingt wenig plausibel. WEIGL und BIERWISCH bemerken selbst, daß dieses Modell einzelne Probleme ungeklärt läßt. Die klinischen Fälle der Globalaphasie und des Agrammatismus lassen sich zum Beispiel mit dieser Erklärung nicht erfassen. Im Falle der Globalaphasie ist die Performanz derart gestört, daß es keine Anhaltspunkte für eine etwaige intakte Kompetenz gibt. Allerdings darf nach ihrem Dafürhalten die Tatsache, daß sich manche Globalaphasien partiell zurückbilden, als Beweis für eine intakte zugrundeliegende Kompetenz angesehen werden. Für den Fall des perzeptiven und expressiven Agrammatismus nehmen sie an, »daß es bestimmt sehr allgemeine Strategien gibt, die allen Typen der Enkodierung, Dekodierung und Rekodierung und der sequentiellen Ordnung zugrundeliegen«, die hier gestört sind (WEIGL und BIERWISCH, 1972).
Das Konstrukt »Performanzstörung« scheint für zerebral bedingte Sprachstörungen insofern wenig plausibel, als zerebrales Gewebe, welches Sprachproduktion und Perzeption möglich macht, unwiederbringlich zerstört ist. WHITAKER (1971) argumentiert in seiner Zurückweisung dieser These, daß, wenn Hirnläsionen die Kompetenz nicht beeinflussen, die Kompetenz keine Eigenschaft des Gehirns sein kann. GOODGLASS und BLUMSTEIN (1973) schlagen eine alternative Erklärung für die beobachteten aphasischen Phänomene vor; sie halten es für möglich, daß die vorhandenen Lücken in der aphasischen Kompetenz zeitweilig durch Deblockierung überbrückt werden können, was in einer adäquaten Performanz resultiert. KELLER (1981) schlägt als Lösung dieses Problems die heuristische Unterscheidung zwischen »operationaler« und »zugrundeliegender« Kompetenz vor. Während die zugrundeliegende Kompetenz die linguistischen Fähigkeiten bezeichnet, über die der Patient vor der Erkrankung verfügte und die manchmal in der spontanen Wiederherstellung dieser Fähigkeiten deutlich wird, bezieht sich die »operationale« Kompetenz auf momentan zur Verfügung stehende Fähigkeiten, die sich allerdings von Tag zu Tag verändern können. Diese momentanen Fähigkeiten werden teils von Performanzschwierigkeiten überlagert, wie in den spontanen Selbstkorrekturen abzulesen sei.
Leistungsunterschiede in verschiedenen Modalitäten lassen sich darüber hinaus durch unterschiedliche Anforderungen an zentrale linguistische Komponenten erklären. Daß das Wiedererkennen von linguistischen Einheiten bei Agrammatikern oft besser erhalten ist als die Produktion, könnte z.B. darauf zurückgeführt werden, daß syntaktische Verarbeitung bei der Produktion evidenter ist als bei der Perzeption von Sprache, so daß die zugrundeliegende Störung unterschiedliche Auswirkungen auf die jeweilige Modalität hat (ZURIF, GREEN, CARAMAZZA & GOODENOUGH, 1976; FRIEDERICI, SCHÖNLE & GARRETT, 1982). Einleuchtend scheint die Hypothese, die sowohl modalitätsspezifische Defizite annimmt, bei denen relativ autonome Einheiten des zugrundeliegenden linguistischen Wissens gestört sind und die sich in Produktion und Perzeption in strukturell gleicher Weise manifestieren (Störung der [operationalen] Kompetenz), als auch Störungen annimmt, die modalspezifisch sind (Performanzstörung).

6. Störungen der Sprachproduktion

Das Sprachverhalten von Aphasikern zeigt häufig ganz spezifische Muster von sprachlichen Ausfällen. Die einzelnen Komponenten des linguistischen Defizits variieren teilweise unabhängig voneinander, so daß es durchaus berechtigt scheint, sie als funktional autonom anzusehen. Im folgenden sollen die einzelnen beobachteten linguistischen Komponenten der Aphasie beschrieben und im Zusammenhang mit linguistischen und psycholinguistischen Modellen diskutiert werden.

6.1 Modelle der Sprachproduktion

Der Prozeß des Sprechens beinhaltet die Umsetzung oder Enkodierung einer Mitteilung (Idee) von einer nicht-linguistischen Form in eine linguistisch strukturierte Äußerung. Wir können diesen Umsetzungsprozeß grob in drei Schritte teilen: der Sprecher muß Entscheidungen über den Inhalt des Satzes sowie über seine Struktur und über die spezifischen zu verwendenden Wörter treffen. Produktionsmodelle versuchen diesen Weg der Idee zur sprachlichen Äußerung durch unterschiedliche Verarbeitungsebenen zu beschreiben.

6.1.1 Das Satzproduktionsmodell von Pick

Während die Anhänger der Assoziationstheorie den Weg vom Denken zum Sprechen durch Assoziationsbahnen zwischen dem Begriffszentrum und dem motorischen Zentrum, d.h. zwischen Sinnesbildern und Bewegungsvorstellungen (vgl. Kap. 3.1) zu erklären versuchten, arbeitete Pick (1913, 1931) als erster Neurologe mit einem Verarbeitungsmodell, das diesen Prozeß in verschiedene Stufen untergliederte. Nach eingehendem Studium der damaligen psychologischen und sprachwissenschaftlichen Literatur sieht er durch Bühler (1908) bestätigt: »Wenn wir einen schwierigen Gedanken ausdrücken wollen, dann wählen wir erst die Satzform für ihn, wir werden uns innerlich erst des Operationsplanes bewußt, und dieser Plan ist es dann, der erst die Worte meistert«. Pick (1913, 1931) spezifizierte die einzelnen Etappen der Verarbeitung wie folgt: je nachdem, ob die sprachliche Formulierung noch während oder erst nach der gedanklichen Gliederung einsetzt, werden **Betonungs-** und **Satzschema** gleichzeitig oder sukzessiv entwickelt, das Betonungsschema spezifiziert Tonhöhe, Betonung und Tempo, während das Satzschema sich folgendermaßen entwickelt: zunächst wird die Wortstellung festgelegt (Syntaxierung), dann vollzieht sich die Wortfindung und Einordnung der Worte in das Satzschema, hier werden jedoch nur die Inhaltswörter verarbeitet, die Verarbeitung der Funktionswörter (Formwörter), d.h. die Grammatisierung des Satzes erfolgt erst im nächsten Verarbeitungsschritt.
Dieses Modell ist neueren Produktionsmodellen, die sich auf dem Hintergrund der generativen Grammatik entwickelt haben, nicht unähnlich (Fodor, Bever & Garrett, 1974; Garrett, 1975).

6.1.2 Das Sprachproduktionsmodell von GARRETT

Den neueren Sprachproduktionsmodellen liegt ebenfalls die alte Frage zugrunde: Welche Teilprozesse finden statt von dem Moment an, wo sich die Idee formiert hat bis zu dem Moment, wo sie als wohlgeformte Äußerung wahrnehmbar ist. Die systematische Analyse von Sprechfehlern bei »Normalsprechern« führte zu Modellen, die ebenfalls mehrere voneinander unabhängige Prozeßebenen annehmen (FROMKIN, 1971, 1980; GARRETT, 1975, 1980). GARRETT (1975, 1980) hat in eingängiger Argumentation gezeigt, daß ein Sprachproduktionsmodell mindestens die in Abb. 7 aufgezeigten Verarbeitungsebenen beinhalten muß. Die zur Sprachproduktion relevanten Prozesse laufen auf drei voneinander unabhängigen Ebenen ab (GARRETT, 1980).

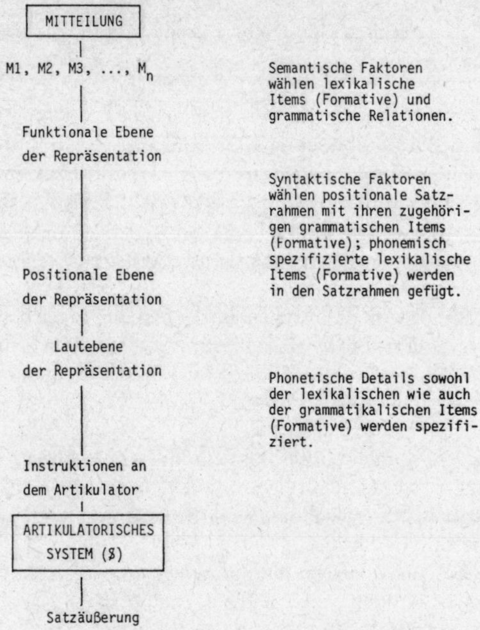

Abb. 7

Im ersten Verarbeitungsschritt suchen semantische Faktoren die lexikalischen Formative und legen die grammatischen Relationen fest: als Ergebnis dieser Prozesse konstituiert sich eine Repräsentation auf der »funktionalen« Ebene. In einem zweiten Prozeßschritt stellen syntaktische Faktoren die Satzrahmen mit den grammatischen Formativen bereit und auf dieser Prozeßebene werden bereits auch die lexikalischen Formative phonemisch spezifiziert und in den Satzrahmen eingepaßt: diese Prozesse überführen den Satz in eine Form, in der er auf der »positionalen« Ebene repräsentiert werden kann. In einem dritten Schritt werden dann die phonetischen Details sowohl für die lexikalischen wie für die grammatischen Formative festgelegt. Ergebnis dieses Schrittes ist die Repräsentation auf der Lautebene. GARRETTs Modell impliziert die Annahme, daß die Information zwischen den verschiedenen Ebenen nur in einer Richtung fließt, d.h. daß die Ebenen nicht untereinander kommunizieren. Jede Ebene ist somit **autonom** (vgl. DELL & REICH, 1981; BOCK, 1982).

Ein solches Modell, wie es von der Psycholinguistik bereitgestellt wird, muß sich einerseits sowohl gegenüber normalem Sprachverhalten wie auch gegenüber hirnorganisch bedingten Sprachstörungen beweisen, und andererseits kann es aber auch theoretische Erklärungsansätze zu einzelnen klinischen Beobachtungen liefern. Dies wird vor allem im Zusammenhang von syntaktischen Störungen deutlich werden.

6.2 Störungen der Phonemproduktion

Das Phonem als kleinste phonologisch distinktive oder bedeutungsunterscheidende Einheit war und ist Ausgangspunkt vieler psycholinguistischer und neurolinguistischer Untersuchungen.
TRUBETZKOY (1939) hatte in seiner Theorie drei verschiedene phonologische Oppositionen beschrieben:

(a) die privative Opposition als das Vorhandensein oder Nichtvorhandensein eines Merkmals. Zum Beispiel bildet das Phonempaar /d/ (stimmhaft) – /t/ (stimmlos) eine privative Opposition, ebenso /n/ (nasaliert) und /d/ (unnasaliert). Das Oppositionsglied, welches durch das Vorhandensein des Merkmals gekennzeichnet ist, wird als »merkmaltragend« bezeichnet. Außerdem unterscheidet er
(b) graduelle Opposition (verschiedene Grade derselben Eigenschaft) z.B. /n/ – /o/ und
(c) âquipollente Opposition, bei denen beide Glieder logisch gleichberechtigt sind, z.B. /p/ – /t/. Diese binäre Beschreibungsweise wurde in den Theorien von JAKOBSON, FANT und HALLE (1952) und JAKOBSON und HALLE (1956) auf das gesamte phonologische System übertragen.

Neuere Analysen von Sprachfehlern bei Normalen (FROMKIN, 1973; CUTLER, 1982) haben unter Einbeziehung früherer Sprechfehler-Sammlungen (MERINGER & MAYER, 1895; MERINGER, 1908) die psychologische Realität der hoch abstrakten phonologischen Elemente bestätigen können.
Das Phonem als kleinste distinktive linguistische Einheit war Ausgangspunkt einer der ersten systematischen Studien in der Aphasieforschung. ALAJOUANINE, OMBREDANE & DURAND (1939) gingen der Frage nach, ob die im Zusammenhang mit der motorischen Aphasie häufig auftretende Dysarthrie oder Sprachapraxie (Störungen der Aussprache) Lautveränderungen zur Folge hat, die durch einen systematischen Phonemabbau beschreibbar sind. Die Autoren unterscheiden in ihrer Beschreibung eine »désintégration phonétique« und eine »désintégration phonémique«. Der phonetischen Desintegration auf der phonetischen Ebene wird die phonemische Störung, die sich auf einer höheren Ebene manifestiert, entgegengesetzt. Während die Störung der phonemischen Sequenzbildung auch als »aphasie de la première articulation« bezeichnet wird, wird die phonetische Störung, die auf der letzten Ebene vor der eigentlichen motorischen Ausführung angesiedelt ist, auch »aphasie de la seconde articulation« genannt. Die phonetische Desintegration manifestiert sich in charakteristischer Weise durch eine Vereinfachung hinsichtlich des Konsonantensystems bei meist gut erhaltenem Vokalsystem. Als Veränderung im Konsonantensystem treten folgende Phänomene auf:

(a) stimmhafte Laute werden durch stimmlose Laute ersetzt,
(b) Reibelaute werden durch Verschlußlaute substituiert,

(c) auslautende Konsonanten werden elidiert,
(d) Permutationen von Konsonanten werden beobachtet.

Diese mit Gesetzmäßigkeit auftretenden Erscheinungen werden von ALAJOUANINE et al. (1939) mit dem Prinzip des geringsten Kraftaufwandes (principle of least effort) (siehe auch Kap. 6.4.1) erklärt. Phoneme, deren Artikulation differenzierte Muskelbewegungen verlangen, werden bei zentraler neuromuskulärer Störung durch solche ersetzt, die einfachere Bewegungen benötigen.
Einer der ersten theoretischen Linguisten, der sich mit diesem Phänomen beschäftigte, war JAKOBSON (1941). Er unterstrich die Parallelen des Abbaus der phonemischen Unterscheidungen in der Aphasie und der Reihenfolge, in der diese Unterscheidungen im Spracherwerb auftreten. Eine Reihe von Untersuchungen, die diese Sprachabbau-Gesetzmäßigkeiten studierten, kamen zu sehr unterschiedlichen Ergebnissen. FRY (1959) und SHANKWEILER & HARRIS (1966) fanden nur geringe Parallelen zwischen den Lauten, die für Aphasiker am schwierigsten waren und denen, die den Kindern Schwierigkeiten bereiteten. Das Prinzip des geringsten Kraftaufwandes fand außerdem keine Bestätigung. Auch die Ergebnisse von JOHNS und DARLEY (1970) und DEAL und DARLEY (1972) zielen in die gleiche Richtung und führen eher zu der Annahme, daß der Abbau nicht systematisch ist. Andere Autoren dagegen unterstreichen die Regelmäßigkeit des Abbaus (SCHUELL, 1965; GREEN, 1969; LECOURS & LHERMITTE, 1969; BLUMSTEIN, 1973; TROST & CANTER, 1974), die jedoch nicht immer mit der im Spracherwerb beobachteten Aufeinanderfolge parallel läuft.
Eine grundlegende Arbeit liefert BLUMSTEIN (1973) mit ihrer phonologischen Analyse von aphasischen Störungen. Sie untersuchte drei Aphasiegruppen (Broca-, Wernicke- und Leitungsaphasie) hinsichtlich der Systematik der von ihnen produzierten Fehler. Die Spontansprache (zweitausend Wörter) wurde in vier Fehlerkategorien klassifiziert: (1) phonetische Substitution, (2) Vereinfachung, (3) Umgebung (Assimilation und Permutation) und (4) Hinzufügung. Ein Vergleich der Fehlerverteilung bei allen drei Aphasiegruppen läßt den Schluß zu (Abb. 8), daß phonemische Störungen bei allen Aphasien einem universellen Abbaugesetz folgen, das sich bei den einzelnen aphasischen Syndromen nur in unterschiedlicher Schwere manifestiert. Die Broca-Aphasie zeigt die höchste Gesamtfehlerzahl, gefolgt von der Leitungsaphasie und der

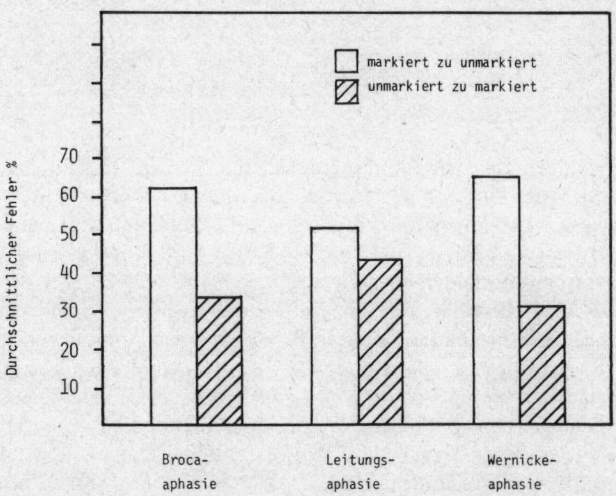

Abb. 8

Wernicke-Aphasie. BLUMSTEIN (1973) analysierte weiterhin eine große Anzahl der Fehler im Rahmen der von JAKOBSON, FANT und HALLE (1951) formulierten Merkmalanalyse. Sie beschreibt, in welcher Weise die Substitution dem substituierten Element ähnlich ist. Innerhalb dieser Methode analysiert nun BLUMSTEIN (1973) die Vereinfachungsfehler als eine Vereinfachung der phonetischen Komplexität vom merkmaltragenden (markierten) hin zum merkmallosen (unmarkierten) Laut, z.B. /d/ ▷ /t/. Es zeigte sich (Abb. 8), daß Broca- und Wernicke-Aphasiker signifikant mehr Fehler vom markierten zum unmarkierten Phonem machen als umgekehrt; bei der Leitungsaphasie ist dieser Unterschied nicht signifikant. Die phonologischen Fehler folgen jedoch interessanterweise bei allen Aphasiegruppen dem Prinzip, daß sich die realisierten Phoneme häufiger nur durch ein einziges distinktives Merkmal vom Zielphonem unterscheiden als durch mehrere.
Dieses Ergebnis wurde auch in der Untersuchung von TROST und CANTER (1974) weiterhin untermauert. Sie untersuchten allerdings nur Broca-Aphasien. Für diese Gruppe stellten sie fest, daß das Vokalsystem weitgehend erhalten ist, das Konsonantensystem zwar gestört, die Fehlerkonsonanten sich jedoch meist nur durch ein bis zwei Merkmale von dem Zielkonsonanten unterscheiden. Es scheint nach diesen jüngeren Untersuchungen relativ gesichert, daß der phonemische Abbau Gesetzen folgt, die innerhalb eines phonologischen Systems beschreibbar sind.

6.3 Wortfindungsstörungen

Wortfindungsstörungen sind im Grunde bei jeder Aphasieform zu finden, jedoch betreffen diese Störungen nie alle Wörter auf einmal (GOODGLASS & GESCHWIND, 1976). Bevor wir die aphasiologische Literatur zur Wortfindung darstellen, sollen einige theoretische Punkte klargestellt werden.
Man kann wohl davon ausgehen, daß das Auffinden und Produzieren eines Wortes sowohl von intakten lexikalischen Zugriffsmechanismen als auch von der vorhandenen Struktur des Lexikons abhängt. Die Wortfindungsstörung kann also demzufolge den Abrufmechanismus oder auch die Speicherung der abzurufenden Information selbst betreffen.

6.3.1 Lexikalischer Zugriff

Eine Vorstellung über die Struktur der Repräsentation von lexikalischen Einheiten können wir jedoch nur durch Analyse von Sprechfehlern oder durch Experimente zum Wortverständnis gewinnen. Sprechfehler, die durch Fehler im semantischen Feld entstehen, werden nicht häufiger berichtet als Fehler, die durch phonologische und phonetische Verarbeitungsfehler entstehen. Die semantischen Fehler, die berichtet werden, können dadurch erklärt werden, daß den verwechselten Elementen mehrere semantische Merkmale gemeinsam sind, z.B. blond hair ▷ blond eyes (FROMKIN, 1973), Stein ▷ Eisen; Blinde ▷ Taubstumme (MERINGER & MAYER, 1975).
Modelle des lexikalischen Zugriffs, die meist auf Daten zum Worterkennen basieren, bieten verschiedene Erklärungen für das oft zu beobachtende Phänomen, daß Produktion und Verständnis eines Wortes von dem unmittelbaren linguistischen Kontext beeinflußt wird. Dieses Phänomen, daß ursprünglich schon von O'NEILL (1953)

beschrieben wurde, sei an einem Beispiel verdeutlicht. Wird das Wort »doctor« (Arzt) in kurzem Zeitabstand vor dem Wort »nurse« (Krankenschwester) dargeboten, so wird es schneller erkannt und benannt, als wenn es ohne vorausgehendes Kontextwort präsentiert wird (MEYER & SCHVANEVELDT, 1971). Dieser Effekt wird als »semantic priming«-Effekt bezeichnet und in deutschsprachiger Literatur gern mit »assoziativer Aktivierung« übersetzt (GRIMM und ENGELKAMP, 1981). Der Effekt wird darauf zurückgeführt, daß in dem Moment, in dem das Wort »nurse« erscheint, alle mit diesem Wort eng verbundenen Wörter passiv aktiviert werden. Nach MORTON (1969) kann dies wie folgt erklärt werden: Da sowohl für Produktion als auch für Perzeption das zu verarbeitende Wort generell einen gewissen Aktivationslevel erreicht haben muß, ist dieser Level bei vorheriger passiver Aktivierung (durch sinnverwandte Wörter) natürlich schneller erreicht, als wenn kein solcher Aktivierungsprozeß vorausgegangen ist.

Im Gegensatz zu einem Erklärungsansatz, der »priming« als eine passive Aktivierung durch Assoziation versteht, steht der Versuch, »priming« im Rahmen eines lexikalischen Suchmodells als die aktive Suche nach einem bestimmten Wort zu erklären (FORSTER, 1976). FORSTER nimmt an, daß ein semantischer Kontext (z.B. Krankenschwester) bereits eine Untergruppe von Wörtern in aktiver Weise vorselektiert (z.B. Patient, Arzt, Operation etc.), was dann die Erkennung solcher vorselektierter Wörter erleichtert. Ist kein semantischer Kontext gegeben, so wird das Wort als Funktion seiner Vorkommenshäufigkeit in der Sprache erkannt.

Neben der Frage, wie einzelne Wörter verfügbar werden, steht der Versuch, durch die von Aphasikern produzierten Fehlleistungen etwas über die Struktur des Lexikons selbst zu erfahren. Die Beschreibung der aphasischen Wortfindungsstörung und deren Ortung im Gesamtprozeß setzt Modelle des lexikalischen Zugriffs und der lexikalischen Struktur voraus.

6.3.2 Lexikonmodelle und Benennstörungen

Zieht man die verschiedensten klinischen Beobachtungen zur Wortfindungsstörung in Betracht, so ergibt sich bezüglich dieser Störung ein sehr heterogenes Bild. Es scheint, als ob die unterschiedlichsten Faktoren für das Auffinden oder Nichtauffinden eines bestimmten Wortes verantwortlich seien. Faktoren wie Worthäufigkeit (WEPMAN, BOCK, JONES & VAN PELT, 1956), syntaktische Kategorie (MARSHALL & NEWCOMBE, 1966), semantische Kategorie (GOODGLASS, KLEIN, CAREY & JONES, 1966), Abbildbarkeit (GOODGLASS, HYDE & BLUMSTEIN, 1969) und Operativität (GARDNER, 1973) sind bereits als deutliche Einflußfaktoren bei Wortfindungsstörungen isoliert worden. Auch wurde die Wortfindungsstörung als eine Funktion der internen Struktur verschiedener semantischer Bereiche analysiert (GOODGLASS & BAKER, 1976; ZURIF, CARAMAZZA, MEYERSON & GALVIN, 1974). Als übereinstimmendes Ergebnis aus diesen Studien lassen sich zwei qualitativ verschiedene Wortfindungsstörungen festmachen, die ihrerseits mit bestimmten Aphasieformen korrelieren. Die Gruppe der Broca-Aphasiker verfügt hauptsächlich über konkrete und abbildbare Nomen; sie verwendet vornehmlich hochfrequente Wörter.[19] Eine zweite Gruppe, bestehend aus Aphasien mit posterioren Läsionen (Wernicke- und amnestische Aphasien), zeigt ein spezifisches Defizit für konkrete, abbildbare Nomen; sie benutzt häufiger nicht-

[19] Frequente Wörter = im normalen Sprachgebrauch häufig benutzte Wörter. Häufigkeitszählungen von Wörtern sind im Frequenzwörterbuch belegt, z.B. MEIER (1967).

abbildbare Wörter, die idiomatisch verwendet werden, jedoch nur einen geringen Informationswert in ihrer Sprachäußerung haben.
Für die aufgezeigten Störungen bieten sich mehrere Erklärungsmöglichkeiten an: die Nicht-Produktion eines Wortes ist

(1) bedingt durch ein peripheres motorisches Problem der Artikulation,
(2) ist ein reines Abrufproblem, wobei die Verbindung zwischen der Lautrepräsentation und der konzeptuellen Repräsentation gestört ist, oder
(3) die Organisation der semantischen Repräsentationen selbst ist gestört.

Während die erste Möglichkeit oft als Erklärung für die klinisch beobachtbare Störung der Broca-Aphasie herangezogen wurde (GOODGLASS & GESCHWIND, 1976), sind Erklärungsansatz (2) und (3) in neueren Arbeiten teilweise experimentell fundiert. Daß es sich bei der Wortfindungsstörung um eine Störung in der Verbindung zwischen Lautrepräsentation und Bedeutungsrepräsentation handele, ist schon von BROCA (1869), LICHTHEIM (1885) und FREUD (1891) vorgeschlagen worden.
Der Ansatz, daß die Wortfindungsstörung Reflexion einer generellen Störung im konzeptuellen Bereich sei, wurde von BAY (1962, 1973) und von TSVETKOVA (1975) vertreten. HOWES (1971) schlägt ein Zwei-Stufen-Modell vor, in dem die Prozesse (a) Modifikation des Inhalts und (b) Kodierung des Inhalts in die Lautrepräsentation seriell aufeinander folgen. Er nimmt an, daß bei der Broca-Aphasie der Prozeß der Übersetzung von der Bedeutung in die Lautrepräsentation gestört sei, während bei der Wernicke- und amnestischen Aphasie jene Prozesse der Integration und Koordination von semantischer Information, die zur Wortselektion notwendig sind, gestört seien. GOODGLASS & BAKER (1976) vermuten ebenso wie LURIA (1970), daß sich die Bedeutung eines Wortes durch seine Beziehung zu anderen Wörtern innerhalb eines Wortfeldes konstituiert; denn der Benennungsprozeß verlangt Konvergenz von unterschiedlichsten Informationen, die letztendlich ein volles Konzept ausmachen. Diesen Autoren zufolge sind als mögliche Ursache der Wortfindungsstörung nachweisbare Lücken innerhalb des semantischen Feldes anzunehmen.
BAY (1963, 1969) und TSVETKOVA (1975) glauben, daß die Ursache für die Wortfindungsstörung auf einer vorsprachlichen Ebene anzusiedeln sei. Während BAY (1969) die Störung im begrifflichen Denken vermutet, nimmt TSVETKOVA (1975) an, daß die eigentliche Ursache der Benennstörung in der gnostischen Basis der Wörter zu finden sei. Notwendige Voraussetzungen für die Benennung eines Objektes ist ein Prozeß, der den wahrgenommenen Reiz mit dem vorhandenen Wissen vergleicht und, wenn möglich, das dem Reiz adäquate »Standard-Bild« oder Konzept identifiziert. Diese Standard-Bilder seien bei amnestischen Störungen verwischt.
KELTER (1977) vertritt die Ansicht, daß der Ausfall einzelner Konzept-Komponenten selbst als Ursache der Störung anzunehmen ist. Sie geht dabei von einem Lexikonmodell aus, daß als Hauptkomponente ein Logogen-System enthält (MORTON, 1964, 1969, 1970). Nach MORTON sind Logogen funktionale Einheiten, die sich aus charakteristischen Komponenten eines Wortes zusammensetzen. Sie beinhalten semantische wie auch akustische bzw. verbal-graphische und artikulatorische Aspekte. Die Aktivierung eines Logogen im Verstehens- oder Produktionsprozeß ist abhängig von der Anzahl der aktivierten Einzelkomponenten. Erst wenn die Aktivationssumme der Einzelkomponenten einen gewissen Schwellenwert überschreitet, wird alle Information über ein bestimmtes Wort verfügbar. Die Aktivierungsschwelle variiert von Wort zu Wort und von Kontext zu Kontext. Je größer die Worthäufigkeit, desto niedriger ist die Aktivierungsschwelle. Auch vermag ein Kontext-Wort, das semantisch ähnlich ist, die Schwelle herabzusetzen (vgl. Kap. 6.3.1).

RINNERT & WHITAKER (1973) analysierten einen Korpus von aphasischen Fehlleistungen und stellten fest, daß das produzierte Wort und das Zielwort meist eine Vielzahl von semantischen Merkmalen gemeinsam hatten und sich lediglich in ihrer spezifischen Funktion unterschieden, z.B. »pen« für »pencil«. In einem Vergleich zwischen aphasischen Fehlleistungen und Wortassoziationen, die von Normalsprechern produziert wurden (POSTMANN & KEPPEL, 1970), ließen sich deutliche Ähnlichkeiten nachweisen. RINNERT & WHITAKER (1973) postulierten, daß Wortassoziationen von Normalsprechern und aphasische Fehlleistungen auf derselben lexikalischen Organisation basieren. Das hieße, daß bei dem Aphasiker die Grundstruktur des Lexikons zwar erhalten ist, aber einzelne Strukturelemente verlorengegangen sind.

In einem neueren Modell des semantischen Gedächtnisses (COLLINS & QUILLIAN, 1972; COLLINS & LOFTUS, 1975) wird das subjektive Lexikon als Netzwerk repräsentiert, dessen Knotenpunkte für die einzelnen Konzepte stehen, diese stehen untereinander durch einzelne Merkmale (dargestellt durch Verbindungen) in Beziehung. Wichtigstes Organisationsprinzip ist die semantische Ähnlichkeit. Die Annahme, daß die lexikalisch-semantischen Störungen bei Aphasie in einem Netzwerkmodell auf dort lokalisierbare Ursachen zurückzuführen seien (STACHOWIACK, 1979), scheint sich eher nur vage dahingehend zu bestätigen, daß bei Aphasie nicht einzelne semantische Felder selektiv gestört sind, sondern »vielmehr sind generelle Faktoren der Speicherorganisation sowie generelle Faktoren des Sprachgebrauchs für die Entstehung eines charakteristischen Musters in den lexikalisch-semantischen Fehlleistungen verantwortlich«.[20]

LHERMITTE, DEROUESNE & LECOURS (1971) analysierten die aphasischen Fehlleistungen bei der Wortfindung in drei Kategorien:

(1) Störung der hierarchischen Beziehung zwischen Wörtern,
(2) Verengung und
(3) Ausweitung des semantischen Feldes.

Während Patienten mit anteriorer Läsion (Broca-Aphasie) nur in der Gruppe repräsentiert waren, die hierarchische Fehler machte, zeigten Patienten mit posteriorer Läsion (Wernicke- und amnestische Aphasie) eine äußerst starke Beeinträchtigung der semantischen Struktur.

Eine andere Studie, die sich speziell mit der Störung der semantischen Organisation bei Aphasie beschäftigt, ging von der Annahme aus, daß diese Störungen eher die zugrundeliegende Struktur des Lexikons betreffen (ZURIF, CARAMAZZA, MEYERSON & GALVIN, 1974). In Anlehnung an bei Normalsprechern durchgeführte Untersuchungen zur Struktur des semantischen Lexikons (FILLENBAUM & RAPOPORT, 1971; MILLER, 1967, 1969, 1972) wird angenommen, daß die semantische Information als internalisierte Datenstruktur in Form von semantischen Merkmalen repräsentiert ist. Diese Merkmale eines Wortes (z.B. Junggeselle) lassen sich entweder durch einzelne Wörter (z.B. + männlich) oder Aussagen (z.B. − der verheiratet ist) darstellen und repräsentieren die lexikalische Information, die dem Sprecher zugänglich ist. ZURIF et al. (1974) wählten 12 Stimulusitems, die nach verschiedenen semantischen Beziehungen geordnet werden konnten. Das zentrale Merkmal hierbei war: ± »menschlich«, nach dem Tiere und Menschen unterschieden werden sollten. Bei einer Beurteilungsaufgabe, die nach den hierarchischen Beziehungen zwischen den Testitems fragte, stellte sich heraus, daß Patienten mit anteriorer Läsion offensichtlich über das semantische Merkmal »menschlich« versus »nicht-menschlich« verfügten, Aphasiepa-

---

[20] STACHOWIACK, 1979, S. 275.

tienten mit posteriorer Läsion jedoch konnten Menschen- und Tierbegriffe nicht in überzeugender Weise voneinander trennen. Während anteriore Patienten und die Kontrollgruppen sich bei der Beurteilung der Wörter auf die Bedeutung des Wortes selbst, unabhängig von seinem Gebrauch im Satz, zu konzentrieren schienen (paradigmatische Klassifikation), ordneten posteriore Patienten zwei Wörter nach dem Kriterium, wie man diese Wörter im Satz verwenden kann (syntagmatische Klassifikation). Dieses Ergebnis können wir in Beziehung zu den Beschreibungen JAKOBSON's (1956) setzen, der die Broca-Aphasie als syntagmatische Störung, die Wernicke-Aphasie als paradigmatische Störung deutete. Wir sehen, daß die verschiedenen Aphasien bei der Klassifikation der Wörter jeweils auf den Aspekt zurückgreifen, der ihnen zur Verarbeitung noch zur Verfügung steht; das ist der paradigmatische Aspekt bei der Broca-Aphasie und der syntagmatische Aspekt bei der Wernicke-Aphasie.

Eine kürzlich veröffentlichte Studie untersuchte die Frage, auf welche Weise verschiedene mögliche Informationstypen, die einem zu benennenden Stimulus innewohnen, in bestimmten Mustern der Benennungsstörungen wiedergespiegelt werden (WHITEHOUSE, CARAMAZZA & ZURIF, 1978). Auf dem Hintergrund der von LABOV (1973) und MILLER & JOHNSON-LAIRD (1976) vorgeschlagenen Modelle der konzeptuellen Repräsentation, wurden in einer Studie perzeptuelle und funktionale Information systematisch variiert. WHITEHOUSE et al. (1978) erstellten 24 Stimulusbilder, die verschiedene Variationen einer prototypischen Tasse zeigten. Sowohl diskrete Merkmale (Vorhanden-Sein oder Nicht-Vorhanden-Sein des Henkels) wie auch kontinuierliche Merkmale (Höhe und Weite) wurden im Stimulusmaterial variiert. Darüber hinaus wurde ebenfalls der jeweilige funktionale Kontext durch zusätzliche Bilder gegeben, die zusammen mit dem jeweiligen Stimulusitem präsentiert wurden. Als funktionaler Kontext zu »Tasse« wurde eine Kaffeekanne, aus welcher Kaffee in den Behälter floß, gezeigt; während zu »Schüssel« ein – für Amerikaner typischer – Kontext, nämlich eine Schachtel Frühstücksnahrung (z.B. Cornflakes) dargeboten wurde; als Kontext zum Testitem »Glas« wurde ein Bild gezeigt, auf dem Eiswasser in den Behälter

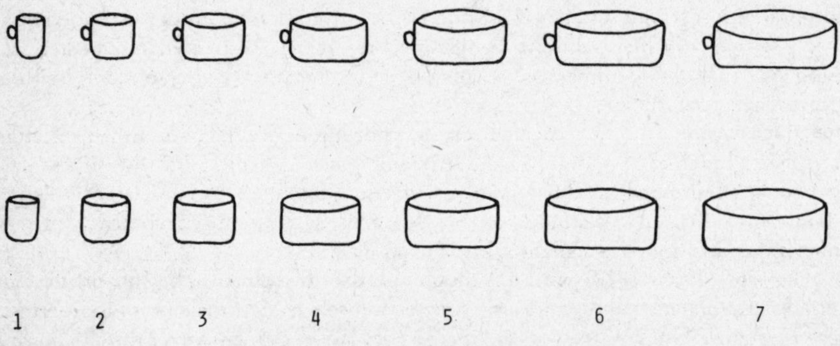

Abb. 9

geschüttet wurde. Bei der Benennung der Stimulusitems ergab sich für die Normalsprecher folgendes Ergebnis (LABOV, 1973): wenn die perzeptuelle Information deutlich ein Mitglied der jeweiligen Kategorie (»Tasse«, »Schüssel« oder »Glas«) darstellte, konnte die Benennung aufgrund dieser Information allein vorausgesagt werden, und Veränderungen des funktionalen Kontexts hatten keinen Einfluß auf die Benennung. Wenn die perzeptuelle Information jedoch von einem Stimulusitem geliefert wurde, welches die »Tasse« oder die »Schüssel« nicht in prototypischer Weise, sondern in einer vagen Variation darstellte, dann wurde die funktionelle Information zur Benennungsentscheidung herangezogen. Bei den Aphasikern zeigten sich unterschiedliche

Ergebnisse: die anterioren Aphasiepatienten (Broca-Patienten) benannten die prototypischen Behälter in konsistenter Weise und schienen auch sensibel gegenüber undeutlichen Grenzen zwischen den Prototypen; die posterioren Patienten (Wernicke- und amnestische Aphasie) jedoch demonstrierten kein solches Antwortmuster: sie benannten die Items entweder nicht konsistent oder aber ihre Antworten basierten allein auf dem Kriterium des Vorhandenseins oder Nichtvorhandenseins eines Merkmals (z.B. Behälter mit oder ohne Henkel). Den funktionalen Kontext betreffend erwiesen sich wiederum die anterioren Patienten als sensitiv und wechselten – wie Normalsprecher – den Namen, wenn ein neuer Kontext gegeben wurde. Die posterioren Patienten dagegen schienen den funktionalen Kontext gar nicht oder nur inadäquat zu verarbeiten. Die Autoren schließen aus den dargestellten Ergebnissen, daß bei posterioren Aphasiepatienten die semantische Repräsentation der Elemente, die die Bedeutung von Wörtern wie »Tasse«, »Glas« und »Schüssel« ausmachen, nicht gut strukturiert sind.

Aus den dargestellten Arbeiten zum Prozeß der Wortfindung und des Benennes wird deutlich, daß die Ursache der Wortfindungsstörung auf verschiedenen Prozeßebenen angesiedelt werden kann und, wie vorher beschrieben, sowohl den lexikalischen Zugriffsmechanismus wie auch die semantische Repräsentation selbst betreffen kann. Deutlich unterscheiden sich Patienten mit anteriorer (Broca-Aphasie) und posteriorer (Wernicke- und amnestische Aphasie) Läsion. Als mögliche Ursache der Wortfindungsstörung bei den verschiedenen Aphasieformen scheint sich herauszukristallisieren, daß bei Patienten mit anteriorer Läsion diese semantische Repräsentation noch relativ strukturiert ist. Auch Patienten mit posteriorer Läsion scheinen teilweise noch über eine recht intakte Grundstruktur zu verfügen, doch sind ihnen entweder einzelne Merkmale oder das gesamte Item nur unter bestimmten Bedingungen zugänglich.

Die Arbeit von MILBERG und BLUMSTEIN (1981) gibt erste Anhaltspunkte, unter welchen Bedingungen die semantische Information von Wörtern Patienten mit posterioren Läsionen zur Verfügung steht. In ihren Untersuchungen verwenden sie das oben beschriebene »semantic priming«-Paradigma. Broca- und Wernicke-Aphasiker sowie eine Kontrollgruppe von Normalsprechern wurden in einer lexikalischen Entscheidungs-Aufgabe (lexical decision task) getestet. Hierbei werden der Versuchsperson eine Reihe von Wörtern und Nicht-Wörtern – das sind Items, die nicht zum lexikalischen Inventar der jeweiligen Testsprache gehören – präsentiert. Aufgabe der Versuchsperson ist, zu entscheiden, ob das präsentierte Item zum lexikalischen Inventar der Testsprache gehört oder nicht. Gemäß des »semantic priming«-Paradigmas wurden vor dem jeweiligen Testwort einmal Wörter präsentiert, die in enger semantischer Beziehung zu dem Testwort standen oder aber überhaupt keine Beziehung zu diesem aufweisen. Es zeigte sich, daß Broca-Patienten, aber auch überraschenderweise Wernicke-Patienten, einen »semantic priming«-Effekt demonstrierten, der dem von Normalsprechern sehr ähnlich war. Die Autoren schlossen aus diesem Ergebnis, daß Wernicke-Patienten sehr wohl über eine intakte zugrundeliegende semantische Struktur des Lexikons verfügen, der Zugriff zur semantischen Information nur auf diese automatische Weise und nicht bewußt möglich ist. Solche bewußten semantischen Prozesse allerdings scheinen jedoch Voraussetzung für eine Weiterverarbeitung der semantischen Information zu sein, d.h. für deren Integration auf einer höheren kongitiven Ebene, auf der die Interpretation von Äußerungen stattfindet. Wir werden auf diesen Punkt im Kapitel über das Satzverständnis (Kap. 7) zurückkommen.

6.4 Störungen der Syntax

Die Störungen der Syntax bei Aphasie lassen sich zwei klinisch distinktiven Kategorien zuordnen (GOODGLASS & GESCHWIND, 1976). Eine der Störungen zeichnet sich durch das Fehlen von Funktionswörtern und von Flexionsendungen sowie eine nur fragmentarisch erhaltene Struktur der Syntax aus. Die andere Störung zeigt hauptsächlich die Verwechslung von Flexionen und Funktionswörtern sowie die Aneinanderreihung von semantisch unvereinbaren Satzeinheiten (Konstituenten). Diese zuletzt beschriebene Störung, die **Paragrammatismus** genannt wird, ist eines der Merkmale der Wernicke-Aphasie, während die zuerst beschriebene Störung mit ihrer verarmten oder vereinfachten Grammatikstruktur **Agrammatismus** genannt wird und kennzeichnend für die Broca-Aphasie ist, jedoch nicht notwendigerweise bei diesem Aphasiesyndrom auftreten muß. Der Agrammatismus ist sowohl für die theoretische Linguistik wie auch für die psycholinguistische Modellbildung von besonderem Interesse, da man annimmt, daß bei dieser Störung die syntaktische Komponente relativ isoliert betroffen ist, und sich somit die Möglichkeit ergibt, im Rest-Sprachverhalten die eigentliche Funktion der Syntax zu bestimmen.

6.4.1 Ansätze zur Erklärung von Agrammatismus und Paragrammatismus

PICK (1913), der sich als erster Aphasiologe der systematischen Untersuchung des **Agrammatismus** widmete, hatte bereits die Produktion eines Satzes als einen in unterschiedlichen Phasen ablaufenden Prozeß beschrieben (vgl. Kap. 6.1.1). Die einzelnen Phasen präzisiert er wie folgt: Zuerst ist da eine Intention, einen Satz zu bilden; sodann wird der Satz schematisiert; dieses Schema enthält die vage Satzmelodie und auch die generelle Wortordnung im Satz, dann erst wird die eigentliche Auswahl der Wörter getroffen. Auf der nächsten Ebene wird der aktuelle verbale Inhalt grammatikalisiert, so daß er in das Satzschema paßt. Das Symptom des Agrammatismus wurde von PICK im Rahmen dieses Modells als das Fehlen der Grammatikalisierung beschrieben: das gestörte System wird von dem Gesetz der Ökonomie regiert, dies hat eine Notsprache zur Folge, in der alle redundanten Elemente, wie Funktionswörter und Flexionen, ausgelassen werden. Spätere Untersuchungen haben jedoch im Gegensatz zu dieser Annahme gezeigt, daß Agrammatiker diese grammatikalischen Items auch dann auslassen, wenn diese für das Verständnis relevant sind (GOODGLASS, GLEASON, BERNHOLTZ und HYDE, 1972). Bei der temporal (sensorisch) begründeten Form der Aphasie, die sich durch Logorrhoe und verbale oder literale Paraphasien auszeichnet, liegt – so PICK – die Störung in der mangelnden Organisation des Lexikons begründet. Zwar sind Satzschema und Betonungsschema vorhanden, doch führt eine gewisse Enthemmung zu Logorrhoe (übermäßiger Redefluß) und fehlende Kohärenz der Gedankengänge zur Auswahl von unzutreffenden Worten (PICK, 1931).
Seit PICK, der als erster den Agrammatismus als spezifische Störung beschrieben hat, galt der Untersuchung des Agrammatismus das intensive Interesse der Aphasiologen, später der Neurolinguisten. PICKs Hypothese wurde zunächst von ISSERLIN (1922) übernommen, der auch den Standpunkt vertrat, daß der Agrammatiker angesichts der generellen Schwierigkeiten, Wörter zu äußern, möglichst kurze sprachliche Äußerungen tätigt. Dem Ökonomieprinzip folgend versuche der Agrammatiker, ein Maximum an Information mit einem Minimum an Kraftaufwand zu kommunizieren. KLEIST (1934) bemerkte, daß bei Störungen der expressiven Sprache zwar die Fähigkeit, Konzepte zu benennen, weitgehend erhalten ist, der Patient jedoch nicht fähig

ist, diese in einem grammatisch korrekten Satz zu verbinden. Er nannte diese Störung daher »Satzstummheit«. Dieser Terminus ist gleichbedeutend mit dem Terminus ›Agrammatismus‹. Im Gegensatz zum Agrammatismus machte KLEIST auf eine andersartige Störung der Syntaxkomponente aufmerksam, den **Paragrammatismus.** Diese Störung beschrieb er im Unterschied zum Agrammatismus als eine Fehlleistung in der Auswahl wie auch in der sequentiellen Ordnung von Wörtern und grammatischen Formen. Diese Störung ist hervorstehendes Merkmal der Wernicke-Aphasie.
Als erster Linguist beschäftigte sich JAKOBSON (1941, 1956) eingehend mit dem Phänomen der Aphasie und insbesondere mit den grammatischen und paragrammatischen Störungen. Er trifft in diesem Zusammenhang die fundamentale Unterscheidung zwischen paradigmatischer und syntagmatischer Störung. Die paradigmatische Störung betrifft die Verfügbarkeit verbaler Symbole für bestimmte Referenzen, die syntagmatische Störung dagegen betrifft die grammatikalische Sequentialisierung. JAKOBSON sieht demzufolge die Broca-Aphasie (Agrammatismus) als eine generelle Störung der Sequentialisierungsfähigkeit (Kombinations- Kontiguitätsstörung) auf allen linguistischen Ebenen, sowohl auf der grammatikalischen wie auch auf der Phonemebene. Das heißt, der agrammatische Patient hat sowohl Schwierigkeiten, die Phoneme zum Wort zusammenzufügen, wie auch die Wörter zu grammatischen Sequenzen zusammenzusetzen. Diese Generalisierung scheint jedoch in dieser Weise nicht gerechtfertigt, wenn man berücksichtigt, daß die Störungen auf Phonem- und Satzebene in der Broca Aphasie durchaus einzeln zu beobachten sind. Den bei der Wernicke-Aphasie zu beobachtenden Paragrammatismus beschreibt er als eine Störung der paradigmatischen Beziehungen der sprachlichen Zeichen. Zusammen mit den paradigmatisch semantischen Verstößen treten bei dieser Aphasieform auch Störungen im syntagmatischen Bereich auf, die sich in der fehlerhaften Selektion von Funktionswörtern und Flexionsendungen niederschlägt. JAKOBSON nennt diese Art der Störung auch Selektions-/Simulationsstörung. Auch LURIA (1976) unterscheidet Aphasien mit syntagmatischen und paradigmatischen Störungen. In der Beschreibung der agrammatischen Störung, die als syntagmatische Störung definiert wird, geht er von der Unterscheidung zwischen nominativem und prädikativem Gebrauch der Sprache aus. Beim Agrammatismus (Patienten mit Telegrammstil) sind nach LURIA die dynamischen Satzschemata zerstört, so daß der agrammatische Sprecher die Wörter nur als isolierte Einheiten zu benutzen vermag. Das heißt, er benutzt die Wörter in ihrer nominativen Funktion und ist nicht mehr fähig, die Sprache prädikativ zu verwenden. Neuere Erklärungen des Agrammatismus lassen sich kurz als syntaktische, lexikalische und phonologische Beschreibung kennzeichnen. BERNDT und CARAMAZZA (1980) definieren den Agrammatismus der Broca-Aphasie als die Manifestation einer zentralen Störung der syntaktischen Komponente des Sprachsystems.
Auf dem Hintergrund der Unterscheidung von zwei Wortklassen, der offenen Klasse der grammatischen Hauptkategorien (Nomen, Verb, Adjektiv) und der geschlossenen Klasse, die die grammatischen Nebenklassen (Artikel, Konjunktionen, Präpositionen usw.) in sich vereinigt, charakterisieren BRADLEY, GARRETT und ZURIF (1980) den Agrammatismus durch den Verlust eines speziellen Zugriffsmechanismus zu den Items der geschlossenen Klasse, nicht allerdings durch den Verlust dieser Klasse selbst.
Ein kürzlich viel diskutierter Ansatz (KEAN, 1977) definiert den Agrammatismus auf dem Hintergrund der generativen Phonologie nicht als primäres syntaktisches Defizit, sondern als phonologisches Defizit, das sich erst sekundär als Störung der Syntax auswirkt. KEAN behauptet, daß sich das phonologische Defizit sowohl in syntaktischen Störungen der Produktion als auch in der mangelnden phonologischen Diskriminationsfähigkeit manifestiert. Alle Wörter, die nicht in die Kategorie der »phonologi-

schen Wörter«[21] gehören, das heißt für die englische Sprache alle Wörter, die nicht betont sind, werden vom Agrammatiker ausgelassen. Dieser Ansatz hat bereits scharfe Kritik erfahren (KOLK, 1979; KLOSEK, 1979). Eines der von KEAN (1979) vorgebrachten Hauptargumente gegen eine syntaktische und für eine phonologische Beschreibung des Defizits beruht auf der Analyse von Präpositionen. Während Präpositionen in der syntaktischen Beschreibung einen ambigen Status haben, indem sie einerseits in die Klasse der Funktionswörter gehören, im Gegensatz zu diesen jedoch eine Nominalphrase dominieren können und sich damit ebenso wie Elemente der syntaktischen Hauptkategorien verhalten, fallen die einsilbigen Präpositionen in der phonologischen Beschreibung in die Klasse der »phonologisch klitischen Elemente«, d.h. der Klasse, die alle grammatischen Elemente beinhaltet. Der Hypothese KEANs zufolge müßten Agrammatiker, die per definitionem nur »phonologische Wörter« verarbeiten, einsilbige Präpositionen nicht verarbeiten können. In der Darstellung der empirischen Arbeiten werden wir sehen, daß dies jedoch nicht für alle einsilbigen präpositionalen Formen gilt.

6.4.2 Empirische Studien zum Agrammatismus

Der Versuch, Einsichten in das Phänomen des Agrammatismus mit Hilfe des kontrollierten Experiments zu gewinnen, ist erst eine Entwicklung der letzten 20 Jahre. Bei diesen Untersuchungen stehen meist Hypothesen über die Störung der Syntax bzw. ihrer Teilkomponenten im Vordergrund.

6.4.2.1 Studien zur Morphologie

Eine der ersten kontrollierten Untersuchungen zu syntaktischen Störungen beschäftigte sich mit den Flexionsendungen, da das Auslassen von Flexionen eines der auffälligen Merkmale des Agrammatismus ist. GOODGLASS & HUNT (1958) stellten fest, daß im Englischen das possessive »s« in z.B. »my sister's« doppelt so oft ausgelassen wurde wie das Plural »s« in z.B. »the gloves«. Dieses Ergebnis kann im Sinne der in dieser Studie explizit getesteten Regressionshypothese von JAKOBSON (1941) interpretiert werden, die besagt, daß der Sprachabbau in der Aphasie analog dem Spracherwerb verläuft. Ein Vergleich mit Kindern zeigte, daß Kinder das Plural Morphem »s« früher und häufiger produzieren als das possessive »s« oder das »s« der dritten Person Singular (BERKO, 1958). Folgestudien (GOODGLASS & BERKO, 1960; GOODGLASS et al., 1972) spezifizierten jedoch, daß die Schwierigkeiten, die Kinder und Aphasiker beim Produzieren von Flexionsendungen haben, unterschiedlich zu begründen sind. Bei Kindern sind die Schwierigkeiten hauptsächlich auf die morphophonemische Komplexität der jeweiligen Elemente zurückzuführen, d.h. die nicht-silbische Variante z.B. »books«, »boy's« ist einfacher als die silbische Variante z.B. »horse's«, »nurse's«. Die Performanz der Aphasiker scheint dagegen eher von der Funktion der einzelnen grammatischen Elemente abhängig zu sein, d.h. ein Broca-Patient kann zum Beispiel gänzlich unfähig sein, Possessive zu bilden (unabhängig von deren morphophonemischer Komplexität), während Plurale noch recht gut gebildet werden können.

[21] KEAN (1977) definiert: »a phonological ›word‹ is a string of segments, marked by boundaries, which function is the assignment of stress to a word (in English)« z.B. [#boy#]. Später (KEAN, 1979) übernimmt sie die dichotome Beschreibung ›clitics‹ versus ›non-clitics‹, wobei ›non-clitics‹ dem »phonologischen Wort« entsprechen soll.

Als ein weiterer Unterschied zwischen dem sprachlichen Verhalten von Kindern und Erwachsenen wird angeführt, daß Aphasiker im Gegensatz zu Kindern oftmals versuchen, ihre fehlerhaften Äußerungen zu korrigieren.
Auch DE VILLIERS (1974, 1978) untersuchte die morphologischen Fähigkeiten von Aphasikern im Vergleich zu Kindern. In einem Korpus von Spontansprache analysierte sie das Vorhandensein von vierzehn Morphemen in syntaktisch obligatorischem Kontext. Es zeigte sich, daß die Rangreihenfolge von Abbau und Erwerb dieser Morpheme nicht hoch miteinander korrelierte, d.h. diejenigen Morpheme, die zuletzt erlernt werden, sind nicht diejenigen, die notwendigerweise auch als erste bei Aphasie verloren gehen.

6.4.2.2 Lexikalische versus grammtikalische Items

Einige der oben aufgezeigten Ansätze (Kap. 6.4.1) basieren auf der generellen Unterscheiden zwischen Lexikon und Syntax, wobei die meisten den Agrammatismus als spezifischen Ausfall syntaktischer Komponenten ansehen.
Nehmen wir nun an, daß das Lexikon selbst schon Informationsbasis für Satzverarbeitung sein kann, so scheint es sinnvoll, schon im Lexikon den Unterschied zwischen solchen Wörtern, die hauptsächlich syntaktische Information tragen und solchen, die hauptsächlich semantische Information tragen, anzuzeigen. Die Unterscheidung zwischen einer Klasse von Funktionswörtern (Artikel, Konjunktionen, Präpositionen etc.) und einer Klasse von Inhaltswörtern (Nomen, Verben, Adjektive etc.), die in der traditionellen Linguistik getroffen wird (vgl. HEIDOLPH, FLÄMIG & MOTSCH, 1981), scheint sich grob mit den beobachtbaren Verarbeitungsprozessen zu decken. Der Agrammatismus zeichnet sich in diesem Erklärungsansatz durch die Störung in der Verarbeitung von Funktionswörtern aus. Die klinische Beobachtung bestätigt eine solche Annahme zumindest für den Bereich der spontanen Rede.
GOODGLASS, FODOR und SCHULHOFF (1967) zeigten, daß Funktionswörter nicht generell ausgelassen werden, sondern daß die Auslassung dieser Elemente in einem Satz-Wiederholungstest davon abhängig war, ob die Wörter in betonter oder unbetonter Stelle stehen. Auslassung von unbetonten Wörtern, die am Anfang eines Satzes stehen, war weitaus häufiger als Auslassung von betonten Wörtern. Die mögliche Erklärung, daß Agrammatismus generell von prosodischen Faktoren abhängig ist, erweist sich jedoch bei näherer Analyse der vorliegenden Daten als nicht haltbar. Es zeigte sich nämlich, daß die unbetonten Funktionswörter zwar im Satzbeginn ausfallen, sich jedoch in der Mitte des Satzes als relativ stabil erweisen.
ZURIF, CARAMAZZA und MEYERSON (1972) versuchten mit ihrer Studie das zugrundeliegende Wissen um die satzinternen Relationen bei Agrammatikern aufzudecken. In einem Beurteilungsexperiment (relatedness judgements), in dem die Versuchsperson den Grad des subjektiven Zusammenhangs zwischen je zwei im Satz vorkommenden Wörtern beurteilen mußte, zeigte es sich, daß die Agrammatiker nicht fähig waren, eine vollständige strukturelle Beschreibung eines Satzes zu geben. In diesen metalinguistischen Beurteilungsaufgaben (ZURIF et al., 1972; KOLK, 1978) interpretierten Agrammatiker die vorgelegten Sätze, indem sie alle Inhaltswörter nach möglichen thematischen und nicht nach syntaktischen Relationen zusammengruppierten. Aus den Ergebnissen wurde die Hypothese vom generellen zugrundeliegenden syntaktischen Defizit der Broca-Aphasie hergeleitet, die besagt, daß sich ein solches Defizit sowohl in der Sprachproduktion wie auch im Sprachverständnis und bei metalinguistischen Aufgaben manifestiert. In einer detaillierten Folgestudie zum metalinguistischen Wissen bei Broca-Aphasie (ZURIF, GREEN, CARAMAZZA und GOODENOUGH, 1976)

wurde deutlich, daß Broca-Aphasiker in den Beurteilungsaufgaben Artikel ignorierten und Pronomen trotz ihres höheren semantischen Wertes kaum adäquat verarbeiteten, Präpositionen im Gegensatz dazu jedoch erstaunlich gut metalinguistisch beurteilten (vgl. Kap. 7.3.2.2).

ZURIF und CARAMAZZA (1976) argumentieren, daß das relativ gute Verarbeiten der Präpositionen aufgrund ihres semantischen Gehalts möglich ist, und daß dies bei den Pronomen zumindest in den verwendeten Testsätzen nicht gegeben war, da sie in diesen hauptsächlich strukturierende Funktion hatten. Eine weitere Untersuchung (GOODENOUGH, ZURIF und WEINTRAUB, 1977) unterstützte die Annahme, daß Agrammatiker unfähig sind, die syntaktisch strukturierende Rolle des Artikels in Sätzen zu verstehen.

FRIEDERICI (1981), FRIEDERICI, SCHÖNLE und GARRETT(1982) führten eine Reihe von Untersuchungen bei englischsprechenden Aphasikern durch, die sich speziell mit der Produktion von Präpositionen und deren Perzeption befassen. Obwohl die Produktionsleistung der Broca-Aphasiker empfindlich gestört war, zeigten diese Patienten noch eine relativ gut erhaltene perzeptive Verarbeitung von isoliert dargebotenen Präpositionen. Forderte die Verstehensaufgabe jedoch in erhöhtem Maß syntaktische Verarbeitungsstrategien, so fiel auch die Perzeptionsleistung stark ab (FRIEDERICI, SCHÖNLE und GARRETT, 1982). Es wurde geschlossen, daß Präpositionen dann eher korrekt verarbeitet werden, wenn dies vornehmlich aufgrund von semantischer Information möglich ist, wenn jedoch syntaktische Verarbeitung in verstärktem Maße notwendig ist, dann können auch Präpositionen von agrammatischen Sprechern nicht mehr verarbeitet werden. In weiteren Untersuchungen zum Sprachverständnis bei agrammatischen Sprechern, die in Kap. 7.3.2 besprochen werden, wird deutlich werden, inwieweit sich die Hypothese vom generellen syntaktischen Defizit, das sich sowohl in der Produktion wie auch im Sprachverständnis manifestiert, als zutreffend erweist.

In einer weiteren Studie von FRIEDERICI (1982) wurden lexikalische und syntaktische Aspekte unabhängig von der spezifischen Aufgabenstellung innerhalb der Kategorie der Präpositionen systematisch beobachtet. Die deutsche Sprache bietet die Möglichkeit, den lexikalischen und syntaktischen Aspekt, unabhängig von der Form des Wortes, zu untersuchen. Präpositionen können entweder als vornehmlich syntaktisches Element oder als eher lexikalisches Element verwandt werden. Die funktionale Rolle der Präposition in einem Satz wie »Peter hofft **auf** den Sommer« ist eher syntaktisch: sie trägt an sich keine Bedeutung, sondern subkategorisiert lediglich das vorangehende Verb. Diese Präpositionen können syntaktisch obligatorische Präpositionen genannt werden. In Sätzen wie »Peter steht **auf** dem Stuhl« hingegen trägt die Präposition sowohl lexikalische wie auch syntaktische Information. Wenn es stimmt, daß die Broca-Aphasie als syntaktisches Defizit beschrieben werden kann, so würde man voraussagen, daß obligatorische Präpositionen in vornehmlich syntaktischer Rolle einem Broca-Aphasiker größere Schwierigkeiten bereiten als die sogenannten lexikalischen Präpositionen, die auch semantische Information tragen. Die Ergebnisse der Untersuchung, die an jeweils 12 Broca- und Wernicke-Aphasikern durchgeführt wurde, belegen diese Annahmen. Broca-Aphasiker produzierten eher lexikalische Präpositionen als obligatorische Präpositionen. Wernicke-Aphasiker hingegen zeigten ein genau spiegelbildliches Verhalten; sie produzierten obligatorische Präpositionen in ihrer syntaktisch korrekten Funktion häufiger als lexikalische Präpositionen, die vornehmlich in semantischer Rolle verwandt werden (siehe Abb. 10). Diese Ergebnisse unterstützen die Annahme, daß sich Broca-Aphasie durch ein syntaktisches Defizit auszeichnet, während die Wernicke-Aphasie zumindest als eines der charakteristischen Merkmale eine Störung der semantisch-lexikalischen Prozesse aufweist.

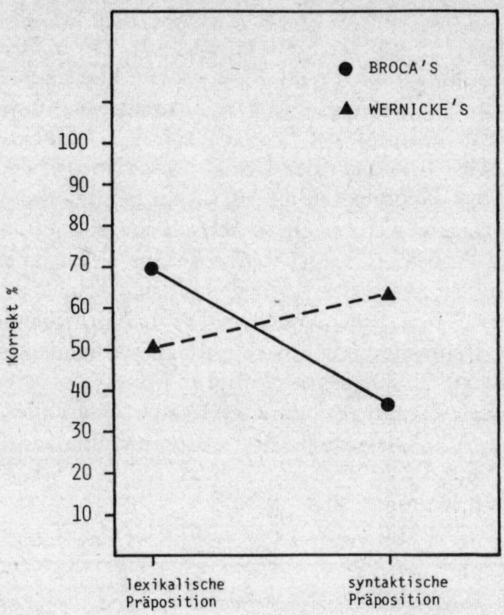

Abb. 10

VON STOCKERT und BADER (1976) hatten zuvor schon auf die doppelte Dissoziation zwischen syntaktischen und semantisch-lexikalischen Fähigkeiten bei Broca- und Wernicke-Aphasie hingewiesen. In einem Satz-Ordnungs-Test wurde dem Patienten ein Satz, der in drei Teile zerschnitten war, dargeboten, wobei die Aufgabe des Patienten darin bestand, diese Teile zu einem bestmöglichen Satz zusammenzusetzen. Zehn normal nicht-reversible Deklarativsätze (z.B. die Kinder/ spielen in/ dem Garten), zehn Sätze, bei denen syntaktische Struktur und semantische Plausibilität im Konflikt standen (z.B. den Hasen/ erschießt/ der Jäger) und zehn syntaktisch strukturierte Unsinns-Sätze (z.B. die sevin/ slach/ den unger) werden je einer Gruppe von Broca-, Wernicke- und Totalaphasikern vorgelegt. Broca- und Wernicke-Aphasiker ordneten die normalen Deklarativsätze recht mühelos. Wernicke-Patienten zeigten auch für die zwei anderen Satzgruppen relativ gute Leistungen im Ordnen der Satzteile, Broca-Patienten hingegen zeigten große Schwierigkeiten im Ordnen der Satzteile anhand der gegebenen morphologischen Markierungen. Die unplausiblen Sätze ordneten sie meist entgegen der syntaktischen Hinweise nach dem Prinzip der semantischen Plausibilität.

Dem Unterschied zwischen semantischer und syntaktischer Information entspricht die Unterscheidung zweier distinktiver Klassen von Wörtern, nämlich Inhaltswörtern einerseits und Funktionswörtern und gebundenen Morphemen andererseits. Diese zwei Wortklassen könnte man GARRETT (1976) folgend auch als eine **offene** (open) und eine **geschlossene** (closed) Klasse von Items definieren. Während die offene Klasse beliebig vergrößerbar ist, besteht die geschlossene Klasse aus einer relativ kleinen Anzahl von Mitgliedern (HEIDOLPH et al., 1981). Auf dem Hintergrund dieser Unterscheidung wird der Agrammatismus von BRADLEY, GARRETT und ZURIF (1980) als eine Störung des Zugriffs zur geschlossenen Klasse definiert. Die Autoren zeigten in einem Wortentscheidungsexperiment (»lexical decision«), daß Broca-Aphasiker sowohl fähig sind, Items der geschlossenen Klasse zu erkennen, dabei jedoch auf einen Erkennungsmechanismus zurückgeworfen sind, der beim Normalsprecher für das Erkennen von Items der offenen Klasse benutzt wird. Zur Verdeutlichung soll dies im folgenden näher ausgeführt werden. Die offene Klasse von Items zeigt beim Normalsprecher einen klaren Häufigkeitseffekt (»frequency effect«); das bedeutet, die Reaktionszeit der Entscheidung, ob ein bestimmtes Wort »Wort oder Nicht-Wort« der Testsprache ist, erweist sich als Funktion der Häufigkeit des Gebrauchs des Wortes in der Sprache, d.h., ein häufig gebrauchtes Wort erfordert eine kürzere Reaktionszeit für diese Entscheidung als ein weniger häufig gebrauchtes Wort (siehe Abb. 11, OPEN CLASS). Das Erkennen der Items der geschlossenen Klasse scheint jedoch unabhängig von der Gebrauchsfähigkeit, d.h., häufig und weniger häufig gebrauchte Items dieser Klasse werden gleich schnell identifiziert (siehe Abb. 11, CLOSED CLASS).[21a] Broca-Aphasiker zeigen hingegen ein völlig anderes Verhalten. Zwar ist auch hier die Reaktionszeit der Items der offenen Klasse abhängig von der Gebrauchshäufigkeit eines Wortes, im Unterschied zum Normalsprecher jedoch ist dieser Effekt auch für die Items der geschlossenen Klasse vorhanden (siehe Abb. 11). BRADLEY, GARRETT & ZURIF (1980) nehmen aufgrund dieser Ergebnisse an, daß es beim Normalsprecher **zwei** separate Erkennungssysteme, eines für die offene und eines für die geschlossene Wortklasse gibt. Der Agrammatiker jedoch verfügt nur noch über **ein** einziges Erkennungssystem, nämlich das für die offene Klasse, mit dem er beide Wortklassen erkennen muß.

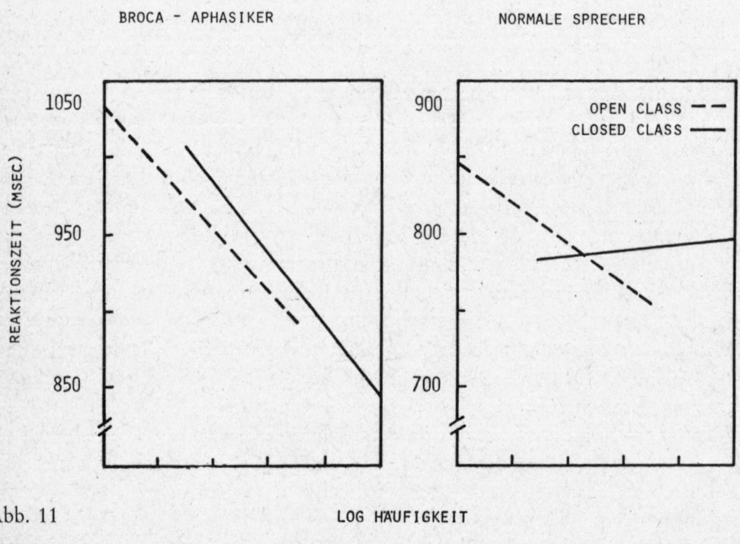

Abb. 11

ANDREEWSKY und SERON (1975) konnten ein ähnliches Phänomen in einer Laut-lese-Aufgabe beobachten. Ein französischsprachiger Agrammatiker, der fähig war, lexikalische Items zu lesen, war nicht imstande, gleichlautende grammatische Items zu lesen (z.B. »Le **car** ralentit **car** le moteur chauffe«). Sie beschrieben das Sprachsystem dieses Patienten als mit einem Filter versehen, der nur den lexikalischen Items den Durchgang erlaubt. Die Ergebnisse von FRIEDERICI und SCHÖNLE (1980) weisen

[21a] GORDON & CARAMAZZA (1982) konnten diese Ergebnisse für englischsprachige Normalpersonen allerdings nicht replizieren. In ihrer Untersuchung erwiesen sich auch die Items der geschlosssenen Klasse als frequenzabhängig. Ob sich die beiden Wortklassen letztlich im Sinne der Frequenzabhängigkeit oder überhaupt unterscheiden lassen, ist zur Zeit Gegenstand lebhafter Diskussionen; zukünftige Forschungen werden hier vielleicht verläßlichere Antworten zulassen (vgl. auch FRIEDERICI, 1983).

ebenfalls auf die Existenz von zwei verschiedenen Erkennungssystemen hin. In einem Laut-lese-Experiment mit homophonen Wörtern, die jeweils sowohl zur offenen Klasse als auch zur geschlossenen Klasse gehören (z.B. »bee« – Biene, »be« – sein), zeigten sich zwei verschiedene Typen von Aphasie, spiegelbildliche Störungen. Während im Fall des Agrammatismus fast ausschließlich das Lesen der Items der geschlossenen Klasse unmöglich war, zeigte der Fall der Wernicke-Aphasie einen schweren Ausfall der Verarbeitung von Items der offenen Klasse, bei gleichzeitigem guten Erhalten-Sein der gleichlautenden Items der geschlossenen Klasse. Statt die Existenz verschiedener Filter anzunehmen, können die beiden aphasischen Fälle auch als Repräsentanten der beim Normalsprecher aufweisbaren unterschiedlichen Erkennungssysteme angesehen werden.

SAFFRAN, SCHWARTZ und MARIN (1980) stellten fest, daß Agrammatiker auch recht massive Wortordnungsprobleme bei der Produktion von Sätzen haben. In einem Satz-Ordnungs-Test wie auch in der mündlichen Produktion zeigte sich, daß Agrammatiker Satzteile eher nach semantischen Faktoren (Belebtheit oder Potenz) als nach syntaktischen Faktoren ordnen. Sie interpretieren die Ergebnisse als Reflexion eines fundamentalen syntaktischen Defizits, das sich als die Unfähigkeit, semantische Relationen in syntaktische Struktur umzusetzen, spezifizieren lasse. Ob die Unfähigkeit durch den Verlust eines speziellen Zugriffsmechanismus begründet ist oder durch einen fundamentalen syntaktischen Defizit, ist derzeit der zentrale Punkt in der Diskussion um eine adäquate Beschreibung des Agrammatismus.

6.4.2.3 Syntaktische Regeln

Weitere Untersuchungen zur perzeptuellen Verarbeitung von Items der offenen und geschlossenen Klasse bei agrammatischen Sprechern sollen in Kap. 7.3.2 diskutiert werden. Falls der Agrammatiker durch den Ausfall bestimmter syntaktischer Regeln definiert werden kann, sollte es möglich sein, eine Grammatik der noch vorhandenen Regeln zu erstellen. Ausgehend von dieser Annahme haben MEYERSON & GOODGLASS (1972) gezeigt, daß die Grammatik eines Agrammatikers, so wie sie in der freien Rede produziert wird, der Transformationsgrammatik folgend durch eine kurze Liste von Regeln beschrieben werden kann.

In einem anderen Ansatz versuchten GOODGLASS, GLEASON, BERNHOLTZ und HYDE (1972) ebenfalls, die Frage nach der Regularität syntaktischer Regeln bei Aphasie anzugehen. Mit Hilfe eines Geschichten-Ergänzungs-Tests (story completion task) versuchte man, bestimmte grammatische Formen zu evozieren. Die Ergebnisse dieser Untersuchung machen deutlich, daß agrammatische Sprache nicht mittels des Ökonomieprinzips (siehe Kap. 6.4.1) zustande kommt und ebenso wenig durch eine Reihe vereinfachter grammatischer Regeln beschrieben werden kann. Der Agrammatiker – so die Autoren – ist vielmehr permanent bemüht, syntaktische Regeln wiederzuerlangen, und es zeigt sich, daß er zu einem bestimmten Grad fähig ist zu beurteilen, was richtig ist und was nicht, auch wenn er die Äußerungen selbst nicht produzieren kann.

Hier stellt sich erneut die Frage, ob der Agrammatismus als Kompetenz- oder Performanzstörung beschrieben werden soll. Die in Kapitel 5.3 angeführten Argumente gelten auch hier. Eine Entscheidung darüber ist sicherlich abhängig von der jeweils zugrundeliegenden Theorie der Sprache. Gibt es eine zentrale Sprachkompetenz, die mit ihren Komponenten sowohl für die Produktion als auch das Verstehen von Sprache zuständig ist oder sind eher performanzspezifische Kompetenzen anzunehmen?

6.4.3 Der aphasische Jargon

Im vorangegangenen Kapitel haben wir neben den agrammatischen Störungen der Broca-Aphasie auch zum Teil die paragrammatischen Aspekte der Wernicke-Aphasie diskutiert; im folgenden wollen wir nun noch auf eine besondere Form der paragrammatischen Störung eingehen.

Vom klinischen Syndrom der Broca-Aphasie unterscheidet sich die Wernicke-Aphasie durch eine flüssige, meist lexikalisch wie syntaktisch unkontrollierte Sprachproduktion. Im lexikalischen Bereich sind vor allem Vertauschungen oder Substitutionen von Wörtern durch lautähnliche oder bedeutungsähnliche Elemente (phonematische und semantische Paraphasien) charakteristisch. Die Verwechslungen finden meist innerhalb einer Wortklasse oder Wortkategorie statt. Neben diesen Selektionsstörungen im paradigmatischen Bereich kommt es auch zu Abweichungen im syntagmatischen Bereich. Zwar scheint die syntagmatische Struktur der Äußerungen von Aphasikern mit posterioren Läsionen recht komplex, doch folgt die Aneinanderreihung der einzelnen Satzglieder nicht immer den syntaktischen Regeln. Größere Sequenzen werden progressiv oder regressiv assimiliert oder ganze Sequenzen werden falsch eingeordnet.[22] Dadurch kommt es zu Verdoppelungen und Überschneidungen von Satzgliedern. Oft werden Sätze abgebrochen, und die jeweilige letzte Konstituente dient gleichzeitig als erste Konstituente im folgenden Satz, z.B. »da hab' ich direkt von Anfang hab' ich das gemerkt«. Redewendungen und Floskeln halten die Produktion über längere Zeit in Gang. Die Intonation dieser Äußerungen ist normal. Diese Sprechweise wird immer von einer schweren Sprachverständnisstörung begleitet.

Im Extremfall ist das Sprechen durch zahlreiche Paraphasien gekennzeichnet, bei denen das Zielwort oft bis zur Unkenntlichkeit entstellt ist, so daß man bei diesen Produktionen von Neologismen sprechen muß. Wenn die Sprache weitgehend aus neologistischen, paraphasischen und nicht in den Zusammenhang passenden Worten besteht, so wird diese Sprache als Jargonaphasie bezeichnet, da sich die Sprache wie eine Privatsprache anhört. Die Bezeichnung »Privatsprache« ist jedoch insofern irreführend, da es sich nicht im Sinne von LORENZER (1970) um eine stabile Privatsprache handelt, die in konstanter Weise von der Normalsprache abweicht, sondern der aphasische Jargon zeichnet sich durch eine permanente Inkonsistenz aus. Die Beziehung zwischen Signum und Signatum (zwischen Zeichen und Bezeichnetem) ist nicht stabil; mehrere Signa werden einem Signatum zugeordnet und ebenso werden minimale Variationen eines Signums für die Bezeichnung von verschiedensten Dingen und Handlungen verwandt.

Dieses inkonsistente sprachliche Verhalten hat dazu geführt, daß man bei der Jargonaphasie nicht nur eine sprachliche, sondern auch eine physische Störung vermutete. ALAJOUANINE et al. (1952) vertraten die Ansicht, daß die fehlende Einsicht in die Krankheit (Anosognosie) auch eine anosognostische Desintegration des semantischen Systems zur Folge habe. Die Einsicht in die zur Verfügung stehenden Kommunikationsmittel ist sicherlich wesentlicher Bestandteil des Kommunikationsvermögens. Die Autoren kommen daher zu dem Schluß, daß die Jargonaphasie als Kommunikationsstörung zu beschreiben ist.

LINKE (1981) hat zu Recht darauf hingewiesen, daß diese Beschreibung nicht haltbar ist. Er führte Beispiele von Jargonaphasien an, aus denen deutlich hervorgeht, daß sich das Verhalten des Patienten nicht durch fehlende Einsicht auszeichnet, sondern bei denen eine intensive Auseinandersetzung mit der eigenen Krankheit sichtbar wird.

---

[22] vgl. LECOURS & ROUILLON, 1976.

LINKE (1981) berichtet von einem Gespräch mit einem Jargonaphasiker, bei dem der Untersucher sich ausschließlich asemantischer Stimuli, d.h. Unsinnssilben bediente, und nur mittels Intonation das Gespräch in Gang hielt. Der Patient schien dabei nicht wahrzunehmen, daß die vom Untersucher benutzten Items nicht Wörter der deutschen (oder irgendeiner anderen) Sprache waren, wie der folgende Ausschnitt aus dem Gespräch zeigt.

Unters.: Ja, ein lekiges Dob rezillte die Ditone nicht?
W.L.: Ja, aber trotzdem ist ist Bilden äh zögen und bildlobend, nicht wahr?
Unters.: Aber die Gelge am Kliege wasten ein seping Taf, nicht?
W.L.: Tja, das will nicht zögern, das hat, hat bildend noch immer gesagt äh bilzögern. Nicht wahr. Aber im Bilden ist äh Zögern toden dabei nicht wahr und darum würde ich sagen Sie Herr Doktor, daß Sie bei bildend regelrecht zögern sagen, mit Bilden zögern dabei. Sie können können das zögern in zogern sagen und es ist auch so, daß bei bildend äh dieses Zögern äh mitbringend ist, nicht wahr?
Unters.: Ja, das ist wie do blig die um Flutesten.
W.L.: Ja, da komm ich der Meinung, daß dieses Zögernd bildend ist, bildend ist aber sie muß das zögernd bilden können, nicht wahr?[23]

Das sprachliche Verhalten dieses Patienten zeigt deutlich, »daß das lexikalisch-syntaktische System abgekoppelt von der semantischen Dimension aktiv sein kann«.[24]
Das Verdienst ALAJOUANINE's (1956) ist es, das Syndrom der Jargonaphasie in die unterschiedlichen Formen eingeteilt zu haben. Er unterscheidet:

(1) die schwerste Form des Jargons enthält keine Wörter, sondern nur Wortbildungen, die allerdings meist den phonologischen Regeln der Zielsprache des Erkrankten folgen; er nannte diese Form den »undifferenzierten Jargon«, sie wird jedoch häufiger als »phonemischer Jargon« bezeichnet,
(2) eine zweite Form verfügt zwar über Funktionswörter, die eine syntaktische Struktur vorzugeben scheinen, jedoch werden die Inhaltswörter durch Neologismen ersetzt; diese Form wird von ihm »asemantischer Jargon« genannt, sie wird aber auch als »neologistischer Jargon« bezeichnet,
(3) bei der dritten Form sind die Inhaltswörter durch Paraphasien repräsentiert, diese Form nennt er »paraphasischen Jargon«, sie wird auch als »semantischer Jargon« bezeichnet.

ALAJOUANINE hatte die Evolution der Jargonaphasie als eine Aufeinanderfolge dieser drei Formen beschrieben (vgl. DUCHAN et al., 1980).
BUCKINGHAM und KERTESZ (1976) betonen, daß das Defizit der Jargonaphasie ein primär linguistisches sei, und beschreiben es als das Fehlen der referentiellen Bedeutung, das in den späten Phasen offenbar wird, zwar ebenso den frühen Phasen zugrundeliegt, sich jedoch in den einzelnen Phasen unterschiedlich stark manifestiert (vgl. GREEN, 1969).
PEUSER und TEMP (1981) versuchen, die Evolution der Jargonaphasie innerhalb des von FROMKIN (1971, 1973) und GARRETT (1975) bereitgestellten, psycholinguistischen Modells (vgl. Kap. 6.1.2) zu beschreiben. PEUSER und TEMP nehmen in Anlehnung an dieses Modell sechs verschiedene Stufen der Verarbeitung an: Auf der **1. Stufe** wird

[23] LINKE (1981).
[24] LINKE (1981.

die Bedeutung selektiert. Diese Verarbeitungsstufe ist bei dem Jargonaphasiker intakt, denn er weiß, worüber er redet. Auf der **2. Stufe** werden die syntaktischen und prosodisch festgelegten Satzrahmen bereitgestellt. Auch diese Verarbeitungsstufe vermag der Jargonaphasiker zu bewältigen. Auf **Stufe 3** werden Funktionswörter in den Satzrahmen eingefügt. Auf **Stufe 4** werden die Inhaltswörter in den Rahmen gefügt und auf **Stufe 5** die Flexionen. Diese Stufen seien im Fall der Jargonaphasien blockiert, während die **6. Stufe,** auf der phonologische Prozesse ablaufen, weitgehend intakt sei. Die Wandlung von der schwersten Form des phonologischen Jargons über den neologistischen Jargon hin zum semantischen Jargon deutet darauf hin, daß die Stufen nach und nach wieder zu arbeiten beginnen, und z.B. Funktionswörter zuerst und dann Inhaltswörter wieder verfügbar wurden.

FRIEDERICI und SCHÖNLE (1980) hatten ebenfalls darauf hingewiesen, daß neologistische Sprache in einem Fall einer schweren Wernicke-Aphasie im Rahmen des von GARRETT (1975) vorgeschlagenen Modells beschrieben werden kann. GARRETT (1975) hatte angenommen, daß den Elementen, die den Satz syntaktisch organisieren und eine Repräsentation auf der »positionalen« Ebene ermöglichen, ein spezifisches Subvokabular, das alle Elemente der geschlossenen Klasse enthält, entspricht, während das Vokabular, daß die Elemente der offenen Klasse enthält, für Prozesse aktiviert wird, die eine Repräsentation auf der »funktionalen« Ebene erlauben. In Übereinstimmung mit anderen Fallbeschreibungen (MARIN et al., 1976; BUTTERWORTH, 1979) war der von FRIEDERICI und SCHÖNLE (1980) untersuchte Patient zwar fähig, isoliert dargebotene Elemente der geschlossenen Klasse zu lesen, war jedoch nicht imstande, gleichlautende (homophone) Elemente der offenen Klasse zu lesen. Er substituierte diese durchweg mit Neologismen. Bei der Aufgabe, Sätze zu lesen, las er Elemente der geschlossenen Klasse teils korrekt, substituierte sie jedoch meist durch Items derselben Klasse, während er Elemente der offenen Klasse immer als Neologismen realisierte. Das sprachliche Verhalten dieses Patienten wurde als die Unfähigkeit des Umgangs mit lexikalischen Items beschrieben, die sich unabhängig von der Verarbeitung syntaktischer Elemente und von der phonetischen Verarbeitung manifestiert. Dies stimmt mit den von PEUSER und TEMP (1981) und anderen berichteten Fällen insofern überein, als eine unterschiedliche Verarbeitung von Items der offenen und geschlossenen Klasse entweder in der Evolution oder in verschiedenen Fällen von Jargonaphasie deutlich wird.

Obwohl einige Autoren die Jargonaphasie als ein »Leistungsproblem« beschrieben haben (LECOURS & LHERMITTE, 1976; KERTESZ & BENSON, 1970), stimmten die meisten Autoren darin überein, daß die Jargonaphasie als ein primäres Defizit des lexikalischen Zugriffs zu beschreiben ist (BUCKINGHAM, 1981; BUTTERWORTH, 1979; PEUSER & TEMP, 1981).

6.5 Sprache und Geste

Seit die Aphasie Gegenstand systematischer Untersuchung ist, gibt es zwei grundlegende kontroverse Ansichten über das Wesen der aphasischen Störung. Der erste Ansatz sieht die aphasische Störung als eine generelle Störung der Symbolfunktion (HEAD, 1926; BAY, 1962). Der zweite Ansatz betrachtet die Aphasie als eine spezifisch linguistische Störung, bei der die nonverbale Kommunikationsfähigkeit nicht in Mitleidenschaft gezogen wird (ALAJOUANINE und LHERMITTE, 1960; GESCHWIND, 1965).

Die zugrundeliegende theoretische Frage, die wir schon in anderem Zusammenhang angedeutet haben, ließe sich hier wie folgt formulieren: Gibt es eine zentrale Instanz, die alle Komponenten der Kommunikation organisiert und sowohl die Sprache als auch die Geste kontrolliert, oder funktionieren die verbalen und nicht-verbalen Komponenten unabhängig voneinander?

Die Ergebnisse zahlreicher Untersuchungen bei Normalpersonen zeigen eine äußerst große Variablität der verschiedenen Gestenstile (CONDON & OGSTEN, 1971; DITTMANN, 1977; KENDON, 1971; MCNEILL, 1979; WIENER, DEVOE, RUBINOW und GELLER, 1972). Studien, die sich mit dem Zusammenhang von Sprache und Geste in der Aphasie beschäftigt haben, deuten zum Teil auf Zusammenhänge zwischen der Schwere der Aphasie und der Fähigkeit, Gesten und Pantomime zu verwenden und verstehen zu können, hin (DUFFY, DUFFY und PEARSON, 1975; GAINOTTI und LEMMO, 1976; GOODGLASS & KAPLAN, 1963). GAINOTTI & LEMMO (1976) nehmen an, daß in manchen Aphasieformen die Störung auf einer Ebene der generellen repräsentativen Aktivität anzusiedeln ist, und von daher sowohl verbale als auch nicht-verbale Aktivitäten beeinflußt. VARNEY (1978) untersuchte den Zusammenhang zwischen dem Erkennen von Pantomime und dem Leseverständnis. Der beobachtbare starke Zusammenhang zwischen diesen zwei Modalitäten kann neben einer naheliegenden gemeinsamen Grundstörung für verbale und nicht-verbale Fähigkeiten auch durch zwei voneinander unabhängige Gründe erklärt werden; nämlich durch das gemeinsame Auftreten einer supralinguistischen Störung, die die nicht-verbalen Fähigkeiten beeinflußt, und durch eine zusätzliche, spezifisch linguistische Störung, die speziell das Leseverständnis beeinträchtigt.

Andere Forscher (ALAJOUANINE und LHERMITTE, 1960; ZANGWILL, 1962; SERON, VAN DER KAA, REMITZ und VAN DERLINDEN, 1979) konnten den Zusammenhang zwischen verbalen und nicht-verbalen Fähigkeiten nicht bestätigen. ALAJOUANINE und LHERMITTE (1960) und ZANGWILL (1962) berichteten von Patienten, die selbst bei schwerer Aphasie ein intaktes nicht-verbales Kommunikationsverhalten zeigten. In einem Experiment der Pantomimen-Interpretation stellten SERON et al. (1979) fest, daß die beobachteten Störungen nicht durch die Schwere der Aphasie erklärt werden konnten, sondern daß vielmehr eine der Determinanten für diese Störung in der inneren Beziehung zwischen repräsentierender Geste und der zugrundeliegenden Intention zu suchen ist. Sie nehmen an, daß dieser Plausibilitätsfaktor nicht-linguistischer Natur ist. Alle diese Studien beschränken sich hauptsächlich auf einen quantitativen Vergleich des Umgangs mit Sprache und Gesten.

Eine kürzlich erschienene Arbeit der Bostoner Gruppe CICONE, WAPNER, FOLDI, ZURIF und GARDNER (1979) versucht, Sprachstörung und Störung der expressiven Geste in ihrer Qualität zu vergleichen. Mit einem komplizierten Beurteilungssystem werden die Gesten bei je zwei prototypischen Broca- und Wernicke-Patienten systematisch beobachtet. Die Beurteilung wurde von drei zuvor geschulten Beurteilern vorgenommen, von denen jeder ein Drittel des Korpus zu beurteilen hatte. Obwohl die Beurteilungsreliabilität mit 90 % angegeben wird, ist natürlich Vorsicht bei einer solchen nicht direkt objektivierbaren Methode angebracht. Dennoch geben die Ergebnisse erste Aufschlüsse und wichtige Hinweise auf den qualitativen Zusammenhang von Sprache und Geste.

Zusammenfassend kann gesagt werden, daß Gesten und spontane Sprache beim Aphasiker denselben Eigenschaftskonfigurationen unterliegen. Im Fall der Broca-Aphasie ergibt sich dabei folgendes Bild: »In the case of the Broca's aphasics, both modalities produce simple, unelaborated units; there is a high degree of referentiality, which is generally clear, but the overall output remains sparse. Much of the burden for the communication falls on other participants, who tend to structure the conversation in such way that the Broca's aphasic need not produce lengthy responses; perhaps relatedly, much of the propositional content must be inferred but it can be inferred with some reliability«.[25]

Der Broca-Aphasiker, der nicht fähig ist, komplexe Satzstrukturen zu generieren, und oft zurückgeworfen ist auf Einwortäußerungen, zeigt ein hohes Maß an referentiellen Gesten.

Die Wernicke-Aphasie stellte sich demgegenüber völlig anders in ihrer Gestik dar:

»Even as their speech output is copious, they produce considerable gesture, much *of which is quite elaborated* and complex. The largest portion of the gesturing is non-referential, or only generally referential (as reflected in the use of »general reference« gestures); here again is a tie to the speech, which is itself often vague and unfocussed. The other conversant need not (and perhaps cannot) structure the conversation for the patient. Possibly as a result, large areas of vagueness and unclarity occur. Interestingly, however, the unclarity resides, not at the level of the individual word, but rather at the concentration of units: the connective tissue between linguistic units (and thoughts) has been disrupted«.[26]

Wernicke-Aphasiker, die sehr wohl Teileinheiten (Konstituenten) von syntaktisch korrekten Strukturen bilden können, wenngleich sie dann grammatisch inkongruent aneinander gereiht werden, und so sinnleere Äußerungen entstehen, zeigen auch eine komplexere Gestik. Zum großen Teil ähnelt die von den Wernicke-Aphasikern gezeigte Gestenleistung der von normalen Kontrollpersonen. Der grundlegende Unterschied besteht jedoch in der Klarheit des Ausdrucks, denn im Gegensatz zu Wernicke-Aphasikern produzieren Normalsprecher Gesten, die relativ einfach zu interpretieren sind. Aufgrund ihrer Daten kommen CICONE et al. zu dem Schluß, daß entweder Gesten direkt abhängig sind von der Sprache, oder aber daß beide von einem »central organizer« kontrolliert werden.

Falls es zutrifft, daß Sprache und Geste in gleicher Weise von der Aphasie betroffen sind, wird es für den Aphasiker sehr schwierig sein, andere, nicht-verbale Kommunikationskanäle zu aktivieren. Das heißt auch, daß Therapieprogramme, deren Hauptziel die Aktivierung nicht-verbaler Kommunikationsstrukturen ist, notwendigerweise ihre Grenzen haben werden.

---

[25] CICONE et al. (1979), S. 344.

[26] ebenda, S. 344.

7. Störungen des Sprachverständnisses

Es ist schwierig zu definieren, was »Sprachverständnis« eigentlich ist. Jedoch ist man sich weitgehend einig, daß eine Störung des Sprachverständnisses beschrieben werden kann als die Unfähigkeit, linguistische Äußerungen zu verstehen und zwar unabhängig von möglichen Defiziten des primären sensorischen Inputs, der generellen kognitiven Fähigkeiten oder der allgemeinen Aufmerksamkeit. Wir wollen uns bei der Besprechung der Sprachverständnisstörungen zunächst auf die Störung des auditorischen Sprachverständnisses beschränken und Sprachverständnisstörungen von geschriebener Sprache (Kap. 9.4) und Verständnisstörungen bei Gesten (Kap. 7.6) in zwei weiteren Kapiteln behandeln.

WERNICKE (1874) stellte wohl als erster eine systematische Beschreibung von Sprachverständigungsstörungen bei Aphasie bereit.[27] Einer seiner großen Verdienste ist es, die sensorische Aphasie vom Stadium der geistigen Verwirrung abgegrenzt zu haben und sie sowohl klinisch als auch anatomisch von der motorischen (Broca-) Aphasie unterschieden zu haben. WERNICKE beschrieb die sensorische Sprachstörung als ein zentrales auditives Defizit, wobei die im sensorischen Sprachzentrum gespeicherten Klangbilder zerstört seien. Die gehörten sprachlichen Äußerungen könnten nicht mit den entsprechenden Sinnesbildern in Verbindung gebracht werden. Eine schwere Störung des Sprachverstehens sei die Folge. Die Unfähigkeit, Sinnesbilder mit den entsprechenden Klangbildern verknüpfen zu können, manifestiere sich jedoch auch in der Sprachproduktion. Der Patient spricht flüssig, produziert aber inadäquate Wörter (Paraphasien).

Während MARIE (1906) später versuchte, die Verständnisstörung als ein generelles kognitives Defizit zu beschreiben, versuchte PICK (1909) sie in einem detaillierten linguistischen Verarbeitungs-Modell zu erklären. Er unterschied bereits vier verschiedene Ebenen des Sprachverständnisses:

(1) völliges Fehlen des Verständnisses, wobei Wörter nur als »verworrene Geräusche« wahrgenommen werden,
(2) Perzeption der unverstandenen Wörter und Nachsprechen derselben,
(3) fehlendes Wortverständnis bei richtiger Perzeption und willkürliche Verwendung gehörter Wörter,
(4) Sprachverständnis.

Bis heute jedoch scheint es ungeklärt, ob das Sprachverständnis auf ein eher zentrales Sprachdefizit und/oder auf ein spezifisches, nur die Perzeption betreffendes Defizit zurückzuführen ist. Obwohl man eher geneigt ist, das erstere anzunehmen, ist doch nicht eindeutig nachgewiesen, welche der in den Sprachverarbeitungsprozeß involvierten zentralen Komponente bei der sensorischen oder Wernicke-Aphasie gestört sind. Dies sollte berücksichtigt werden, wenn nun im folgenden die Forschungsergebnisse unter dem Aspekt der einzelnen linguistischen Komponenten besprochen werden.

[27] Für frühere Veröffentlichungen und Fallbeschreibungen siehe BOLLER (1978).

7.1 Phonologische Aspekte des Sprachverständnisses

Die von WERNICKE (1874) beschriebene Form der Aphasie wird von LURIA (1970) als zentrale Störung der phonemischen Komponente beschrieben. Patienten mit sensorischer Aphasie hörten im Grunde recht gut, seien aber häufig unfähig, die phonemisch wichtigen Informationen aus dem Sprachfluß herauszufiltern. Distinktive Merkmale, die oft Bedeutungen von Wörtern unterscheiden, würden von diesen Patienten nicht anders wahrgenommen als andere, irrelevante Merkmale. Auf diese Weise verlören die Wörter ihre Bedeutung. Diese Interpretation LURIA's ist von mehreren Autoren angegriffen worden. Untersuchungen zur phonemischen Diskrimination haben LURIAS Annahmen nicht stützen können, es sei denn, die Diskriminationsaufgabe enthielt größere linguistische Einheiten (Wörter). Die Leistung bei phonemischen Diskriminationsaufgaben korrelierte nicht signifikant mit der generellen Fähigkeit zu verstehen (so wie sie mit gängigen Aphasietests gemessen wird).
BLUMSTEIN, BAKER und GOODGLASS (1977) untersuchten an einer Gruppe von Aphasikern die Fähigkeit, richtige Wörter und Unsinns-Wörter phonemisch zu unterscheiden, und setzten die Fähigkeit in Beziehung zur Sprachverständnisleistung, wie sie mit dem Boston Diagnostic Aphasia Examination (GOODGLASS & KAPLAN, 1972) getestet wurde. Obwohl für alle Aphasien zusammen eine positive Korrelation zwischen Sprachverständnis und Phonemdiskrimination festgestellt werden konnte, stellte sich heraus, daß das Verständnisdefizit der Wernicke-Aphasiker nicht auf den Verlust von phonemischem Hören zurückgeführt werden kann, da das Gesamtergebnis stark durch die Gruppe der Broca-Aphasiker beeinflußt wurde, die in beiden Tests weniger stark gestört waren. Bei Eliminierung der Broca-Gruppe von der Gesamtgruppe fiel die Korrelation zwischen Sprachverständnis und Phonemdiskrimination auf ein nicht signifikantes Niveau. Außerdem waren die Wernicke-Aphasiker – obwohl sie die Gruppe mit der schwersten Verständnisstörung waren – nicht die schlechteste Gruppe in der phonemischen Diskriminationsaufgabe. Wenn das Verstehensdefizit allein auf eine phonologische Störung zurückzuführen wäre, so hätte die Bedeutungslosigkeit der Wörter keinen oder nur einen geringeren Einfluß auf die Leistung der Wernicke-Aphasiker haben müssen. Dies war jedoch nicht der Fall; die Leistungen der Wernicke-Aphasiker erwiesen sich im gleichen Maß wie für alle anderen Aphasie-Gruppen als eine Funktion der Bedeutung. Auch eine weitere Untersuchung von NAESER (1974) deutet darauf hin, daß phonemische Perzeption nur eine geringe oder gar keine Rolle im Verstehensdefizit der Wernicke-Aphasie spielt.

GAINOTTI, IBBA und CALTAGIRONE (1975) untersuchten Patienten mit Läsionen in der linken Hemisphäre, sowohl aphasische wie nicht-aphasische. Die Autoren schlußfolgerten, daß eine Störung der phonemischen Diskrimination – getestet durch eine Auswahlaufgabe zwischen Bildern, die dem Zielitem phonemisch oder semantisch ähnlich waren – nicht für das Verständnisdefizit verantwortlich zeichnete. GARDNER, ALBERT & WEINTRAUB (1975) führten einen ähnlichen Test durch, bei dem sie das Zielwort allerdings im Satzkontext darboten. Sie fanden, daß bei posterioren (Wernicke- und amnestische) Aphasien phonemische Fehler signifikant häufiger waren als bei anterioren (Broca-) Aphasien.

Es schien notwendig, feinere Untersuchungsmethoden zur Erhellung dieses Problems anzuwenden. BLUMSTEIN, COOPER, ZURIF & CARAMAZZA (1977) testeten die Fähigkeit bei aphasischen und nicht-aphasischen (rechtshirn-geschädigten) Patienten, ein Kontinuum synthetischer Sprache zu kennzeichnen und zu diskriminieren. Sie bedienten sich hierbei des akustischen Parameters der »voice-onset time« (VOT).[28] Sie boten den Patienten synthetisierte Konsonanten – stimmhaft und stimmlos – dar. Die Aufgabe bestand darin

(1) den auditorisch dargebotenen Stimulus zu identifizieren und
(2) zu diskriminieren, ob ein Paar auditorisch dargebotener Stimuli identisch oder voneinander verschieden war.

Die Ergebnisse zeigten, daß Versuchspersonen, die nicht zwischen den Stimuli unterscheiden konnten, diese auch nicht benennen konnten; auch wenn normale Diskrimination vorlag, waren die Versuchspersonen deshalb nicht notwendigerweise in der Lage, den Stimulus zu benennen. Die Autoren kamen aufgrund dieser Daten zu dem Schluß, daß phonologische Verarbeitung möglicherweise auf zwei unterschiedlichen Prozeßebenen abläuft; eine Ebene der prälinguistischen Diskrimination, die auf einem Set von Eigenschaften basiert, und eine linguistische Ebene, die von diesen Eigenschaften aktiven Gebrauch macht. Trotz einer Reihe von Untersuchungen ist eine zufriedenstellende Beschreibung des Verstehensdefizits in der Wernicke-Aphasie nicht gegeben. Es bleibt jedoch festzuhalten, daß offensichtlich die geringen Unterschiede, die zwischen den aphasischen Gruppen gefunden wurden, nicht als Erklärung für die teils deutlichen Unterschiede der Verstehensfähigkeit der einzelnen Aphasiegruppen ausreichen.

Ein anderer Forschungsansatz zieht in Betracht, daß zwei unabhängige Komponenten – phonemische **und** semantische Verarbeitung – im Verstehensprozeß aktiviert werden, und formuliert die Hypothese, daß beide Komponenten beim Verstehensdefizit der Wernicke-Aphasie beeinträchtigt seien (ALAJOUANINE et al., 1964). Diese Hypothese wurde teilweise durch eine Studie von GAINOTTI et al. (1975) bestätigt. Wernicke-Aphasiker zeigten eine hohe Korrelation zwischen semantischer Paraphasie und semantischer Störung des Verstehens, doch zeigten Patienten mit phonemischer Paraphasie keine parallele Störung in der phonemischen Diskrimination.

BASSO, CASATI & VIGNOLO (1977), die ebenfalls das VOT- (voice-onset time) Paradigma in ihrer Untersuchung verwendeten, fanden, daß phonemisch gestörte Produktion meist mit Störungen der Phonemdiskrimination zusammengeht und zwar unabhängig von der Art der aphasischen Störung. Der Frage nach dem Zusammenhang zwischen Produktion und Perzeption gingen auch DAVJAT, GAINOTTI & TISSOT (1974) nach; sie fanden keine hohe Korrelation zwischen dem expressiven Defizit und dem Sprachverstehen.

Die Tatsache, daß die Untersuchungen keine einheitliche Antwort auf die Frage nach der Störung des phonemischen Verstehens oder des Verstehens im allgemeinen geben, deutet darauf hin, daß eine Anzahl von unterschiedlichen Prozessen den gesamten Verstehensprozeß ausmacht.

Eine Studie von BAKER, BLUMSTEIN und GOODGLASS (1981) ist ein erster Beitrag, der eine vermittelnde Rolle im Konflikt der unterschiedlichen Ergebnisse übernimmt. Die durch eine Reihe von Experimenten gewonnenen Daten weisen auf eine **Interaktion** von phonologischer und semantischer Komponente hin. Wenn Aphasiker mit einer Aufgabe konfrontiert wurden, in der semantische Verarbeitungsmechanismen stärker

[28] LISKER und ABRAMSON (1964) haben gezeigt, daß als kritische Dimension für die Wahrnehmung der stimmhaft-stimmlos-Unterscheidung die Stimmeinsatzzeit anzusehen ist, d.h. die Zeitrelation zwischen dem Beginn des globalen Schlags und dem Auslösen der Explosion in den Konsonanten-Stop.

gefordert waren, so sank gleichzeitig das phonologische Diskriminationsvermögen; wenn die phonologische Diskrimination schwieriger wurde, so sank das semantische Verarbeitungsvermögen. Diese Effekte waren in der Gruppe der Wernicke-Aphasie weitaus deutlicher als in der Gruppe der Broca-Aphasie. Es wurde daher die Schlußfolgerung gezogen: bei Wernicke-Aphasie bestehe eine enge Verbindung zwischen phonologischer Struktur des Wortes und seiner semantischen Repräsentation, jedoch ohne daß die semantische Störung als eine Sekundärerscheinung der phonologischen zu deuten sei – wie LURIA (1970) behauptet hatte.
Auf welche Weise semantische und syntaktische Komponenten im Sprachprozeß interagieren, ist eine bislang noch nicht geklärte Frage. Ob die einzelnen Komponenten und mögliche Interaktionen als für Produktion und Perzeption gemeinsam angesehen werden dürfen, scheint ebenfalls ungeklärt. Die Beantwortung der Frage, wo im Sprachsystem die Störung, die der Wernicke-Aphasie zugrundeliegt, lokalisiert werden kann, ist eng mit der Beschreibung des den Normalprozessen zugrundeliegenden Sprachsystems verbunden.[29]

7.2 Semantische Aspekte des Sprachverständnisses

Eine Reihe von Untersuchungen beschäftigt sich direkt mit dem semantischen Verständnis der Aphasie. Zunächst wiesen SCHUELL und Mitarbeiter (1961a, 1961b) nach, daß das Verstehen von Wörtern generell von der Häufigkeit, mit der sie in einer Sprache (hier Englisch) auftreten, abhängig ist, so daß häufige Wörter leichter erkannt werden als weniger häufige. Erst im vergangenen Jahrzehnt gingen einige Autoren von der Annahme aus, daß die semantische Diskriminationsfähigkeit als eine selektive Fähigkeit zu betrachten sei. PIZZAMIGLIO & APPLICCIAFUOCO (1971) verwendeten in ihrer Studie semantische Diskriminationstests der folgenden Art. Ein Stimuluswort wird auditorisch präsentiert, sodann werden der Versuchsperson vier Bilder gezeigt, von denen je eines dem Stimuluswort entspricht und die anderen präsentierten Wörter mit dem Zielwort in enger semantischer Beziehung stehen. Obwohl nicht-aphasische hirngeschädigte Patienten nur wenige Fehler machten, zeigte sich bei der Wernicke-Aphasie, der gemischten Aphasie und der Globalaphasie deutliche Diskriminationsstörung. Im Gegensatz dazu zeigten die Gruppen der Broca-Aphasie und der amnestischen Aphasie eine weit größere Variabilität bis hin zur normalen Leistung.
Andere Studien, die sich Wortassoziationstests bedienten, seien hier nur kurz erwähnt. Mit diesem Paradigma sollte herausgefunden werden, inwieweit das Assoziationsmuster von Aphasikern dem von Normalpersonen ähnlich ist. HOWES (1967) fand, daß Broca-Aphasien (**Aphasien vom Typ A**) ein relativ normales Bild im Wortassoziationstest bieten, während amnestische und Wernicke-Aphasien (**Aphasien vom Typ B**) sehr ungewöhnliche Assoziationsmuster lieferten. LHERMITTE, DEROUESNE & LECOURS (1971) konfrontierten Aphasiker mit Wortpaaren, die entweder in starker oder keiner assoziativen Beziehung standen. Die Patienten sollten nun einfach angeben, ob die präsentierten Wörter assoziiert waren oder nicht. Die Autoren

[29] Erste Untersuchungen zu dieser Frage wurden von MARSLEN-WILSON und TYLER (1980) bei Normalsprechern durchgeführt und auf dem Hintergrund eines »one-line«-Interaktionsmodells beschrieben. Wir werden darauf in Kapitel 7.4 näher eingehen.

stellten fest, daß besonders Aphasiker mit posteriorer Läsion (Wernicke und amnestische) ähnliche Störungen zeigten wie die Patienten vom Typ B bei HOWES (1967). Sie beschreiben dieses Defizit als ein Ausweiten der semantischen Grenzen eines Wortes.
Dieses Beschreibungsmodell der Wernicke-Aphasie wurde weiterhin von GOODGLASS & BAKER (1976) untersucht. Sie konnten keine weitere Evidenz für die Hypothese vom Ausweiten der semantischen Grenzen bei Wernicke-Aphasikern liefern; sie stellten vielmehr fest, daß die Gruppe mit niedrigen Verständnisleistungen sich in anderer Weise von den übrigen Aphasikern unterschieden. Im folgenden Test wiesen Wernicke-Aphasiker quantitative und qualitative Unterschiede im Gegensatz zu den anderen Versuchspersonen auf. Allen Versuchspersonen wurde ein Bild gezeigt, während sie eine Liste von Wörtern hörten. Jeweils sieben Wörter standen mit dem Bild in assoziativer Beziehung, andere sieben nicht. Die jeweiligen Leistungen wurden in Reaktionszeit und Fehlern gemessen. Die Gruppe mit niedrigen Verständnisleistungen war den anderen Gruppen in der Reaktionszeit und in der Anzahl der korrekten Reaktionen unterlegen. Darüber hinaus unterschieden sich die Leistungen der Gruppe qualitativ. Bei der Gruppe mit niedrigen Verständnisleistungen war auch die Identifikationsleistung gegenüber funktionell und kontextuell assoziierten Wörtern stark gestört. Die Autoren interpretieren dieses Ergebnis dahingehend, daß Aphasiker mit niedrigem Verständnis zwar wissen, was das Objekt sei, jedoch ihr Wissen um dessen semantische Assoziationen, d.h. um die semantischen Felder, stark eingeschränkt sei. GOODGLASS & BAKER (1976) untersuchten weiterhin, inwieweit diese Einschränkung der semantischen Felder, die in der Perzeption beobachtet werden kann, sich auch im Benennen von Bildern manifestiert. Die Ergebnisse dieser Untersuchung lassen den Schluß zu, daß generell Verstehungsleistungen eng mit der Einschränkung der semantischen Felder im perzeptiven Bereich sowie mit der Benennfähigkeit verbunden sind.
MILBERG und BLUMSTEIN (1981) gaben zu bedenken, daß, obwohl die Wernicke-Patienten in allen diesen Studien starke Störungen zeigten, der Schluß, daß ihre Performanz ein Defizit in der **zugrundeliegenden Struktur** des Lexikons reflektiere, nicht zwingend sei. Die Aufgaben hätten außerdem die Fähigkeit, zu beurteilen und semantische Merkmale zu unterscheiden, konfundiert. Sie nehmen daher an, daß die semantische Organisation selbst intakt ist, während der aktive Zugriff zu den semantischen Eigenschaften selbst gestört ist. Auf dem Hintergrund von Ergebnissen der Psycholinguistik versuchen sie, die Aspekte von Zugriff und Repräsentation zu trennen (vgl. Kapitel 6.3). MEYER und SCHVANEVELDT (1971) hatten gezeigt, daß in einem Wortentscheidungsexperiment (»lexical decision«) Wörter schneller erkannt werden, wenn ihnen ein semantisch verwandtes Wort vorausging (»semantic priming effect«).
Daß diese semantischen Prozesse teils automatisch ablaufen und nicht durch assoziative Strategien zu erklären sind, war bereits gezeigt worden (NEELY 1977; FISCHLER, 1977; FISCHLER & BLOOM, 1979). MILBERG und BLUMSTEIN (1982) untersuchten eine Gruppe von Wernicke-Patienten, eine Gruppe von Broca-Patienten und Normalsprecher mit dem beschriebenen »semantic priming« Paradigma. Es zeigte sich, daß Wernicke-Aphasiker – ebenso wie Broca-Aphasiker und Normale – einen »priming« Effekt demonstrierten, d.h., auch Wernicke-Patienten reagierten schneller in einem Wortentscheidungsexperiment, wenn dem Zielwort ein semantisch verwandtes Wort vorausging. Die Autoren interpretieren dieses Ergebnis als Evidenz gegen die Hypothese vom Defizit der zugrundeliegenden Struktur des Lexikons bei Wernicke-Aphasie. Sie beschreiben die Wernicke-Aphasie eher als die Unfähigkeit, das lexikalische Item bewußt abzurufen und Operationen bezüglich der semantischen Eigenschaften durchzuführen, wobei die automatische Aktivation dieser semantischen

Informationen durchaus intakt sein kann. Die längeren Reaktionszeiten, die Wernicke-Patienten im Gegensatz von Broca-Patienten zeigen, scheinen allerdings doch auf gewisse Störungen im automatischen Zugriff zur lexikalischen Einheit hinzuweisen, so daß die Autoren ein semantisches Defizit nur hinsichtlich der zugrundeliegenden semantischen Organisation, nicht jedoch hinsichtlich der Verarbeitung von semantischen Einheiten ausschließen.

7.3 Syntaktische Aspekte des Sprachverständnisses

Einige Forscher versuchten eine sinnvolle Annäherung an den natürlichen Prozeß des Sprachverstehens und nahmen deshalb Abstand von Untersuchungen zum Wortverständnis und untersuchten vielmehr das Satzverständnis. Bei Untersuchungen auf der Satzebene ist jedoch die Gefahr, daß semantische und syntaktische Aspekte der Sprachverarbeitung konfundieren, leicht gegeben. Erst die unabhängige Variation von semantischer und syntaktischer Information in entsprechenden Experimenten erlaubt Aussagen über Störungen in den jeweiligen Komponenten.

7.3.1 Satzverständnistest: Der Token Test

RENZI & VIGNOLO (1962) erkannten die Problematik und versuchten daher, in ihrem Satzverständnistest die lexikalisch-semantische Komponente so gut es ging konstant zu halten und lediglich die Satzform zu variieren, und um so das Satzverständnis unabhängig von lexikalisch-semantischen Aspekten untersuchen zu können. In diesem Test muß die Versuchsperson auditorisch dargebotene Aufträge manuell mit dem vorhandenen Testmaterial ausführen. Das Testmaterial besteht aus kleinen Plättchen, die sich in Form, Größe und Farbe unterscheiden. Mit diesem Test – Token Test genannt – wurden eine Reihe von Studien in verschiedenen Ländern durchgeführt.

In **Italien** (BOLLER & VIGNOLO, 1966; BOLLER, 1978), **Deutschland** (ORGASS & POECK, 1966a, b; POECK, KERSCHENSTEINER & HARTJE, 1972; ORGASS, POECK, HARTJE & KERSCHENSTEINER, 1973; POECK, HARTJE, KERSCHENSTEINER & ORGASS, 1973; HARTJE, KERSCHENSTEINER, POECK & ORGASS, 1973; POECK, ORGASS, KERSCHENSTEINER & HARTJE, 1974), **Nord Amerika** (BENTON, 1967; PECK-SWISHER & TAYLOR-SARNO, 1969; SPELLACY & SPREEN, 1969; WHITAKER & NOLL, 1972), **Rumänien** (KREINDLER, GHEORGHITA & VOINESCU, 1971), **Holland** (VAN DONGEN & VAN HARSKAMP, 1972), **Frankreich** (ALBERT, 1972) und **England** (LESSER, 1974). Kurzversionen dieser Tests wurden von BENTON (1967); SPREEN & BENTON (1969); SPELLACY & SPREEN (1969); SIPOS & TÄGERT (1972); ORGASS et al. (1973) vorgeschlagen.

Generell haben die Studien, die den Token Test verwendeten, festgestellt, daß dieser Test ein sensibles Instrument ist, um Aphasiker von Nicht-Aphasikern zu trennen. Auch zeigte sich, daß der Token Test mit der klinischen Testung der Schwere der Aphasie korreliert (ORGASS & POECK, 1966a), ebenso wie mit der Leistung, die anhand von anderen gängigen Sprach-Tests gemessen wurde (PECK-SWISHER & TAYLOR-SARNO, 1969; LESSER, 1974). Die Einzeldarstellung der Ergebnisse all dieser Untersuchungen würde den Rahmen dieses Überblicks sprengen. Wir verweisen daher auf PEUSER (1978) und BOLLER (1979), die in ihren Darstellungen detailliert auf die einzelnen Ergebnisse eingehen.

7.3.2 Experimentelle Untersuchungen zum Satzverständnis

Bis vor kurzem galt als allgemeine Lehrmeinung, daß sich die Wernicke-Aphasie charakteristischerweise durch ein massives Verstehensdefizit auszeichnet, während die Broca-Aphasie zwar offensichtliche Störungen in der Sprachproduktion hat, jedoch das Verstehen bei dieser Form der Aphasie nicht nennenswert gestört sei. Die Dissoziation von Sprech- und Verstehensleistung führte dazu, daß die Störung der Broca-Aphasie als performanzspezifische Störung verstanden wurde.

In der jüngeren Forschung zeichnen sich jedoch zwei von dieser Annahme verschiedene Hypothesen ab. Beide Hypothesen vertreten die Ansicht, daß die Broca-Aphasie auch im Sprachverständnis ein Defizit aufweist.

(I) Eine Hypothese postuliert, daß sich das Verständnisdefizit der Broca-Aphasie qualitativ nicht von dem der Wernicke-Aphasie unterscheide. Das heißt also, der klinisch beobachtete Unterschied zwischen den beiden Aphasietypen beschränkt sich auf einen qualitativen Unterschied der Spontansprache. Da die Produktionen der beiden Aphasien sehr unterschiedlich sind, die Verstehensstörungen aber sehr ähnlich, impliziert diese Hypothese entweder (a), daß die Störungen performanzspezifisch sind – es sei denn, wir wollten annehmen, daß es zwei unabhängige Sprachsysteme, eines für die Produktion und eines für die Perzeption, gäbe – oder aber (b), daß der gleichen zugrundeliegenden Störung in der Produktion von Broca- und Wernicke-Aphasikern mit unterschiedlichen Strategien begegnet wird, während die Strategien beim Sprachverständnis in beiden Aphasieformen sehr ähnlich sind.

(II) Eine zweite Hypothese geht von der Annahme aus, daß es für Sprachproduktion und Verständnis nur ein gemeinsames Sprachsystem mit syntaktischer, lexikalischer und phonologischer Komponente gibt und Sprachdefizite der Produktion und Perzeption somit auf **ein** zugrundeliegendes Defizit zurückzuführen sein müßten.

7.3.2.1 Hypothese I: Nicht-aphasietypspezifisches Verstehensdefizit

Zu den Studien, die die Hypothese I unterstützen, zählt die Untersuchung von PARISI und PIZZAMIGLIO (1970). Sie benutzen ein recht einfaches Bilder-Verifikations-Paradigma, bei dem der Versuchsperson zwei Bilder gezeigt werden, während ihr ein Satz laut vorgelesen wird. Variiert wird in den Sätzen jeweils ein syntaktisches Merkmal, zum Beispiel Tempus, Wortstellung, Genus, Numerus, Präposition etc. Post hoc wurden alle Items in der Rangfolge gemäß ihrer Schwierigkeit für die einzelnen Aphasiegruppen geordnet, es ergab sich zwischen den Broca- und Wernicke-Aphasikern eine hohe Korrelation, d.h., es wurde insgesamt kein wesentlicher Unterschied zwischen den Gruppen bezüglich der Rangfolge der syntaktischen Schwierigkeiten deutlich. Es zeigten sich allerdings einige Differenzen zwischen den Aphasiegruppen hinsichtlich einzelner Items – insbesondere bei Präpositionen.[30] Die Autoren weisen aufgrund dieser Ergebnisse eine Theorie, die für die Broca- und Wernicke-Aphasie unterschiedliche zugrundeliegende Störungen postuliert, zurück.

SHEWAN und CANTER (1971) benutzten in ihrem Test ebenfalls ein Bilder-Verifikations-Paradigma. In ihrer Studie wurde nicht nur die syntaktische Struktur, sondern auch der lexikalische Schwierigkeitsgrad und die Satzlänge variiert. »Syntaktische Schwierigkeit« wurde vom einfachen Deklarativsatz bis zu Sätzen mit ein oder zwei

[30] Auf den besonderen Status der Präpositionen, die sowohl als Träger von syntaktischer wie auch semantischer Information gelten, werden wir in Kapitel 7.3.2.2 näher eingehen.

Transformationen – im Sinne von Chomsky (1957) – variiert; die Variable der »lexikalischen Schwierigkeit« wurde gemäß der Wort-Gebrauchshäufigkeit nach Thorndike & Lorge (1944) definiert; die Satzlänge betrug zwischen 3 und 7 Wörtern. Wie erwartet, zeigten alle Aphasiker niedrigere Leistungen als Normalsprecher, außerdem unterschieden sich Broca-, Wernicke- und amnestische Aphasie nicht voneinander. Wenn syntaktische und lexikalische Variablen von höherem Schwierigkeitsgrad waren, so hatten sie einen negativen Effekt auf die Verstehensleistungen aller Aphasiegruppen. Die Satzlänge hingegen hatte generell keinen Effekt auf die Leistungen der Aphasiker. Die Tatsache, daß der Effekt des ansteigenden Schwierigkeitsgrades der drei genannten Faktoren für alle Aphasiegruppen gleich groß war, veranlaßte die Autoren zu der Schlußfolgerung, daß es keine qualitativen Unterschiede zwischen den einzelnen Aphasiegruppen gäbe.
Auch die Untersuchung von Heeschen (1980) wird als Evidenz für die Nicht-Aphasietypspezifische-Verständnisdefizit-Hypothese herangezogen. Indem er sich die Kasus-Markiertheit und die freie Wortstellung der deutschen Sprache elegant zu Nutze macht, testet er die Sprachverständnisstrategien bei 22 Broca- und Wernicke-Aphasikern. Die Sätze (1) und (2) meinen beide dasselbe, allerdings nur für denjenigen, der syntaktische und morphologische Struktur der Sätze soweit verarbeiten kann, daß er den

(1) Der Räuber erschießt den Bauern
(2) Den Bauern erschießt der Räuber

Nominativ dem Agenten und den Akkusativ dem Patienten zuordnet. Eine einfache »Agent-zuerst-Strategie« würde in Satz (2) zu einer falschen Interpretation führen.
Weiterhin wurden bei dieser Untersuchung die Reversibilität bzw. die Plausibilität der Sätze getestet.

(3) Der Offizier schreit den Rekruten an
(4) Den Rekruten schreit der Offizier an

Abb. 12

Bei den Beispielen (3) und (4) wird auch der zur syntaktischen Verarbeitung Unfähige in Satz (4) nicht so leicht zu einer »Agent-zuerst« Interpretation greifen wollen, da es im allgemeinen weniger plausibel ist, daß der Rekrut den Offizier anschreit.
In einem Bilder-Verifikationsparadigma wurden bei jedem Versuch 5 verschiedene Bilder präsentiert (Abb. 12).
Die Ergebnisse sind in Abb. 13 dargestellt und lassen sich wie folgt zusammenfassen: Broca-Aphasiker zeigen insgesamt eine bessere Leistung als Wernicke-Aphasiker, obwohl deren Testwerte im Token Test (vgl. Kapitel 7.3.1) vergleichbar sind. HEESCHEN (1980) zieht aus dieser Tatsache den Schluß,

(1) daß sich für Broca-Aphasiker, die in der Sprachproduktion erhebliche Schwierigkeiten bei der Verarbeitung von syntaktischer Information zeigten, kein paralleles Defizit in Produktion und Perzeption finden lasse und somit die Hypothese vom zugrundeliegenden Defizit der Syntax – zumindest was die Morphologie, d.h. das Enkodieren von Agent-Objekt-Relationen angeht – als fragwürdig erscheinen lasse. Er unterstreicht
(2) daß sich Broca- und Wernicke-Aphasie nicht hinsichtlich der Sensitivität gegenüber der syntaktischen Organisation unterscheiden, da beide Gruppen in gleicher

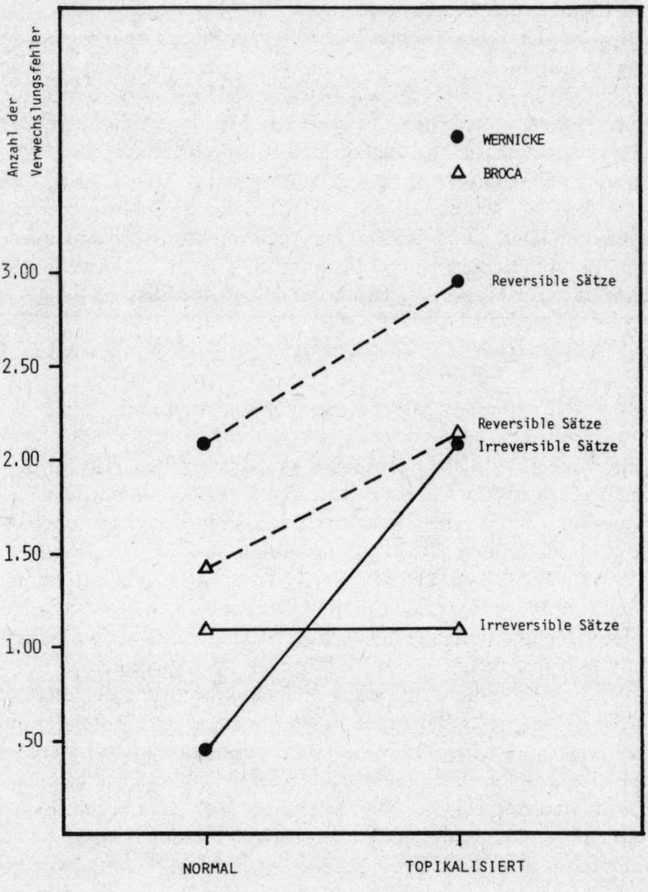

Abb. 13

Weise auf reversible Sätze, d.h. auf Sätze ohne semantische Plausibilitäts-Hilfe, reagieren. Bei den irreversiblen oder besser: bei semantisch weniger plausiblen Sätzen zeigt sich

(3) eine Interaktion zwischen den Faktoren ›Aphasiegruppe‹ und ›Konstituentenordnung‹ (Normal vs Topikalisiert). Broca-Aphasiker wenden eher eine semantisch heuristische Strategie an, wo Wernicke-Aphasiker auf eine syntaktische Strategie zurückzugreifen scheinen.

Obwohl diese Daten als Widerlegung der syntaktischen Defizit-Hypothese in der Broca-Aphasie und als Bestätigung der Hypothese von der Ähnlichkeit des Verständnisdefizits zwischen Broca- und Wernicke-Aphasie genommen werden, erlauben sie ebenso eine gegenteilige Interpretation. Die Tatsache, daß sich beide Gruppen nicht hinsichtlich der reversiblen Sätze unterscheiden, genauer, daß beide Gruppen bei den normalen Sätzen weniger Fehler machen als bei den topikalisierten, ist nicht aphasiespezifisch. Auch Normalpersonen und rechtshemisphärisch Geschädigte zeigen eine geringere Anzahl von Fehlern bei normalen Sätzen (.19 bzw. .50) als bei den topikalisierten (.63 bzw. 100). Dies scheint die Tatsache widerzuspiegeln, daß topikalisierte Sätze seltener, meist – wie HEESCHEN selbst bemerkt – bei Hervorhebung des Objektes vorkommen. Eine solche Satzstellung ist, wenn vielleicht aucht nicht bei gegebenem Kontext, so doch aber bei Präsentation eines einzelnen Satzes, recht unnatürlich. Das Verhalten, daß die Broca-Gruppe mit den irreversiblen Sätzen zeigt, würde man aufgrund der syntaktischen Defizit-Hypothese voraussagen: der Broca-Aphasiker zeigt vornehmlich eine Verarbeitungsstrategie, die auf semantisch heuristischen Fähigkeiten beruht. Darüber hinaus belegen die Ergebnisse der Kondition der irreversiblen Sätze einen Unterschied zwischen den beiden Aphasiegruppen, wobei die Gruppe der Broca-Aphasie auf semantische Faktoren zurückgeworfen ist, während die Gruppe der Wernicke-Aphasie nicht im gleichen Maße fähig ist, gegebene semantische Hinweise als Unterstützung zur Satzverarbeitung zu nutzen, sondern weiterhin versucht, alleinig syntaktische Verarbeitungsstrategien anzuwenden. Die von HEESCHEN (1980) berichteten Ergebnisse stehen also nicht notwendigerweise im direkten Widerspruch zur Hypothese II, die ein aphasiespezifisches Verstehensdefizit annimmt.

7.3.2.2 Hypothese II: Aphasietypspezifisches Verstehensdefizit

Einigen Forschern schien es nicht plausibel, davon auszugehen, daß für die Produktion und Perzeption jeweils zwei verschiedene syntaktische, semantische und phonologische Komponenten bereitstehen. Da sich die klassischen Aphasietypen der Broca- und Wernicke-Aphasie jedoch signifikant in ihrem produktiven Verhalten unterscheiden, nahmen sie an, daß das syntaktische Defizit, das sich beim agrammatischen Sprecher in der Produktion zeigt, auch in der Perzeption demonstrierbar sei, sofern man sich subtilerer Meßmethoden bediene. Eine Studie von GOODGLASS et al. (1970) hatte berichtet, daß Broca-Aphasiker, die z.B. massive Schwierigkeiten haben, Präpositionen zu produzieren, keine ausgeprägte Verständnisstörung für diese Items der geschlossenen Klasse zeigen; dieses Ergebnis wurde von den Autoren im Sinne einer generellen Dissoziation zwischen Produktion und Perzeption interpretiert. Es ist aber ebenso denkbar, das dasselbe zugrundeliegende Defizit sich im Produktions- und Perzeptionsprozeß in unterschiedlicher Weise manifestiert, da die einzelnen Komponenten unterschiedlich stark in den jeweiligen Prozeß involviert sind.
ZURIF und Mitarbeiter (1972, 1975) gingen bei der Beschreibung der Broca-Aphasie

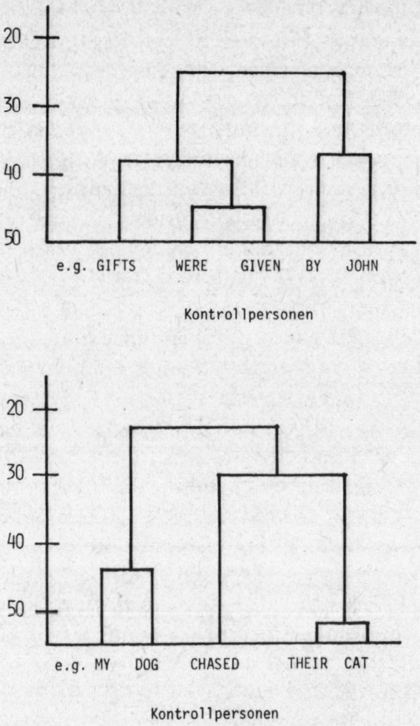

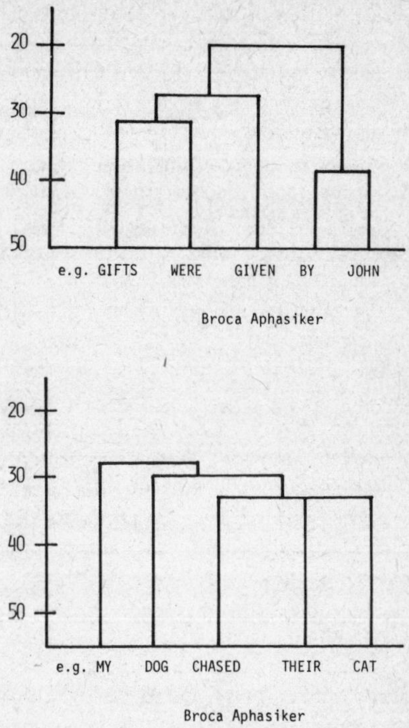

Abb 14 a

Abb 14 b

von der Annahme einer Störung der gemeinsam für Produktion und Perzeption verantwortlichen syntaktischen Komponente aus. ZURIF, CARAMAZZA & MEYERSON (1972) testeten das syntaktische metalinguistische Wissen der Broca-Aphasiker mit einer aus der psycholinguistischen Forschung (LEVELT, 1970) übernommenen Technik, die zunächst sowohl bei drei Broca-Aphasikern wie auch bei drei Normalsprechern angewandt wurde. Das Versuchsmaterial bestand aus 50 Sätzen, denen zehn verschiedene Satzmuster zugrunde lagen. Zunächst wurde der Versuchsperson der vollständige Satz gezeigt, dann wurden ihr aus drei Wörtern bestehende Fragmente dieses Satzes vorgelegt. Der Bildung dieser Fragmente lag das Prinzig zugrunde, alle Drei-Wort-Kombinationen auszuschöpfen, die sich aus den Wörtern des gegebenen Satzes unter Wahrung ihrer Reihenfolge herstellen lassen. Die Versuchsperson wurde nun gebeten, aus jedem dieser Drei-Wort-Fragmente die beiden Wörter auszusuchen, welche am engsten zusammengehörten. Auf diese Weise kam am Ende so etwas wie eine Konstituenten-Analyse der 50 Sätze heraus. Es zeigte sich, daß die agrammatischen Aphasiker die Sätze anders analysierten als die Normalsprecher. Die Baumdiagramme der nachstehenden Figur verdeutlichen die unterschiedlichen Satzanalysen von Normalsprechern (links) und Aphasikern (rechts) (Abb. 14a & b). Es wird erkennbar, daß die Zusammengehörigkeits-Urteile der Normalsprecher durch die syntaktische Oberflächenstruktur geleitet werden, während dies bei den Broca-Aphasikern nicht so ist. Die Gruppe der Normalsprecher wiesen z.B. den Artikeln eine enge Verbindung zu den Nomen zu; agrammatische Sprecher dagegen gruppierten Inhaltswörter zusammen, scheinbar ohne auf grammatische Elemente zu achten. Eine Ausnahme bildete jedoch die Wortkategorie der Pronomen, die richtig markiert wurde; Pronomen sind offensichtlich aufgrund ihres semantischen Gehaltes nicht

gänzlich auf syntaktische Verarbeitungsstrategien angewiesen. Abgesehen von dieser Ausnahme waren Broca-Aphasiker unfähig, eine syntaktische Beschreibung des Satzes zu geben. Sie demonstrierten lediglich ein Wissen über essentielle semantische Information, die notwendig ist, um eine Idee zu übermitteln.
Später wurde daher ein Experiment durchgeführt mit Sätzen (ZURIF et al., 1975), die es erlaubten, die grammatischen Elemente (Funktionswörter) systematisch hinsichtlich ihres semantischen Informationswertes zu variieren. Es wurde deutlich, daß Broca-Aphasiker keine Sensitivität gegenüber der syntaktischen Struktur zeigten; sie waren allerdings fähig, Funktionswörter zu verarbeiten, sobald sie eine semantische Information trugen (z.B. vor allem Präpositionen). Die Autoren ZURIF & CARAMAZZA (1976) erklären dies mit der Tatsache, daß Präpositionen nicht – wie andere Funktionswörter – nur Bedeutung modulieren, sondern darüber hinaus auch zur Enkodierung von semantischen Relationen dienen, und von daher unter Zuhilfenahme semantischer Prozesse von Agrammatikern verarbeitet werden können.
Dies wurde auch in einer anderen Studie (KOTTEN, 1977) deutlich. Es zeigte sich, daß die Beurteilung von Zeitpräpositionen nur dann möglich war, wenn die sprachliche Reihenfolge mit der Aufeinanderfolge der Ereignisse übereinstimmte (z.B. Nach der Geburt kommt die Taufe.). Machte die Satzstruktur eine solche Strategie unmöglich (z.B. Die Taufe kommt nach der Geburt.), so wurden Zeitpräpositionen oft fehlinterpretiert.
Die Untersuchungen von VON STOCKERT (1972; VON STOCKERT & BADER, 1976) zeigen ebenfalls qualitativ unterschiedliche Leistungen bei Broca- und Wernicke-Aphasie in einem Satzordnungstest (siehe auch Kapitel 6.4.2.2). Die Ergebnisse dieses Satzordnungs-Tests, der sowohl Fähigkeiten in der Perzeption wie in der Satzkonstruktion testete, zeigen, daß Broca-Aphasie primär auf einen Verlust der grammatikalischen Fähigkeiten zurückzuführen ist, während Wernicke-Aphasie deutlich eine Störung im lexikalisch-semantischen Bereich aufweist. Die Autoren sehen die Ergebnisse als Unterstützung der These vom aphasietypspezifischen Defizit der Broca- und Wernicke-Aphasie, das sich sowohl in der Produktion wie in der Perzeption der Sprache manifestiert.
Weitere Evidenz brachte auch die Untersuchung von CARAMAZZA & ZURIF (1976), in der eine Dissoziation zwischen algorithmischen (syntaktischen) und heuristischen (semantischen) Prozessen demonstriert werden konnte. Die Autoren variierten diese Faktoren in folgenden drei Satztypen,

(1) Sätze, in denen zwingende semantische Relationen zwischen den Wörtern eine korrekte semantische Verarbeitung des Satzes erlaubten, ohne daß syntaktische Dekodierung notwendig war,
(2) Sätze, in denen eine korrekte Verarbeitung nur mit Hilfe der von der Syntax bereit gestellten Struktur möglich war,
(3) Sätze, die höchst unwahrscheinliche Ereignisse beschrieben:

(1) The apple that the boy is eating is red.
(2) The cat that the dog is biting is black.
(3) The dog that the man is biting is black.

Eine Gruppe von Broca, Leitungs- und Wernicke-Aphasikern wurde gebeten, eines von zwei präsentierten Bildern auszuwählen, daß der Bedeutung des jeweiligen Satzes entsprach. Es zeigte sich, daß Broca- und Leitungs-Aphasiker fast perfekte Leistungen boten, wenn korrekte Verarbeitung aufgrund von semantischer Information möglich war. Dann jedoch, wenn sie syntaktische Informationen verarbeiten mußten, unterschied sich ihre Entscheidungsleistung nicht mehr vom Zufall. Die Autoren folgerten, daß die oft angenommene Dissoziation zwischen Produktion und Perzeption in der Broca-Aphasie nicht haltbar sei, sondern daß die Ergebnisse darauf hinwiesen, daß Broca-Patienten im Sprachverständnis auf die gleiche Weise gestört seien wie in der Produktion. Im Gegensatz zu bis dahin gültigen Theorien, daß Broca-Aphasiker ein relativ gut erhaltenes Wissen um Sprache haben, belegen diese Daten (ZURIF et al., 1975; CARAMAZZA & ZURIF, 1976), daß die Hirnläsion der Broca-Aphasie jenen generellen Sprachverarbeitungsmechanismus beeinträchtigt, der syntaktische Information bei der Produktion und beim Spachverstehen bereitstellt.

GOODGLASS et al. (1979) formulierte die Möglichkeit, daß die Schwierigkeit der Broca-Aphasie, komplexe Sätze zu interpretieren, nicht notwendigerweise auf ein primäres syntaktisches Defizit zurückzuführen sei, sondern daß die Schwierigkeit, diese Sätze zu verstehen, nur sekundär syntaktisch bedingt sei und primär eher die Unfähigkeit reflektiere, eine Vielzahl von verschiedenen Propositionen zu verarbeiten. In einem »Bilder-Verifizierungs« Paradigma testeten die Autoren diese Annahme. Sie verwendeten vier Satztypen, in denen sie die Faktoren »grammatische Enkodierung« und »Plausibilität« variierten. Dabei scheint nicht ganz klar, wie die angenommene Hypothese »Anzahl der Propositionen« versus »syntaktische Komplexität« mit diesem Paradigma getestet werden kann, da beide Hypothesen im Faktor »grammatische Enkodierung« konfundieren. Im Gegensatz zu ZURIF und Mitarbeitern (1972, 1975, 1978) fanden GOODGLASS et al. (1979) zwar keinen Effekt oder Interaktion des Faktors »Plausibilität«; sie fanden jedoch, daß Broca-Aphasiker insgesamt von der Ausformulierung von syntaktisch enkodierten Sätzen profitieren. Das bedeutet, daß die Verständnisfähigkeit der Broca-Aphasiker nicht abhängig ist von der Menge der wahrzunehmenden Information (da die Ausformulierung in längeren Sätzen resultiert), sondern daß sie stark durch den Faktor »syntaktische Enkodierung« beeinträchtigt wird. Dieses Ergebnis unterstützt daher die Annahme von ZURIF und Mitarbeitern, daß die Broca-Aphasie – zumindest teilweise – als ein syntaktisches Defizit beschrieben werden kann, das sich sowohl in der Produktion wie auch in der Perzeption manifestiert.

Erst kürzlich beendeten FRIEDERICI und Mitarbeiter (FRIEDERICI, 1981; FRIEDERICI, 1982; FRIEDERICI, SCHÖNLE & GARRETT, 1982) einige Untersuchungen zu dem Problem der Dissoziation von Produktions- und Perzeptionsleistungen bei Aphasikern. Es scheint nach den in der Literatur vorliegenden Daten so zu sein, daß Produktion und Perzeption vornehmlich für einige bestimmte syntaktische Kategorien voneinander abweichen. Diese syntaktischen Kategorien sind offensichtlich jene, die neben der syntaktischen Information auch Träger von semantischer Information sind (ZURIF et al., 1975). Falls die Annahme richtig ist, daß bei metalinguistischen und bestimmten Perzeptionsaufgaben die Items dieser Kategorien mittels semantischer Strategien verarbeitet werden können (ZURIF & CARAMAZZA, 1976), so müssen wir daraus folgern, daß Produktion und Perzeption syntaktische und semantische Prozesse in einem unterschiedlichen Ausmaß notwendig machen. Die Möglichkeit, daß syntaktische Defizite im Sprachverständnis einfacher zu kompensieren seien, war auch schon von anderen Autoren diskutiert worden (z.B. STOCKERT & BADER, 1976; HUBER, 1979). In einer Studie von FRIEDERICI (1981) wurden die Verarbeitungsstrategien für Produktion und Perzeption an der Gruppe Broca- und Wernicke-Aphasiker untersucht. Sowohl mündlich und schriftliche Produktion wie auch auditorische und visuelle Perzeption wurde anhand von Präpositionen – einer Kategorie von Items, die syntaktische **und** semantische Information tragen – getestet. Die Verarbeitungsleistung in Produktion und Perzeption war in beiden Aphasiegruppen beeinträchtigt; in weitaus stärkerem Maße jedoch bei agrammatischen Sprechern. Dies deutet darauf hin, daß

sowohl für die Produktion als auch für die Perzeption dieser Items syntaktische Verarbeitungsprozesse notwendig sind. Die Produktionsleistung war generell niedriger als die Perzeptionsleistung. Diese Differenz zeigte sich jedoch am deutlichsten bei der Broca-Aphasie. Unter Annahme des Standpunktes, daß die Broca-Aphasie als syntaktisches Defizit beschrieben werden kann, wurde dies interpretiert als die Reflexion der, bei der Produktion und Perzeption in unterschiedlichem Ausmaß beteiligten, syntaktischen Prozesse. Während bei Produktion dieser agrammatischen Items syntaktische Prozesse verstärkt notwendig sind, wird die Perzeption weitgehend von semantischen Prozessen unterstützt. Die Varianzanalyse zeigte eine signifikante Interaktion zwischen den Faktoren Aphasiegruppe und Aufgabentyp und deutet somit auf die unterschiedlichen zugrundeliegenden Störungen in beiden Aphasiegruppen hin. Die Gruppe der Broca-Aphasiker ist offensichtlich in starkem Maße beeinträchtigt, wenn syntaktische Prozesse gefordert sind. Auch eine qualitative Fehleranalyse der Produktion unterstützte ebenfalls die Annahme, daß das Defizit der Broca-Aphasiker als die Unfähigkeit, syntaktische Struktur zu bestimmen, beschrieben werden kann. Broca-Patienten lassen die Präpositionen entweder einfach weg oder sie substituieren diese durch Items einer anderen Klasse. Die Wernicke-Aphasiker demonstrierten dagegen eine Sensitivität gegenüber syntaktischen Kategorien. Sie substituieren vornehmlich innerhalb der Kategorie der Präpositionen. Dies weist darauf hin, daß zumindest einige Aspekte ihres Defizits als eine lexikalisch-semantische Selektionsstörung innerhalb einer syntaktisch korrekten Kategorie beschrieben werden können.
Während eine Untersuchung mit französischsprachigen Aphasikern (SERON & DELOCHE, 1981) die Hypothese von unterschiedlichen syntaktischen Fähigkeiten im Sprachverstehen bei Broca- und Wernicke-Aphasikern ebenfalls unterstützt, bieten die Ergebnisse von MACK (1981) jedoch keinen Hinweis für ein aphasietyp-spezifisches Verstehensdefizit.
In einer anderen Untersuchung (FRIEDERICI, SCHÖNLE & GARRETT, 1982) konnte gezeigt werden, daß auch die Perzeptionsleistung für Präpositionen stärker beeinträchtigt war, wenn die Aufgabenstellung die korrekte syntaktische Verarbeitung des Satzes notwendig machte (siehe Abb. 15).
Zusammenfassend kann festgehalten werden, daß die Störung des Agrammatismus dann auch in der Perzeption deutlich wird, wenn syntaktische Prozesse erforderlich sind. Die paragrammatischen Fehlleistungen der Wernicke-Aphasie wurden nicht als primär syntaktisch gedeutet, da sich die Wernicke-Aphasiker der syntaktischen Kategorie gegenüber als sehr sensibel erwiesen. Die an dieser Stelle sichtbare Störung wurde als eine Selektionsstörung innerhalb einer syntaktisch korrekt gewählten Kategorie beschrieben. Diese letztere Annahme bedarf jedoch weiterer Untersuchung und löst nicht das Problem der linguistischen Beschreibung der Wernicke-Aphasie als Ganzes. Sicher sollte das Sprachverständnis nicht als eindimensionaler, sondern als mehrdimensionaler Prozeß verstanden werden.

7.4 Syntaktische und semantische Faktoren in der Echtzeit-Verarbeitung

Die meisten Arbeiten zum Sprachverständnis untersuchen den Verstehensprozeß »zeitverschoben«. Das heißt, in einem Satz oder Diskurs wird das Verstehen einzelner Elemente nicht »zeitgleich« mit deren Perzeption gemessen, sondern erst dann, wenn

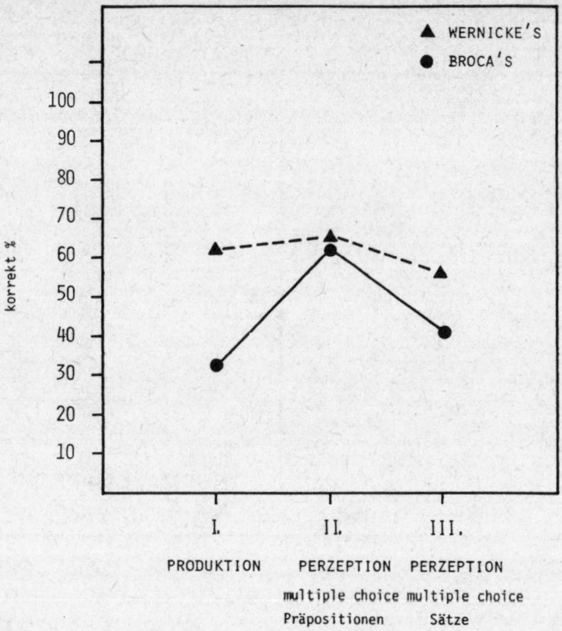

Abb. 15

alle Einzelelemente verarbeitet worden sind. Zum Beispiel, in einem Bilder-Verifizierungs-Paradigma muß die Versuchsperson erst dann eine Verstehensreaktion zeigen, wenn sie den gesamten Stimulussatz gehört hat; diese Art des Testens bezeichnet man auch mit einem aus der Computersprache entlehnten Terminus als »off-line« (zeitlich verschobene Messung). Das Verstehen von gesprochenen Wörtern ist nun aber ein zeitgebundener Prozeß; Millisekunde für Millisekunde werden vom Hörer Sprachelemente wahrgenommen und verarbeitet. Um einen Einblick in die zeitliche Struktur von Sprachverstehen gewinnen zu können, müßte man über ein Instrument verfügen, daß die Verarbeitung von einzelnen sprachlichen Elementen genau in dem Moment zu messen vermag, in dem der Hörer ein bestimmtes Sprachelement auditorisch wahrnimmt. Eine solche Untersuchung, die Messungen von Sprachprozessen in der »Echtzeit« (real-time) vornimmt, nennt man im Gegensatz zu den oben erwähnten »off-line« Untersuchungen »on-line«-Studien. Moderne Reaktionszeit-Meßgeräte erlauben es tatsächlich, Sprachverarbeitungsprozesse auf die hundertstel Millisekunde genau zu erfassen. Während diese Methode in der Psycholinguistik schon einige Zeit verwendet wird (Foss, 1970; Marslen-Wilson & Tyler, 1975, 1980; Cutler & Foss, 1977, u.a.), hat sie erst kürzlich Anwendung in der Neurolinguistik erfahren (Swinney, Zurif & Cutler, 1980; Friederici, 1983a, 1983b). Auf die bislang zwei einzigen online Studien in der Aphasieforschung wollen wir detailliert eingehen.

In der Untersuchung von Swinney, Zurif und Cutler (1980) wurde der Einfluß der Wortklasse (offene vs. geschlossene Klasse) und der Wortbetonung auf das Sprachverständnis bei normalen und agrammatischen Sprechern untersucht. Im Zusammenhang mit der Diskussion der Studien von Bradley, Garrett & Zurif (1980) hatten wir schon die eminente Bedeutung der Untersuchung von verschiedenen Verarbeitungsmechanismen für die Items der offenen und geschlossenen Klasse diskutiert. Eine besondere und schnell arbeitende Wahrnehmungsvorrichtung für die geschlossene Klasse würde es erlauben, schon früh im Satz strukturelle Information erfassen zu

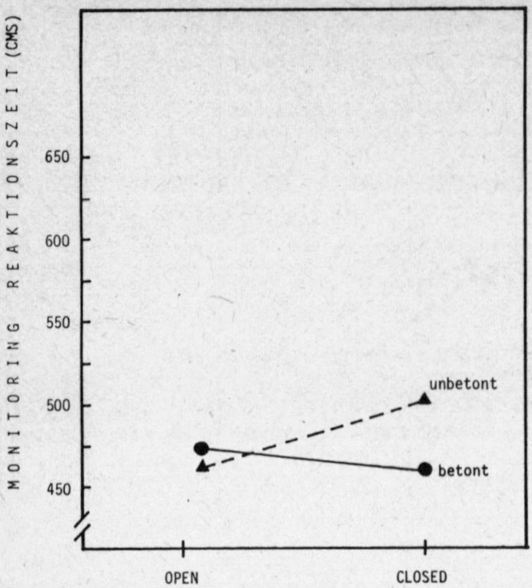

NORMALE SPRECHER
Abb. 16 a

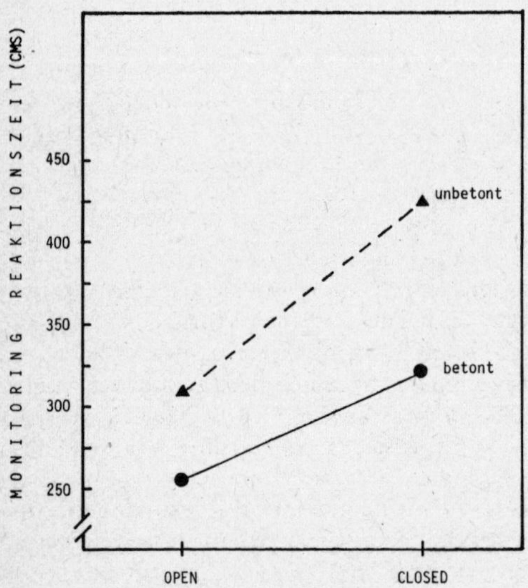

BROCA - APHASIE
Abb. 16 b

können. Wir hatten gesehen, daß sich agrammatische von normalen Sprechern dahingehend unterscheiden, daß sie nicht über den für Normalsprecher postulierten Erkennungsmechanismus für Items der geschlossenen Klasse verfügen. In einem on-line-Experiment sollten diese Mechanismen genauer untersucht werden. Man bediente sich hierbei eines »word-monitoring« Paradigmas; das bedeutet: die Versuchsperson muß ein Zielwort, daß vorher spezifiziert worden ist, in einem auditorisch dargebotenen Satz wiedererkennen. Sobald das Zielwort identifiziert worden ist, soll die Versuchsperson so schnell wie möglich eine Reaktionszeitmessungstaste drücken. Ein Signal, das exakt am Beginn des Zielwortes – für den Hörer unbemerkbar – auf das

Tonband gebracht worden ist, setzt ein digitales Meßgerät in Gang, daß durch die Reaktion der Versuchsperson gestoppt wird. Die Reaktionszeiten werden auf die Millisekunde genau registriert. SWINNEY et al. boten die Stimulussätze einzeln, d.h. ohne einen Kontext dar. Die Zielwörter wurden vor jedem Satz auditorisch präsentiert. Jedes Stimulusitem wurde zweimal getestet, (1) einmal lag die Satzbetonung auf dem Zielwort, (2) einmal nicht.

(1) Zielwort: the
Satz: I think my brother is thé man for this job.
(2) Zielwort: the
Satz: I think my bróther is the man for this job.

Sie testeten sowohl Items der offenen Klasse (Nomen, Verben, Adjektive) wie auch der geschlossenen Klasse (Artikel, Adverben, Präpositionen, Pronomen) unter diesen zwei Bedingungen. Insgesamt waren 72 Testsätze präsentiert. Die Ergebnisse lassen sich wie folgt zusammenfassen (siehe Abb. 16 a und b).
Broca-Aphasiker unterscheiden sich deutlich von Normalsprechern in der Art und Weise, wie sie die verschiedenen Wort-Klassen und Betonungen verarbeiten. Normalpersonen zeigen keinen signifikanten Unterschied zwischen offener und geschlossener Klasse, wenn beide betont sind. Sie reagieren signifikant schneller auf Items der offenen Klasse als auf die der geschlossenen Klasse, wenn sie nicht betont sind. Broca-Aphasiker reagieren schneller auf Items der offenen als auf die der geschlossenen Klasse, unabhängig davon, ob sie betont oder unbetont sind. SWINNEY et al. interpretieren diese Ergebnisse als Hinweis darauf, daß den Broca-Aphasikern die Fähigkeiten der Unterscheidung von Elementen der offenen und geschlossenen – nicht jedoch die Elemente der geschlossenen Klasse selbst – verloren gegangen seien.
In einer Arbeit mit deutschsprachigen Aphasikern hatte FRIEDERICI (1982) darauf hingewiesen, daß die Verfügbarkeit von bestimmten Items – in diesem Falle Präpositionen – bei Broca-Aphasikern nicht eine Funktion der Mitgliedschaft einer Klasse ist, sondern vielmehr abhängig ist vom funktionalen Gebrauch des Items im Satz. Werden Präpositionen lexikalisch verwandt, so können sie produziert werden; sind sie obligatorische Ergänzung zum Verb, werden die gleichen Items weniger häufig produziert.[31] In der gleichen Studie konnte ein analoger Unterschied für die grammatikalische Beurteilung dieser Items nicht demonstriert werden. Dies wurde nicht als ein Beweis gegen die Hypothese vom generellen zugrundeliegenden syntaktischen Defizit gewertet, sondern der Unterschied wurde auf die unterschiedlichen Forderungen nach syntaktischen Verarbeitungsprozessen in der Echtzeit bei Produktion und bei bestimmten Perzeptionsaufgaben zurückgeführt. Es wurde die Hypothese aufgestellt, daß, wenn selbige Items in einer zeitabhängigen Verstehensaufgabe getestet würden, der für die Produktion deutlich gewordene Unterschied auch in der Perzeption zu beobachten sein müßte.
In einem Folgeexperiment wurde diese Hypothese untersucht. FRIEDERICI (1983b) benutzte hierfür ebenfalls ein »word-monitoring« Paradigma. Sie präsentierte die Zielwörter jedoch nicht auditorisch, sondern visuell, so daß das Zielwort während der gesamten Präsentation des Satzes für die Versuchsperson sichtbar blieb. Diese Variation erlaubte, sich gegen eine mögliche Konfundierung von Gedächtniseffekt und Wortklasseneffekt abzusichern, zumal aus der Gedächtnisforschung bekannt ist, daß

[31] Eine russischsprachige Studie (BEYN et al., 1979) fand einen ähnlichen Unterschied zwischen lexikalischen Präpositionen und solchen, die zur Kasusmarkierung verwandt werden.

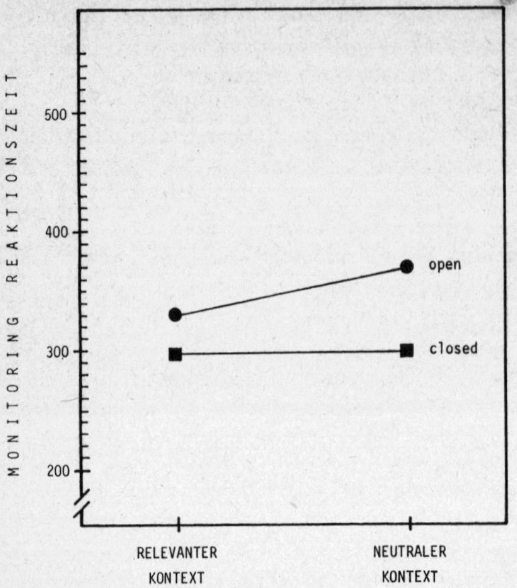

NORMALE SPRECHER
Abb. 17 a

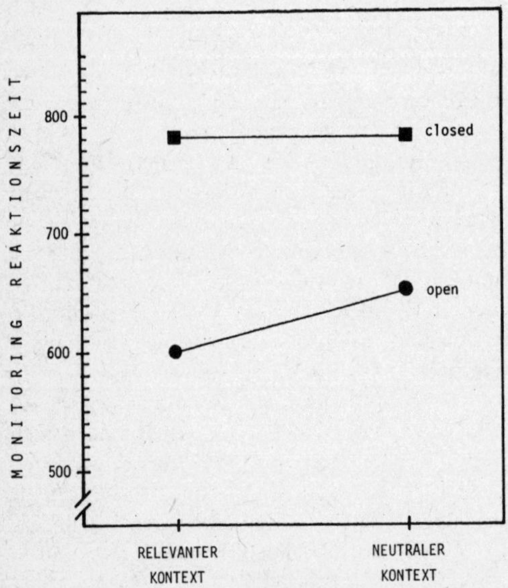

AGRAMMATISCHE SPRECHER
Abb. 17 b

Inhaltswörter leichter behalten werden als Funktionswörter. Des weiteren wurde dem eigentlichen Testsatz ein »Kontextsatz« vorangestellt, der (1) in enger inhaltlicher Beziehung zum Testsatz stand, (2) mit diesem inhaltlich nichts zu tun hatte.

(1) Der Juni ist nicht trocken genug gewesen.
Der Bauer hofft **auf** den Sommer.
(2) Der Schwimmer ist nicht schnell genug gewesen.
Der Bauer hofft **auf** den Sommer.

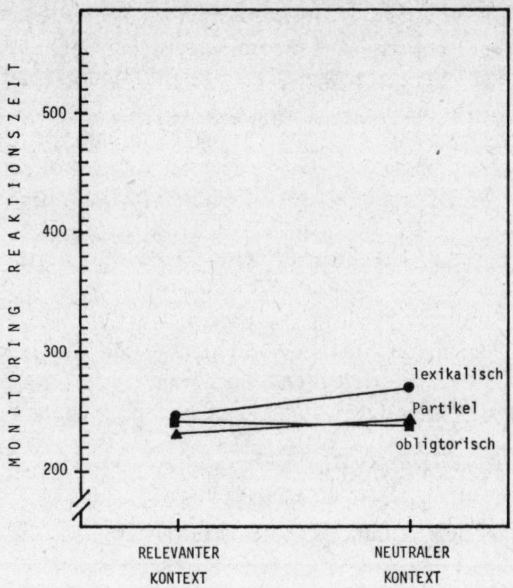

NORMALE SPRECHER
Abb. 18 a

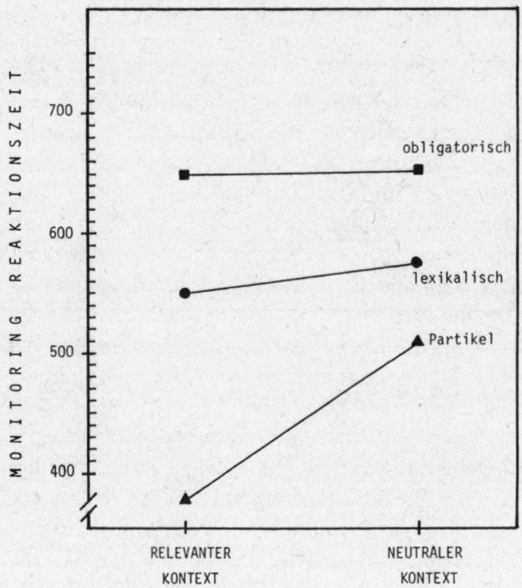

AGRAMMATISCHE SPRECHER
Abb. 18 b

Da für das Deutsche noch keine Arbeit zur allgemeinen Verarbeitung von geschlossener und offener Klasse vorlag, weder bei Normalsprechern noch bei Aphasiepatienten, wurde eine Reihe verschiedener Konditionen getestet. Neben einer Kategorie von Items der geschlossenen Klasse (unter Ausschluß von Pronomen und Präpositionen), einer Kategorie von Items der offenen Klasse (Nomen, Adjektive), wurde die Verarbeitung von lexikalischen und obligatorischen Präpositionen wie auch von formgleichen Verbpartikeln untersucht. Jedes dieser Items wurde einmal mit einem relevanten Kontextsatz und zum anderen mit einem neutralen Kontextsatz präsentiert, so daß die Versuchsperson insgesamt mit 100 Satzpaaren konfrontiert wurde. Die Reaktionszeiten wurden, wie oben beschrieben, registriert. An dem Experiment nahmen eine Gruppe von Broca-Aphasikern, eine Gruppe von Wernicke-Aphasikern und eine Kontrollgruppe von Normalsprechern teil. Folgende Ergebnisse konnten festgehalten werden:

(1) Broca-Aphasiker unterschieden sich von Wernicke-Aphasikern und Normalsprechern in der Art und Weise, wie sie die verschiedenen Wortklassen verarbeiten, jedoch nicht bezüglich der Verarbeitung semantischer Kontextfaktoren (siehe Abb. 17 a und b, 18 a und b).
(2) In Übereinstimmung mit den von SWINNEY et al. (1980) berichteten Daten reagierten die Broca-Aphasiker schneller auf die Items der offenen als auf die der geschlossenen Klasse. Im Unterschied zu diesen Daten jedoch zeigten die Normalsprecher schnellere Reaktionen für Items der geschlossenen als für solche der offenen Klasse.[32]
(3) Der Kontext (relevant vs. neutral) hat einen signifikanten Einfluß auf die Items der offenen Klasse, nicht jedoch auf die der geschlossenen Klasse. Das heißt nichts weiter, als daß lexikalische, nicht jedoch syntaktische Items durch semantische Faktoren beeinflußt werden.

Diese Ergebnisse wurden wie folgt interpretiert:

(1) Sie unterstützen die Hypothese vom generellen syntaktischen Defizit der Broca-Aphasie;
(2) darüber hinaus legen sie nahe, daß das Defizit nicht als pure Funktion der nichtvorhandenen Unterscheidung zwischen offener und geschlossener Klasse beschrieben werden kann, sondern die Leistungen eher abhängig sind vom funktionalen Status des gegebenen Items im Satz und der damit verbundenen lexikalischen und syntaktischen Aspekte der Verarbeitung;
(3) es wird im Vergleich dieser Ergebnisse mit früher erhobenen »off-line« Studien (grammatikalische Beurteilung) klar, daß das Defizit des Agrammatismus vor allem deutlich wird, wenn syntaktische Verarbeitung in der Echtzeit geleistet werden muß. Die Notwendigkeit zeitgebundener syntaktischer Prozesse ist bei der Produktion von Sprache offensichtlich, in der Perzeption jedoch werden sie oft erst unter bestimmten Testbedingungen deutlich.

Wernicke-Aphasiker, die in dieser Studie ebenfalls untersucht wurden, unterscheiden sich signifikant von Broca-Aphasikern. Ihre Reaktionszeitmuster waren denen der Normalpersonen sehr ähnlich, obwohl sie insgesamt langsamer reagieren. Ebenso wie Normale erkannten sie Items der geschlossenen Klasse schneller als die der offenen Klasse; auch zeigten sie einen signifikanten Kontexteffekt für Items der offenen Klasse. Diesen Ergebnissen zufolge scheint es, als ob Wernicke-Aphasiker imstande sind, sowohl syntaktische wie auch semantische Information zumindest primär und relativ automatisch zu verarbeiten. Das Verständnisdefizit der Wernicke-Patienten mag demzufolge nicht auf die Unfähigkeit, diese syntaktischen und semantischen Informationen primär zu verarbeiten, zurückzuführen sein, sondern eher auf die

---

32 Die Nicht-Übereinstimmung der Ergebnisse für die Normalsprecher wird auf mehrer mögliche Faktoren der unterschiedlichen Methoden zurückgeführt. Für eine Diskussion siehe FRIEDERICI (1983a).

Schwierigkeit, diese Informationen auf einer höheren Ebene zum Zwecke der Interpretation zu integrieren. Diese Annahme ist kompatibel mit den Ergebnissen, die MILBERG und BLUMSTEIN (1982) für die Wortebene berichten. Auch hier hatte sich gezeigt, daß Wernicke-Aphasiker semantische Information mittels automatischer Zugriffsmechanismen zur Verfügung haben. Die Autoren nehmen ebenfalls an, daß das Defizit dieser Patienten in der bewußten Weiterverarbeitung der semantischen Information und nicht in der gestörten Struktur des semantischen Lexikons zu lokalisieren ist.
Die Ergebnisse der Echtzeit-Experimente ermöglichen eine sinnvolle Intergration der unterschiedlichen Ergebnisse zum aphasietyp-spezifischen Defizit in einem Erklärungsansatz. Während die meisten der »off-line« Studien von sehr ähnlichen Ergebnissen im Sprachverständnis von Broca- und Wernicke-Aphasie berichten, weisen die wenigen derzeit zur Verfügung stehenden Daten zur Echtzeit-Verarbeitung auf unterschiedliche zugrundeliegende Defizite bei beiden Aphasieformen hin. Dies ist insofern erklärbar, als zeitgebundene Messungen primäre zugrundeliegende Defizite aufzudecken vermögen, während zeitungebundene Messungen eher Strategien, die zur Kompensation dieser Defizite angewendet werden, aufzeigen. Solche Strategien müssen nicht unbedingt spezifische Defizite widerspiegeln, sondern können vielmehr recht universaler Natur sein, d.h., sie werden auch von Normalpersonen unter bestimmten Bedingungen oder von anderen sprachdefizitären Sprechern benutzt. Wenn also in vielen »off line« Studien von ähnlichen Verstehensleistungen bei Broca- und Wernicke-Aphasie berichtet wird, so ist die Zurückweisung von aphasietyp-spezifischen Verständnisdefiziten solange nicht gerechtfertigt, wie nicht gezeigt wird, daß die von Aphasikern benutzten Strategien für diese Sprachgruppe spezifisch sind und nicht von anderen sprachdefizitären Gruppen, z.B. Zweitsprachlernern oder Normalsprechern, verwandt werden.

7.5 Untersuchungen zum Textverständnis

Während zumindest einige Daten zu den Aspekten des lexikalischen und syntaktischen Verständnisses in der Aphasie vorliegen, wurde bisher Aspekten des Kontextualisierens nur wenig Beachtung geschenkt. Die Untersuchung von STACHOWIAK, HUBER, POECK und KERSCHENSTEINER (1977) unternimmt einen ersten Vorstoß in diese Richtung. Sie studieren semantische und pragmatische Strategien beim Verständnis eines auditorisch dargebotenen Texts. Ausgehend von der Theorie FILLMORE's (1974) hat ein Hörer im Verstehensprozeß immer zwei Aspekte zu kontextualisieren, den verbalen und den situativen Aspekt. STACHOWIAK et al. (1977) ziehen nun aufbauend auf dieser Theorie drei Hypothesen für das aphasische Verstehensdefizit in Betracht.

(1) Das Defizit ist primär eine Störung der Kontextualisierung und ist nicht ausschließlich zurückzuführen auf eine lexikalische und/oder grammatische Störung,
(2) die Störung der Kontextualisierung ist Folge einer primären phonologischen, semantischen oder syntaktischen Störung,
(3) die Kontextualisierung bleibt intakt und ermöglicht, unterstützt von redundanter situationeller und verbaler Information, auch bei Aphasie das Verstehen von Texten.

In einem Bilder-Verifikations-Paradigma wollte man herausfinden, ob die Verstehensleistung von Asphasikern auf der Wort-, Satz- und Textebene in gleicher Weise beeinträchtigt ist. Das Versuchsmaterial bestand aus 26 Geschichten, von denen jeweils eine mit je 5 Bildern dargeboten wurde. Jede Geschichte bestand aus sechs Sätzen, wobei den zwei Einleitungssätzen ein dritter Satz folgte, der für das Verständnis entscheidend war. Die syntaktischen Konstituenten mußten ihrer semantischen Funktion entsprechend interpretiert werden. Der vierte Satz enthielt einen idiomatischen Kommentar zur jeweiligen Situation. Satz fünf rundete die Geschichte ab. Der sechste Satz griff in interrogativer Form Agent, Aktion und Situation des dritten Satzes auf. Zur Verdeutlichung reproduzieren wir zwei der Geschichten nach STACHOWIAK et al. (1977).

I. (1) Herr Bauer arbeitet in einem Büro. (2) Er hat freiwillig für mehrere Kolleginnen die Urlaubsvertretung übernommen. (3) Nachdem er aber selbst für eine Woche krank war, kann Herr Bauer den Aktenberg auf seinem Schreibtisch nicht mehr bewältigen. (4) Da hat er sich eine schöne Suppe eingebrockt. (5) Das kommt von seinem Übereifer. (6) Welches Bild zeigt, wie es ihm nun geht?

Zu dieser Geschichte wurden nun die folgenden 5 Bilder präsentiert (siehe Abb. 19).

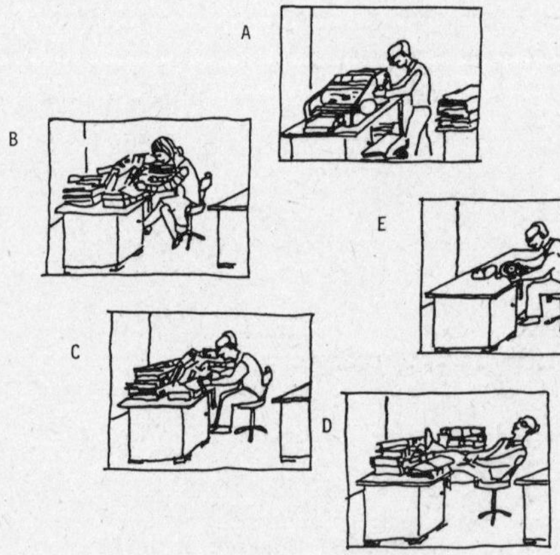

Abb. 19

II. (1) Werner und seine Frau treffen sich jeden Freitag mit Bekannten. (2) Heute wollen die Männer Poker spielen. (3) Weil Werner leichtsinnig spielt, verliert er bald seinen ganzen Einsatz. (4) Die anderen nehmen ihn bis aufs Hemd aus. (5) Seine Frau wird deshalb ganz sauer. (6) Welches Bild zeigt, was ihm passiert?

Die 26 Geschichten unterschieden sich bezüglich des Aspektes, d.h. ob bei dem idiomatischen Kommentar (Satz 4) zwischen wörtlicher und übertragener Bedeutung ein enger Bezug besteht (»Die anderen nehmen ihn bis aufs Hemd aus«; II. Geschichte) oder nicht (»Da hat er sich eine schöne Suppe eingebrockt«; I. Geschichte). Die Ergebnisse zeigten weder signifikante Unterschiede zwischen den Leistungen der aphasischen Versuchspersonen und der normalen Kontrollgruppe, noch zwischen Broca-, Wernicke-, amnestischer und Globalaphasie. Dies ist um so erstaunlicher, als alle Aphasiepatienten deutliche Verständnisstörungen im Token Test zeigten. Die Autoren erklären dieses Ergebnis mit der Redundanz von Texten und mit der bei

Aphasie erhaltenen Fähigkeit zu kontextualisieren. BOLLER, KIM und MACK (1976) weisen darauf hin, daß die hohe Redundanz der Texte einen Erleichterungseffekt bewirkt haben könnte, der sich vor allem bei den aphasischen Gruppen niedergeschlagen hat, sodaß aus diesem Grunde keine verläßlichen Unterschiede zwischen neurologisch beeinträchtigten und normalen Versuchspersonen demonstrierbar waren.
Ein anderes Experiment zum Textverständnis von ENGEL, COHEN, KELTER und LIST (1977) bestätigt die oben dargestellten Ergebnisse zum Teil. Das Textverständnis wurde hier durch die anschließende Wiedergabe des Textes überprüft. Es zeigte sich, daß sich Aphasiker von Nicht-Aphasikern zwar quantitativ, nicht jedoch qualitativ unterschieden. In Anordnung und Auswahl von Propositionskomponenten wie »Aktor« und »Aktion« differierten die Aphasiegruppen nicht von der normalen Kontrollgruppe.

7.6 Sprachverständnis und das Verstehen von Gesten

Der Zusammenhang zwischen verbaler und non-verbaler Kommunikation, d.h., der Zusammenhang zwischen Sprache und Geste wurde schon in Kapitel 6.5 ausführlich diskutiert; wir wollen hier nur kurz noch einmal auf diesen Zusammenhang bezüglich des Verständnisses eingehen. GAINOTTI und LEMMO (1976) fanden einen engen Zusammenhang zwischen der Schwere der semantisch-lexikalischen Störung und der Fähigkeit, Gesten zu verstehen. Das bedeutet, daß verbale und non-verbale Aspekte der semantischen Desintegration in enger Verbindung stehen. Sie fanden allerdings nur einen geringen Zusammenhang zwischen den Fähigkeiten, Pantomimen zu verstehen und zu produzieren. Dies zeige – so die Autoren –, daß die Schwierigkeiten, die beim Reproduzieren von Gesten zu beobachten sind, auf einen apraktischen Effekt und meist nicht auf das einfache Verstehen von Gesten zurückzuführen seien.
Die Untersuchung von SERON et at. (1979) konnte keine Beziehung zwischen der Schwere der Aphasie, insbesondere der semantischen Störung, und der Fähigkeit, Pantomimen zu erkennen, feststellen. Sie glauben, daß es eine klare Trennung zwischen dem linguistischen Defizit und dem Erkennen von Gesten gibt. Weitere Untersuchungen, die sich diesem Zusammenhang widmen, sind notwendig, um die in der Literatur berichteten Divergenzen zu interpretieren und zu eindeutigen Aussagen bezüglich des Zusammenhangs zwischen dem Verstehen von verbaler und non-verbaler Information kommen zu können.

8. Störungen des Schreibens

Im Rahmen dieses Kapitels sollen die erworbenen Störungen des Schreibens, die eine zerebrale Läsion als Ursache haben, beschrieben werden. Diese Störungen werden als »Agraphien« bezeichnet.

8.1 Zum Begriff der Agraphie

LEISCHNER (1957, 1969) unterscheidet drei Formen der Agraphie: die **apraktische Agraphie**, die durch eine Störung der Muskelkoordination zustande kommt, die **konstruktive Agraphie**, der eine Primärstörung der zeichnerischen Komponente zugrunde liegt, und schließlich die **linguistische Agraphie** als eine Sprachstörung im eigentlichen Sinn. HECAEN und ALBERT (1978) kategorisierten die Schreibstörungen in vier klinische Untergruppen: **apraktische Agraphie, räumliche Agraphie, aphasische Agraphie** und **reine Agraphie**. In dem folgenden Kapitel wollen wir uns den linguistisch interessanten Formen der Schreibstörungen, nämlich der »reinen Agraphie« und der linguistischen oder aphasischen Agraphie widmen.
In fast allen Aphasien – die seltenen Fälle reiner Worttaubheit und reiner Wortblindheit ausgeschlossen – manifestieren sich auch Schreibstörungen. Nach GOODGLASS und GESCHWIND (1976) sind die Störungen des Schreibens im allgemeinen schwerer als die Sprachdefizite.

»Analogously to speech, writing may be disturbed: (1) at the level of its mechanics – impaired recall of the movements required for forming letters, even in direct copying; (2) at the level of symbol recall – inability to recall how to write individual letters or how to spell familiar words on dictation; or (3) at the level of language formulation, i.e. word finding and sentence organization.«[33]

8.2 Linguistische Theorien der Schriftsprache

Bevor wir uns jedoch bestimmten Störungen des Schreibens zuwenden, müssen wir uns die Beziehungen oder den Unterschied zwischen der Fähigkeit zu sprechen und zu schreiben verdeutlichen. Schreibfähigkeit verlangt einerseits primäre motorische und perzeptuelle Funktionen, andererseits aber auch inhaltliche und linguistische Komponenten dessen, was ausgedrückt werden soll.
Hinsichtlich des Zusammenhangs von gesprochener und geschriebener Sprache lassen sich in der Linguistik zwei konträre Konzeptionen ausmachen. Einmal wird die

[33] GOODGLASS & GESCHWIND (1976), S. 415.

»Dependenz« zum anderen die »Autonomie« der Schriftsprache postuliert. Die Vertreter der Dependenzkonzeption (DESAUSSURE, 1916; BLOOMFIELD, 1933) wollen aufgrund der phylo- und ontogenetischen Tatsache, daß die gesprochene Sprache primär und die geschriebene nur durch diese erworben werde, die geschriebene Sprache generell nur als eine durch die gesprochene Sprache vermittelte Performanz verstanden wissen.

Die Vertreter der Autonomiekonzeption (VACHEK, 1949; ULDALL, 1944) dagegen nehmen an, daß die graphische Performanz nach vollzogenem Schriftspracherwerb durch die tägliche Schreib- und Lesepraxis im Laufe des Lebens eine gewisse Unabhängigkeit auch von der phonischen Performanz erlangt, so daß Vorstellungen auch ohne die Vermittlung der phonischen Performanz direkt ins Graphische umgesetzt werden können.

So zeigt WEIGL (1972), wie sich im Schriftspracherwerb die anfänglich phonisch vermittelte Schriftsprache mit fortschreitender Entwicklung durch Automatisierungsprozesse von der gesprochenen Sprache löst. WEIGL baut dabei seine Theorie auf einem der von WYGOTSKI (1934) konzipierten Grundprinzipien auf, daß höhere psychische Prozesse mit fortschreitender Entwicklung einer etappenweisen Reduktion unterliegen, d.h., daß bestimmte intrazerebrale Verbindungen für das Funktionieren der betreffenden Leistung nicht mehr in Anspruch genommen werden müssen, wobei diese Verbindungen jedoch weiterhin potentiell verfügbar sind und wenn nötig reaktualisiert werden können.

Diese neuropsychologische Konzeption bildet auch die Grundlage der Erklärung der Aneignung von Automatisierung von Schriftsprache. Nach der weitgehenden Vollendung des Erwerbs der Lautsprache tritt beim Kind nun als weiterer Lernprozeß der Erwerb der Schreib- und Lesefertigkeiten hinzu. Dies geschieht anfänglich unter Mitwirkung der nun schon beherrschten Lautsprache, was sich im latenten oder manifesten Artikulieren beim rezeptiven Lesen und Schreiben nachweisen läßt. Bis zur Vervollkommnung und Automatisierung des Lesens und Schreibens vollziehen sich nun noch mannigfaltige Umstrukturierungen der psychischen Prozesse.[34]

Die nach WEIGL (1972) im Schriftspracherwerbsprozeß notwendigerweise aktivierten Phonem-Graphem-Korrespondenz-Regeln sind also nach vollzogenem Erwerb der Schriftsprache nicht in dem gleichen Maße wirksam. WEIGL (1972) nimmt sogar eine autonome graphemische Struktur für jeden Lexikon-Eintrag an.

Diese Annahme erlaubt Voraussagen für den Fall einer Sprachstörung. Ist diese Annahme richtig, so könnte selbst im Falle einer Aphasie die Schriftsprache als relativ autonomes System teilweise besser erhalten sein als die gesprochene Sprache (und umgekehrt). Agraphie ist per definitionem eine Störung der Schriftsprache **nach** ihrem vollendeten Erwerb. Ergebnisse der neurolinguistischen Agraphieforschung vermögen von daher den Zusammenhang von gesprochener und geschriebener Sprache beim Erwachsenen zu erhellen.

---

[34] Dies ist die Phase, in der es bei der geforderten Umsetzung der Lautstrukturen in die entsprechenden Schriftstrukturen oft zu Behinderungen oder sogar Ausfällen kommt, die in Form der Legasthenie ihr klinisches Bild finden.

8.3 »Reine« Agraphie

In der Literatur werden – wenn auch selten – Fälle einer reinen Agraphie beschrieben, daß heißt Fälle, bei denen sich die Störung der Schriftsprache unter Abwesenheit einer Störung der Lautsprache oder des Lesens manifestiert.
BENEDIKT (1865) hat als erster vorgeschlagen, daß die Komponenten, die der geschriebenen und gesprochenen Sprache unterliegen, an verschiedenen Stellen zu lokalisieren seien, ohne dies jedoch genauer zu spezifizieren. 1881 wies EXNER auf ein vom Broca-Zentrum unabhängiges graphisches Zentrum in der unteren zweiten Frontalwindung hin. Dies wurde von HENSCHEN (1920–1922) als das Zentrum für graphische Produktion bestätigt und es wurde ein davon unabhängiges Zentrum für die graphische Perzeption im Angular Gyrus postuliert. Die wenigen bekannten Fälle reiner Agraphie erlauben jedoch keine eindeutige Lokalisation. Zwar haben auch DUBOIS et al. (1969) sechs reine Agraphien beschrieben, die infolge einer frontalen Läsion auftraten, doch konnte auch hier die genaue Lokalisation nicht eindeutig festgelegt werden.
Neurolinguistisch interessant sind besonders isolierte Syndrome der Schreibstörung. Die Dissoziation zwischen der gestörten Fähigkeit, Wörter schriftlich oder mit Hilfe von Buchstabenkärtchen zu buchstabieren, und der vorhandenen Fähigkeit, mündlich zu buchstabieren, berichten KINSBOURNE und ROSENFIELD (1974).
Isolierte Störungen des Schreibens träten, so behaupten CHEDRU und GESCHWIND (1972) nur bei einer akuten diffusen Hirndysfunktion auf. Für sie existiert somit das Syndrom der reinen Agraphie nicht.
DUBOIS, HECAEN und MARCIE (1969) haben dagegen über sechs reine Agraphien berichtet, die in keinem Falle von einer Störung der Lautsprache begleitet waren. HECAEN und ALBERT (1978) kommen daher zu der Ansicht, daß die graphische Aktivität sehr wohl eine autonome Komponente der linguistischen Performanz darstellt, auch wenn sie in enger Verbindung zur oralen Expression steht. Die Autoren betonen also neben der engen Beziehung zwischen der oralen und schriftlichen Produktion auch – und das deutlich – die Autonomie der Systeme.

»The graphic code cannot be considered as a simple transcription of the oral code. Graphic expression provides a system of symbols in the spatial sphere, derived from a distinct set of linguistic rules. These rules condition the production of graphemes and their linkage in manuscript writing so as to preserve the individuality of graphemic signs within a broad range of idiolectal variants. At the level of syntax these rules provide the structure within which graphic output can indicate segmentation and thus avoid the loss of information that in oral expressions may be transmitted by nonsegmental elements, such as intonation, facial and manual gestures, and situational context. These conditions both allow and require a high degree of redundancy for the transmission of grammatical and semantic information.«[35]

Neben den beschriebenen seltenen Fällen der reinen Agraphie, die als Indikatoren für eine relative Autonomie von schriftlicher und mündlicher Produktion gelten können, müssen jedoch bei konsequenter Autonomiehypothese auch Fälle voraussagbar sein, bei denen die schriftliche Produktion relativ intakt ist, während die mündliche Produktion gestört ist. Eine Betrachtung des Zusammenhangs zwischen Aphasie und Agraphie kann hier Hinweise liefern.

[35] HECAEN und ALBERT (1978), S. 60.

8.4 Agraphie und Aphasie

Mit Ausnahme der relativ seltenen Form der »reinen Agraphie« treten Störungen der Schriftsprache immer als Begleitsymptom der Aphasie auf. Die spezifische Beziehung zwischen den Störungen der gesprochenen Sprache und der geschriebenen Sprache wurde daher oft im Sinne der Dependenz der geschriebenen Sprache betrachtet. GOODGLASS & GESCHWIND (1976) sehen die Tatsache, daß Schreibstörungen im Zusammenhang mit jeder Aphasieform auftreten, als Beweis dafür, daß alle Komponenten des Sprachsystems am Meditationsprozeß teilhaben. Schreiben ist Umsetzung der mündlichen Äußerung in das graphische System. Ob und inwieweit Quantität und Qualität der Störungen der beiden Modalitäten jedoch übereinstimmt, bleibt anhand von experimentellen Untersuchungen abzuklären. Bezüglich der Quantifizierungen in Diagnose und Klassifikation wird teils eine Gleichheit der Störung im Sprechen und Schreiben, Verstehen und Lesen proklamiert (SCHUELL, JENKINS und JIMENEZ-PABON, 1964). Dies wird auch durch die Untersuchungen von SMITH (1971) und DUFFY & ULRICH (1976) bestätigt. Andere Autoren kommen jedoch zu der Ansicht, daß bei genauer Messung sehr wohl unterschiedlich starke Störungen der vier Sprachmodalitäten auftreten können (NIELSEN, 1949; GESCHWIND, 1970; GOODGLASS & KAPLAN, 1972; KERTESZ & PHIPPS, 1977). Der direkte Vergleich von phonischer und graphischer Modalität selbst weist verschiedene Ergebnisse auf. So wird oft von einer Ähnlichkeit der quantitativen und qualitativen Störung der beiden Modalitäten berichtet (LEISCHNER, 1969; GOODGLASS & HUNTER, 1970; HUBER, 1977); andere Untersuchungen und Fallbeschreibungen zeugen eher von unterschiedlichen Störungen im Sprechen und Schreiben (HEAD, 1926; WEISENBURG & MCBRIDE, 1935/1964; ALAJOUANINE & LHERMITTE, 1960; LHERMITTE & DEROUESNE, 1974; FRIEDERICI, 1976, 1978; HIER & MOHR, 1977; PEUSER, 1978).

Um zu einem integrativen Verständnis dieser Widersprüche gelangen zu können, müssen wir uns die Beziehungen zwischen der phonetischen und der graphischen Performanz auf den unterschiedlichen linguistischen Ebenen verdeutlichen, denn auf der lexikalischen und auf der syntaktischen Ebene werden möglicherweise unterschiedliche Komponenten des Gesamtsystems aktiviert.

8.4.1 Aspekte eines Modells zum Schreiben von Wörtern

Ausgehend von den in der Literatur berichteten Ergebnissen wurde von FRIEDERICI (1978) ein neurolinguistisches Modell der phonetischen und graphischen Performanz vorgeschlagen (siehe auch PEUSER, 1978). Dieses Modell nimmt zwei mögliche Strategien des Schreibens von isolierten Wörtern an. Einmal ist die schriftliche Produktion eines Wortes phonologisch durch die Aktivierung von Phonem-Graphem-Korrespondenz-Regeln (WEIGL, 1972) vermittelt, und dies ist sicherlich der normale Prozeß des Schreibenlernens. Zum anderen wird jedoch auch eine Strategie angenommen, die direkt vom semantischen Lexikon die graphische Repräsentation und ihre schriftliche Verwirklichung zu aktivieren vermag (Abb. 20). Das Schema zeigt diese Strategie des schriftlichen Benennens in Analogie zum mündlichen Benennen.

Die Prozesse, die beim schriftlichen Benennen ablaufen, sind äußerst verschieden von den Prozessen, die beim Schreiben nach Diktat stattfinden. Der Weg vom gesprochenen Wort zur schriftlichen Äußerung verlangt in jedem Fall die Aktivierung von Korrespondenz-Regeln, sei es,

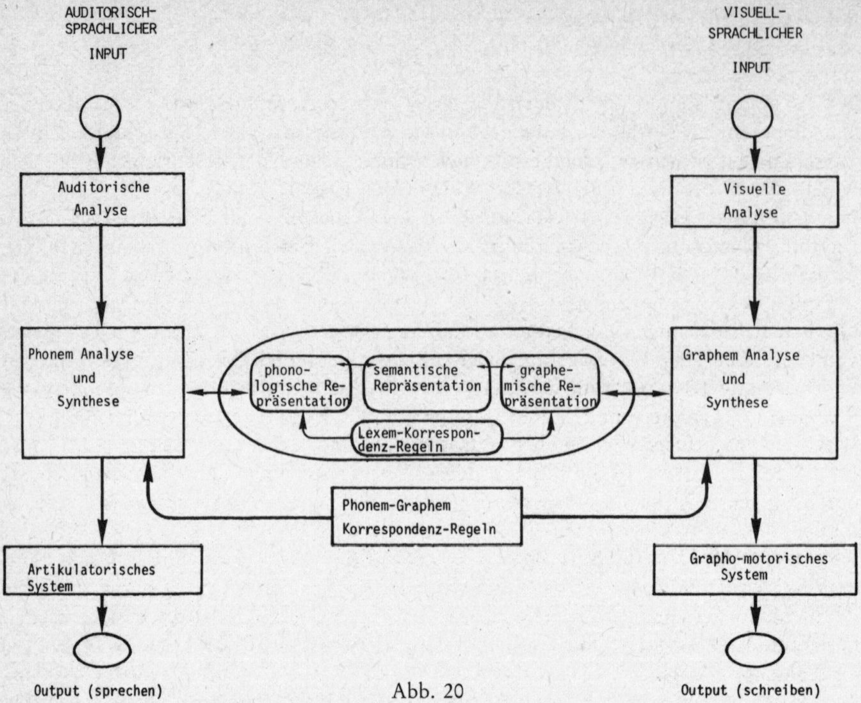

Abb. 20

(a) daß die Umsetzung vom Laut zum Buchstaben mittels der Phonem-Graphem-Korrespondenz-Regeln geschieht oder aber,

(b) daß ein häufig verwendetes Wort als Ganzes (mit seinen orthographischen Besonderheiten) direkt von einer phonischen in eine graphische Repräsentation mittels sogenannter »Lexem-Korrespondenz-Regeln« umgesetzt wird (Abb. 20).

Die Prozesse, die beim Weg vom gehörten Wort zur graphischen Realisation wie vom geschriebenen Wort zur phonischen Realisation ablaufen, werden als Transkodierung bezeichnet und verlangen notwendigerweise die Aktivierung von Korrespondenz-Regeln. Bei der Umsetzung eines Wortes vom Laut in die Schrift mittels Phonem-Graphem-Korrespondenz-Regeln muß die semantische Repräsentation des Wortes nicht unbedingt aktiviert werden. Das Wirksamwerden der Lexem-Korrespondenz-Regeln scheint dagegen die Aktivierung der semantischen Repräsentation dieses bestimmten Lexems zu implizieren (vgl. jedoch SCHWARTZ et al., 1980b).

8.4.2 Neurolinguistische Evidenz

Die Differenz zwischen diesen beiden Regelsystemen wird in den meisten Studien anhand von Umsetzungsprozessen vom Buchstaben zum Laut untersucht. Sie wird in diesen Untersuchungen vor allem durch die unterschiedlichen Leistungen beim Lesen von Wörtern und beim Lesen von Neologismen oder Unsinns-Silben nachgewiesen. MARSHALL und NEWCOMBE (1973), SHALLICE und WARRINGTON (1975) wie auch PATTERSON und MARCEL (1977) haben gezeigt, daß trotz einer Störung der Phonem-Graphem-Korrespondenz-Regeln, die beim Lesen von Unsinns-Silben angewendet werden müssen, das Lesen von Wörtern noch möglich ist. Dasselbe gilt, so nehmen wir an, auch für das Schreiben nach Diktat, wo die Umsetzung vom Laut in die Schrift gefordert wird (vgl. Kapitel 9).

8.4.2.1 Evidenz für die Dependenzhypothese

FRADIS (1970) untersuchte die Korrespondenz-Regeln bezüglich verschiedener Umsetzungsprozesse: Nachsprechen, Lesen, Abschreiben und Schreiben nach Diktat. Das Ergebnis, daß schwer aussprechbare Phoneme auch nur mit Schwierigkeiten geschrieben werden können, sieht FRADIS (1970) als Bestätigung der Dependenz der geschriebenen Sprache von der gesprochenen Sprache. Die Ergebnisse von Transkodierungsprozessen können jedoch nicht als Evidenz für Enkodierungsprozesse, wie sie zum Beispiel beim schriftlichen Benennen eines Bildes stattfinden, herangezogen werden.

Transkodierungs- wie Enkodierungsprozesse beim Schreiben von Lexemen wurden auch von SASANUMA und FUJIMURA (1971) untersucht. Das Japanische stellt eine weitere Möglichkeit zur Einsicht in diese Prozesse bereit, da in dieser Sprache zwei unterschiedliche Schriftsysteme nebeneinander existieren. Neben einer phonetischen Silbenschrift, die zwei Variationen kennt (hiragana und katakana), gibt es ein System von Kanji-Symbolen, das sich aus der chinesischen piktographischen Schrift entwickelt hat und wo jeweils ein Zeichen ein ganzes Wort repräsentiert. SASANUMA & FUJIMURA (1971) untersuchten Gruppen von Aphasikern mit und ohne Dysarthrie[36] sowie nichtaphasische Hirnverletzte im Schreiben und Lesen. Die Versuchspersonen wurden gebeten, Wörter nach Diktat zu schreiben und Bilder schriftlich zu benennen, wobei die schriftliche Realisation in allen drei Schriftformen erfolgen sollte. Die Ergebnisse zeigten, daß sich Aphasiker ohne Dysarthrie und Aphasiker mit Dysarthrie signifikant voneinander unterschieden. Während sich in der Leistung für die piktographische Kanji-Realisation kaum Unterschiede manifestierten, zeigten Aphasiker mit Dysarthrie in den phonetischen Silbenschriften starke Störungen. Interessant ist, daß die Beeinträchtigungen in gleicher Weise für die Transkodierungs- und Enkodierungsleistung auftraten. Zur Realisation von phonetischer Silbenschrift wird – so die Schlußfolgerung – ein »phonologischer Analysator« aktiviert. Dieser »phonologische Analysator« wird sowohl in Enkodierungs- wie in Transkodierungsprozessen wirksam. Denn die artikulatorische Beeinträchtigung wirkte sich bei den untersuchten Patienten sowohl beim Schreiben nach Diktat wie auch beim schriftlichen Benennen aus, wenn phonetische Schrift gefordert war. Die Realisierung von piktographischen Schriftzeichen geschehe jedoch – so die Autoren – unter Umgehung des phonologischen Analysators. Ein direkter Weg vom Lexikoneintrag zur piktographischen Realisation ist möglich:

> ». . . the transcribed form in kana, as a graphic pattern, cannot be identified as a familiar representation of the word, but has to be interpreted as a phonetic code, which in turn can be related to the phonological representation of the lexical entry. A kanji transcription, on the other hand, can be directly identified with a word, by-passing the phonological interpretation, since each word (lexical entry) is independently associated with a kanji pattern as well as a phonological pattern.«[37]

Die Ergebnisse unterstützen die Dependenzhypothese zwar für das phonetische Alphabet und die Silbenschriften, machen jedoch zugleich deutlich, daß unabhängige

---

[36] Störungen der Artikulation.

[37] SASANUMA & FUJIMURA (1971), S. 13.

graphische Repräsentationen möglich sind. Die These vom phonologischen Analysator belegen SASANUMA & FUJIMURA (1972) weiterhin durch eine Fehleranalyse; es zeigte sich, daß Fehler in den Kanaschriften fast ausschließlich phonologischer Natur waren.
Auch die Ergebnisse von HUBER (1977) deuten auf eine phonologisch vermittelte Strategie beim Schreiben von Wörtern hin. Das »Schreiben« wurde in dieser Studie allerdings durch das Zusammenlegen von Buchstabenkärtchen getestet. Das so geprüfte schriftliche Benennen ist bei allen Aphasiegruppen stärker gestört als das mündliche Benennen. HUBER sieht dieses Ergebnis durch die beim schriftlichen Benennen zusätzlich notwendigen »Transkodierungsprozesse« bedingt, d.h., bevor das Wort geschrieben werden kann, muß es erst phonologisch spezifiziert sein. Die Fehleranalyse zeigt, daß semantische Paraphasien nur beim mündlichen Benennen (31%) und nicht beim schriftlichen Benennen, ebensowenig wie beim Diktatschreiben, Kopieren, laut Lesen und Nachsprechen (alle Modalitäten < 9%), auftauchen. Dieses Ergebnis scheint ebenfalls zu bedeuten, daß nur das mündliche Benennen direkt von der semantischen Repräsentation gesteuert wird, während das schriftliche Benennen auch die Aktivierung der phonologischen Repräsentation erfordert.

8.4.2.2 Evidenz für die Autonomiehypothese

Ausgehend von der allgemein vertretenen Annahme, daß im Falle einer Aphasie die geschriebene Sprache in gleicher Weise betroffen sei wie die gesprochene, studierten PEUSER (1978) und FRIEDERICI (1976, 1978) den Zusammenhang der beiden Modalitäten auf der lexikalischen Ebene. Der direkte Vergleich der mündlichen und schriftlichen Benennungsleistungen bei 50 Aphasikern zeigte, daß es sehr wohl eine

(1) Gruppe von Aphasikern gab, die den nach der obigen Annahme erwarteten gleichen Störungsgrad in den beiden Leistungen zeigte (33/50), eine andere
(2) Gruppe zeigte sogar einen deutlichen Abfall in der schriftlichen Leistung (7/50); eine dritte
(3) Gruppe jedoch zeigte unerwartet bessere Leistungen in der graphischen Modalität (10/50).

Während die Leistungen von Gruppe (1) und (2) aufgrund einer Dependenz-Hypothese voraussagbar wären, widersprachen die Leistungen von Gruppe (3) dieser Hypothese.
Eine Fehleranalyse der Schreibfehler zeigte, daß sich diese drei Gruppen hinsichtlich ihres Fehlerverhaltens unterscheiden: während bei Gruppe (2) nur 3,5 % der Fehler als semantische Paragraphie klassifiziert wurden, die Gruppe (1) 12,1 % semantische Paragraphien machte, zeigte die Gruppe (3) einen unerwartet hohen Anteil von semantischen Paragraphien (22,1 %).
Diese Daten wurden als Unterstützung der These von der möglichen Autonomie der graphischen Komponente bei lexikalischer Realisation interpretiert.
HIER und MOHR (1977) berichten von einem Fall einer Wernicke-Aphasie mit deutlicher Überlegenheit der graphischen Benennleistung (52 % korrekt) im Vergleich zur mündlichen Benennleistung (4 % korrekt) und beschreiben damit eine Divergenz, die der von FRIEDERICI (1978) aufgezeigten Gruppe vergleichbar ist. Während HIER und MOHR (1977) diesen Fall als eine modalitätsspezifische eigenständige Kategorie der Wernicke-Aphasie verstanden wissen wollen, deuten die Daten von FRIEDERICI,

SCHÖNLE & GOODGLASS (1981) darauf hin, daß diese Divergenz nicht typisch für die Wernicke-Aphasie ist.
In einer Studie an englischsprachigen Aphasikern (FRIEDERICI, SCHÖNLE & GOODGLASS, 1981), die die Annahme von mehreren möglichen, nebeneinander funktionierenden Strategien des Schreibens bestätigt, zeigte sich, daß 4 von 8 Broca-Aphasien eine überlegene graphische Leistung auf der lexikalischen Ebene erbrachten. Die Gruppe der Broca-Aphasien ließ sich unterteilen in eine Gruppe, die wesentlich bessere phonische Leistungen zeigte, (Broca's p) und eine Gruppe, deren graphische Performanz überlegen ist (Broca's g), während die Wernicke-Aphasiker (Wernicke's) geringfügige bessere phonische Leistungen zeigten (Abb. 21).

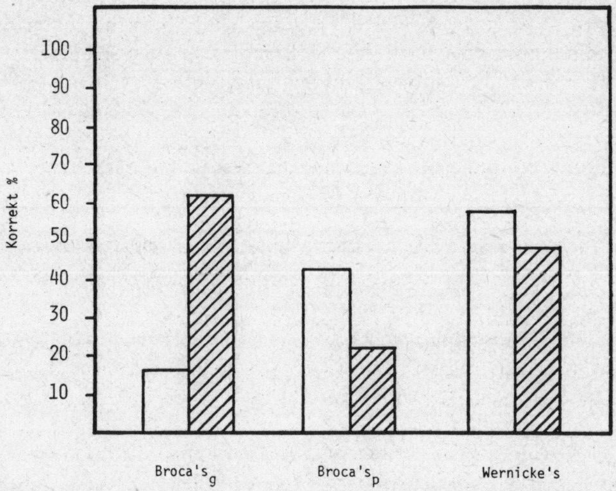

Abb. 21

Es wurde deutlich, daß diejenigen Broca-Aphasiker, die bessere graphische Leistungen zeigten, auch einen höheren Anteil an Fehlern aufwiesen, die durch visuelle Ähnlichkeit der Buchstaben und Wortschemata bedingt waren.

»The results indicate that the predictions made on the basis of the ›direct pathway assumption‹ are manifest in the group of Broca's that their superior oral naming show higher error scores for errors caused by phonological mediation. Thus, we can conclude that for written word retrieval both pathways, the phonological mediated and the direct pathway, can be used for writing. In normal writing they may be used alternatively or in parallel, while in aphasia, at least, the independent functioning of the graphemic system is hard to disprove.«[38]

Die Annahme einer unabhängigen graphemischen Repräsentation von lexikalischen Einheiten wird weiterhin durch die Ergebnisse einer »Buchstabier-Studie« von WAPNER und GARDNER (1979) unterstützt, bei der Patienten gebeten wurden, die ihnen genannten Wörter zu buchstabieren.

»These results suggest two alternative approaches to spelling: one approach, common in posterior aphasics, entails choosing letter combinations on the basis of their customary sounds; a second

[38] FRIEDERICI, SCHÖNLE & GOODGLASS (1981).

approach, common among anterior aphasics, appears to rely on a partially preserved image of the word's appearance.«[39]

Sie schließen, daß diese zwei unterschiedlichen Strategien zumindest bei hirnverletzten Erwachsenen unabhängig voneinander aktiviert werden können. Eine Klärung dieser divergierenden Ergebnisse wird erst möglich sein, wenn weitere Daten zum Schreibverhalten vorliegen. Eine mögliche zu überprüfende Hypothese wäre die Annahme, daß die verschiedenen Ergebnisse auf unterschiedliche spontane Rückbildungsprozesse zurückzuführen sind, und daß die Patienten, deren Daten in die verschiedenen Untersuchungen eingingen, nicht in vergleichbaren zeitlichen Abständen nach dem Schlaganfall (post-on set) getestet wurden. Es wurde von dem Autor beobachtet, daß Patienten oft längere Zeit nach dem Schlaganfall eine spontane Rückbildung der Schriftsprache erleben, während die gesprochene Sprache weiterhin gestört bleibt. Patienten, die unmittelbar nach dem Schlaganfall linguistisch getestet werden, zeigen dagegen oft eine parallele Störung im Schreiben und Sprechen.

8.4.3 Phonische und graphische Modalität auf der Wort- und Satzebene

Die von vielen Autoren behauptete direkte Abhängigkeit der geschriebenen von der gesprochenen Sprache wird immer wieder von einzelnen Fallbeschreibungen widerlegt. Die Darstellung bezieht sich hauptsächlich auf den quantitativen Unterschied der Störungen in beiden Modalitäten (FRIEDERICI, 1976; HIER & MOHR, 1977; PEUSER, 1978), doch wird auch von qualitativen Differenzen der Störungen von gesprochener und geschriebener Sprache berichtet (BUTTET, ASSAL & JOLIVET, 1978; LHERMITTE & DEROUESNE, 1974). Die quantitativen Unterschiede werden in Untersuchungen zur lexikalischen Ebene am deutlichsten (HIER & MOHR, 1977; PATTERSON & MARCEL, 1976; FRIEDERICI, 1978; FRIEDERICI, SCHÖNLE & GOODGLASS, 1981). Zur Erklärung dieses Phänomens haben wir ein neurolinguistisches Modell der lexikalischen Performanz vorgeschlagen, in dem das phonologische und graphemische Subsystem sowohl parallel als auch autonom aktiviert werden können.

Der klinische Eindruck von der relativen Gleichheit der Störungen der beiden Subsysteme wird dann offensichtlich, wenn nicht nur das lexikalische, sondern alle linguistischen Ebenen geprüft werden. Die Ähnlichkeit der Störungen bei mündlicher und schriftlicher Produktion manifestiert sich vor allem auf Satzebene (GOODGLASS & HUNTER, 1970). Im Rahmen eines kürzlich vorgeschlagenen psycholinguistischen Modells der Sprachproduktion (GARRETT, 1975; vgl. Kapitel 6.1.1) wird es möglich, die kontroversen Ergebnisse der Neurolinguistik zu erklären. Die Annahme von unabhängigen Ebenen für die Verarbeitung von lexikalischen und grammatikalischen Formativen erlaubt auch die Voraussage von unabhängigen Störungen des graphemischen und phonologischen Subsystems auf der lexikalischen Ebene, bei gleichzeitiger Parallelität der Störung der Subsysteme auf der syntaktischen Ebene. Dies soll im folgenden erklärt werden: wir erinnern uns, daß GARETT (1975, 1980) drei voneinander unabhängige Prozeßebenen annimmt. Zuerst suchen semantische Faktoren die lexikalischen Formative auf und legen die semantischen Relationen fest, dann wird der Satzrahmen mit seinen entsprechenden grammatikalischen Formativen bereitgestellt, und die lexikalischen Items werden phonologisch spezifiziert. Zur vollständigen Planung eines Satzes gehört also dessen phonologische Repräsentation. Es wird deutlich, daß die Produktion eines Satzes – im Gegensatz zu einem einzelnen Wort – auch in der

[39] WAPNER & GARDNER (1979, S. 363).

geschriebenen Sprache ohne Mitwirkung der phonologischen Komponente nicht möglich ist. Die unendliche Menge möglicher Wortkombinationen im Satz macht es auch unmöglich, daß ganze Sätze eigenständige graphemische Repräsentationen besitzen. Auf der syntaktischen Ebene sollte sich demnach eine Störung, die in der Lautsprache deutlich wird, auch in der Schriftsprache manifestieren.

9. Störungen des Lesens

Störungen des Lesens werden – außer einer einzigen Referenz von 30 A.D. – seit dem 16. Jahrhundert berichtet. Ein Überblick über die frühen Fälle geben BENTON und JOYNT (1960), während die späteren Forschungsergebnisse (1838–1976) von DUBOIS-CHARLIER (1971) und KREMIN (1976) dargestellt werden.

9.1 Terminologie der Lesestörung

Die Terminologie bezüglich spezifischer Lesestörungen erweist sich als recht verwirrend, obwohl es eine relativ gute Übereinstimmung zwischen den spezifischen Störungen und deren anatomischem Korrelat gibt (KUSSMAUL, 1877; BENSON und GESCHWIND, 1969; HECAEN, 1967). Bislang wurde die von KUSSMAUL (1877) eingeführte Unterscheidung zwischen einer Lesestörung der bereits erworbenen Lesefähigkeit (Wortblindheit) und einer Lesestörung, die den Erwerb des Lesens (kongenitale Wortblindheit) verhindert, beibehalten.

Man unterscheidet die **Alexie** – in Anlehnung an die angelsächsische Terminologie auch **erworbene Dyslexie** (acquired dyslexia) genannt – als hirnorganisch bedingte Störung der Lesefähigkeit von der **Entwicklungs-Dyslexie** (developmental dyslexia), einer Störung des Lesenlernens, die nicht notwendigerweise mit einer nachweisbaren Hirnläsion gekoppelt sein muß. Für die Fälle der Entwicklungs-Dyslexie, in denen eine solche Hirnläsion nicht manifestiert ist, wird im deutschen Sprachgebrauch der Terminus »Legasthenie« verwendet. Diese Klassifikation weicht jedoch von der angelsächsischen ab: dort werden **alle** kindlichen Lesestörungen, ob hirnorganisch nachweisbar oder nicht, als »Entwicklungs-Dyslexie« bezeichnet. Lesestörungen, die erst nach vollzogenem Sprach- und Leseerwerb auftreten, werden dagegen »erworbene Dyslexie« genannt. Wir wollen uns im Rahmen dieses Buches auf die durch Hirnläsionen bedingten Lesestörungen beim Erwachsenen beschränken.

9.2 Neuropsychologisch-klinische Syndrome

Bei der Betrachtung der Lesestörungen sollten zwei unterschiedliche Aspekte berücksichtigt werden: Zum einen der neuropsychologisch-anatomische Gesichtspunkt und zum anderen der neuropsychologisch-linguistische Aspekt. Während der erste Aufschlüsse über die Ursache von spezifischen Symptomatiken gibt, vermag der letztere Einsichten in psycholinguistische Verarbeitungsprozesse zu liefern. Erst wenn sichergestellt ist, daß bestimmte Symptome nicht aufgrund von neuro-anatomischen Gegebenheiten zu erklären sind, sollten Rückschlüsse von spezifischen Syndromen auf Normalprozesse gezogen werden. Ein Beispiel: In der Kombination von neuro-

psychologischen Symptomen, die Alexie betreffend, tritt die »reine Alexie« häufig mit einer Benennstörung für Farben auf (wobei Farben aber richtig erkannt und zugeordnet werden). Neurolinguistisch ist es jedoch nicht sehr sinnvoll, eine Komponente im Sprachsystem anzunehmen, die für das Lesen und speziell für das Benennen von Farben (und nicht von Objekten) zuständig ist. Unter Einbeziehung der relevanten neuro-anatomischen Daten läßt sich diese Form der Alexie auf eine Störung von Leitungsbahnen (in der linken Hemisphäre) zwischen dem visuellen Assoziationszentrum und dem Gyrus angularis, der für die sprachliche Analyse von graphischen Stimuli zuständig ist, zurückführen (disconnection syndrom) (GESCHWIND, 1965; BENSON und GESCHWIND, 1969). Benennen von verbal-graphischem Material und Farben ist GESCHWIND zufolge deshalb stärker gestört als das Benennen von Objekten, da letztere in weit stärkerem Maße somästhetische Assoziationen in der rechten Hemisphäre hervorrufen und diese Informationen über den intakten Balken die Sprachregionen in der linken Hemisphäre erreichen.[40] Hier wird deutlich, daß bei der Interpretation von bestimmten neuropsychologischen Symptomen ohne gleichzeitige Beachtung der neuro-anatomischen Gegebenheiten eine gewisse Vorsicht angemessen ist.
Auf der Basis von anatomisch-klinischer Evidenz lassen sich zunächst drei Gruppen von Alexien definieren:

(1) Alexie gepaart mit einer generellen Störung des Sprachverständnisses aufgrund von Läsionen im hinteren Temporallappen,
(2) Alexie mit Agraphie aufgrund von Läsionen im Gyrus angularis und
(3) Alexie ohne Agraphie, die durch verschiedene Läsionen hervorgerufen werden kann und wie oben dargestellt als Leitungsstörung beschrieben werden kann (HECAEN, 1967).

9.3 Neurolinguistische Aspekte

Entsprechend der einzelnen Sprachebenen Buchstabe, Wort und Satz können wir neurolinguistisch verschiedene Lesestörungen klassifizieren. Diese unterschiedlichen Lesestörungen repräsentieren nicht unterschiedliche Schweregrade von Alexie, sondern müssen als distinktive Störungen verstanden werden. DUBOIS–CHARLIER (1971) schlägt vor, daß der Leseprozeß auf drei voneinander unabhängigen Ebenen gestört sein kann, auf phonographemischer, morphographemischer und syntaktischer Ebene. Diese Ebenen sollen im folgenden einzeln betrachtet werden.

9.3.1 Störung der phonographemischen Ebene

Die Lesestörung auf der untersten linguistischen Ebene, nämlich die Störung der Graphem-Phonem-Korrespondenz, wurde in der traditionellen Terminologie »literale Alexie« genannt. Der Patient ist nicht fähig, einzelne Buchstaben zu benennen, wohl aber fähig, ein geläufiges Wort zu lesen (GOLDSTEIN, 1906). Das Lesen von Inhalts-

[40] STACHOWIAK und POECK (1976) haben allerdings eingehend gegen diese Erklärung argumentiert.

wörtern ist meist besser erhalten als das Lesen von Funktionswörtern oder Unsinns-Wörtern. Die Störung der phonographemischen Komponente spiegelt sich also auch im Lesen von Wörtern wieder (vgl. Kapitel 9.3.2.1). Mit seiner Fallstudie wandte sich GOLDSTEIN (1906) gegen die von HENNEBERG (1906) vorgeschlagene Annahme eines hierarchischen Abbaus der einzelnen Sprachebenen und schlug stattdessen vor, daß das wahrgenommene Wort nicht Buchstabe-für-Buchstabe synthetisiert werde, sondern ganzheitlich erfaßt werde. Dieser Standpunkt wird neuerdings auch wieder von einigen psycholinguistischen Theorien des Lesens vertreten (LA BERGE & SAMUELS, 1974) oder zumindest die Möglichkeit einer solchen Strategie angenommen (MARSHALL, 1978; MARCEL, 1978).

9.3.2 Lesestörungen auf der lexikalischen Ebene

Eine isolierte Lesestörung auf der lexikalischen Ebene wird »verbale Alexie« oder auch »Wortblindheit« genannt. Der Patient ist nicht fähig, isolierte Worte zu lesen, obgleich die Fähigkeit, Buchstaben und buchstabierte Worte zu erkennen, erhalten ist.

9.3.2.1 Oberflächen- und Tiefendyslexie

Aufgrund einer Analyse von Lesefehlern bei Alexie unterscheiden MARSHALL und NEWCOMBE (1966, 1973) neurolinguistisch hauptsächlich zwei Arten von Lesestörungen:[41,42]

(1) eine Störung, die sich vornehmlich durch fehlerhafte Anwendung der Graphem-Phonem-Korrespondenz-Regeln beschreiben läßt, (z.B. met ▷ meet; rob ▷ robe); diese Lesestörung bezeichnen sie als **Oberflächendyslexie** (surface dyslexia);

(2) eine zweite Form der Lesestörung zeichnet sich hauptsächlich durch semantische Paralexien aus und wird als **Tiefen-Dyslexie** (deep dyslexia) bezeichnet.[43]

MARSHALL (1976) beschreibt die Charakteristika von Oberflächen- und Tiefendyslexie wie folgt. Patienten mit **Oberflächendyslexie** können

---

[41] Wir halten es für sinnvoll an dieser Stelle so eng wie möglich an der angelsächsischen Terminologie zu bleiben, da diese neurolinguistischen Symptome teilweise auch bei Sprachentwicklungsstörungen beobachtet werden. Hinzu kommt, daß die hier beschriebenen Symptome hinsichtlich ihres neurolinguistisch-syndromatischen Status sehr umstritten sind.

[42] Eine Störung, die sich vor allem in visuellen Paralexien zeigen soll (z.B. imagine – engine; easel – aerial), nennen sie visuelle **Dyslexie** (visual dyslexia). Sie soll hier nicht gesondert beschrieben werden, da solche visuellen Paralexien häufig bei der Tiefendyslexie beobachtet werden.

[43] ALLPORT (1977) berichtet von gleichartigen Fehlern, die bei Normalsprechern experimentell evoziert wurden.

(a) Unsinns-Silben lesen,
(b) die Paralexien, die sie produzieren, sind fast immer dem Zielwort ähnlich,
(c) es sind meist phonologisch mögliche, aber lexikalisch nicht-existierende Formen,
(d) die semantischen Paralexien, die auftreten, sind ebenfalls durch die Phonologie beeinflußt (z.B. begin – begging).

Das Lesen von isolierten Wörtern fällt meist schwerer als das Lesen derselben Wörter im Satzkontext; der Patient ist fähig, den semantischen und syntaktischen Kontext zur Identifizierung der Wörter zu benutzen. Patienten, die diese Symptomatik zeigen, scheinen beim Lesen primär mittels der Graphem-Phonem-Korrespondenz-Regeln zu Lesen (siehe Abb. 20).
Patienten mit **Tiefendyslexie** sind dagegen

(a) unfähig, Unsinnssilben zu lesen,
(b) die vorkommenden Paralexien sind dem Zielwort semantisch ähnlich (liberty – freedom),
(c) die Paralexien sind fast immer existierende lexikalische Formen,
(d) einige der Paralexien sind durch orthographische (visuelle) Ähnlichkeit bedingt (z.B. sympathy ▷ symphony – orchestra).

Symptomatisch fällt es diesen Patienten am leichtesten, Namen zu lesen, hierarchisch gefolgt von Adjektiven und Verben. Besondere Schwierigkeiten treten beim Lesen von Funktionswörtern auf. Patienten mit Tiefendyslexie sind unfähig, die Graphem-Phonem-Korrespondenz-Regeln zu benutzen. Die Art der von ihnen hervorgebrachten Paralexien deutet darauf hin, daß sie Wörter lesen, indem sie die graphemische Repräsentation eines Wortes mit der phonologischen Repräsentation mittels der semantischen Repräsentation verbinden.
Die gleiche Symptomatik zeigen auch andere kürzlich berichtete Fälle (Shallice & Warrington, 1975; Saffran & Marin, 1977). Das Lesen scheint bei diesen Patienten nicht durch die Anwendung der Graphem-Phonem-Korrespondenz-Regeln vermittelt zu sein. Dem Patienten V.S. (Saffran & Marin, 1977) ist es nicht möglich, Wörter in homophoner Schreibung z.B. „nite« (night) oder „kat« (cat) zu erkennen. Die Tatsache, daß der Patient jedoch fähig war, ein Wort in unterschiedlichen Typographien z.B. cAbiNet, D O G (vertikal), le$_{t}^{t}$e^{r} zu lesen, läßt sie zu dem Schluß kommen, daß die Leseleistung durch Buchstabenidentifikation und nicht – wie teilweise angenommen wird – durch ganzheitliche Wahrnehmung vermittelt wird.
Neben der zunehmenden Anzahl von Fallbeschreibungen von Oberflächen- und Tiefendyslexie (Coltheart, Patterson & Marshall, 1980), die zwei unterschiedliche Strategien beim Lesen nahelegen – zum einen via der Graphem-Phonem-Korrespondenz-Regeln zum anderen via der semantischen Repräsentation –, scheint sich ein dritter Enkodierungsweg vom geschriebenen zum gesprochenen Wort (Lautlesen) als möglich herauszustellen. Schwartz, Saffran und Marin (1980b) berichten über eine Patientin mit präseniler Demenz, die fähig war, Wörter zu lesen, obwohl sie keine Unsinns-Silben lesen konnte und auch nicht in der Lage war, den semantisch-lexikalischen Gehalt dieser Wörter zu identifizieren. Diese Fallbeschreibung legt die Annahme nahe, daß der Leseprozeß des lauten Lesens noch eine dritte Möglichkeit kennt, nämlich den direkten Weg von der graphemischen zur phonologischen Repräsentation eines Wortes mittels Lexem-Korrespondenz-Regeln und unter Umgehung der semantischen Repräsentation (siehe Abb. 20).
Marshall & Newcombe (1973) und andere (z.B. Morton und Patterson, 1980)

interpretieren die dyslektischen Fehler im Sinne einer funktionalen Analyse des normalen Leseprozesses. Sie entwickeln ein Modell des Lesens, das parallele Enkodierungstrategien für die Verarbeitung von visuell-verbalen Stimuli vorsieht. Sie leisten damit einen wichtigen Beitrag in der psycholinguistischen Kontroverse um die Enkodierungsprozesse beim normalen Lesen. Weiteres Datenmaterial zur neurolinguistischen Modellbildung liefern Aphasiestudien im Japanischen.

9.3.2.2 Ergebnisse der japanischen Aphasieforschung

Das heutige japanische Schriftsystem ist, wie schon in Zusammenhang mit den Schreibstörungen angedeutet wurde, für die Leseforschung von außerordentlichem Interesse, da das Japanische sowohl ein logographisches Schriftsystem (Kanji) wie auch zwei phonologische Systeme (Katakana und Hiragana) kennt (vgl. Kapitel 8.4.). SASANUMA & FUJIMURA (1971,1972) haben eine Reihe von Untersuchungen an japanischen Aphasikern durchgeführt, um Aufschluß über den Zusammenhang dieser zwei Systeme und damit über das Zusammenspiel zwischen phonologischem und graphemischen System im allgemeinen zu gewinnen. Die Ergebnisse einer Leseaufgabe von Kana- und Kanji-Zeichen an einer Gruppe von aphasischen und nicht-aphasischen Hirngeschädigten zeigten, daß die Leseleistung für die Ideogramme der Kanji-Schrift für alle Gruppen dicht beieinanderliegen. Die Leseleistungen für die phonetischen Kana-Zeichen wichen für die Gruppe der nicht-aphasischen Hirnverletzten kaum von den Kanji-Leseleistungen ab. Die aphasisch Hirnverletzten zeigten jedoch erheblich niedrigere Leistungen im Kana-Lesen, dies war besonders deutlich für die Gruppe der Aphasiker mit Dysarthrie, d.h. für solche mit artikulatorischer Behinderung. Diese Daten deuten darauf hin, daß trotz der gestörten Graphem-Phonem-Zuordnung ein Zugriff vom piktographischen Zeichen zum semantischen Lexikon möglich ist (SASANUMA und FUJIMURA, 1972; SASANUMA, 1975). Es drängt sich die Annahme auf, daß dieser Zugriff zur semantischen Repräsentation in direkter Weise unter Umgehung der Graphem-Phonem-Korrespondenz-Regeln stattfindet oder zumindest stattfinden kann.
Auch wenn eine Übertragung dieser Ergebnisse für das alphabetische Prinzip der indoeuropäischen Sprachen problematisch ist, bleibt festzuhalten, daß die phonologische Mediierung für den Lexikonzugriff nicht unbedingt notwendig scheint. Für häufig gebrauchte Wörter zumindest kann eine direkte Verbindung zwischen dem wahrgenommenen graphischen Stimulus und dem semantischen Lexikon angenommen werden (FRIEDERICI, 1978; PEUSER, 1978; MARCEL, 1978; NEWCOMBE & MARSHALL, 1980). Neurolinguistische Untersuchungen an „split-brain« Patienten (vgl. Kapitel 4.2.2) unterstützen ebenfalls eine solche Annahme.

9.3.2.3 Hemisphären-Spezialisation und Leseleistung

Wie schon in einem vorausgegangenen Kapitel (Kap. 4) beschrieben, ist die rechte Hemisphäre, die nicht über phonologische Kapazitäten verfügt, in der Lage, isolierte Wörter zu lesen und zu verstehen. Dagegen steht die Tatsache, daß in den meisten Fällen von Alexie das Leseverständnis völlig zerstört ist. Ein kürzlich von LANDIS, REGARD und SERRAT (1982) beschriebener Fall einer Alexie ohne Agraphie, die durch einen Hirntumor verursacht wurde, vermag Licht auf diese Ungereimtheit zu werfen. Einem deutschsprachigen 39-jährigen Patienten wurden mit kurzer Präsentationszeit

Objektnamen in das linke Gesichtsfeld projiziert,[44] so daß die Information in die rechte Hemisphäre gelangt. Auf Befragen bestritt der Patient, überhaupt irgendetwas gesehen zu haben, zeigte aber zugleich Leseverständnis, indem er das richtige mit dem projizierten Wort korrespondierende Objekt aus einer Menge von Objekten heraussuchte. Er verlor jedoch diese Fähigkeit mit der Wiedergewinnung der Fähigkeit, einzelne Buchstaben der Objektnamen zu benennen. Die Ergebnisse legen nahe, daß non-verbales Leseverständnis oder ikonisches Lesen nur dann nachweisbar ist, wenn jegliche Interferenz mit verbalem Lesen ausgeschlossen ist. So scheint es, als ließe sich ikonisches Lesen nur im Falle einer funktionalen Unabhängigkeit von der Verbalisation, wie bei diesem Patienten oder bei „split-brain« Patienten, nachweisen.

Die tachistoskopischen Studien bei Normalsprechern (NIEDERBUHL, JOUANDET und GAZZANIGA, 1977) weisen in dieselbe Richtung. Diese Daten sind mit der von MOSCOVITCH (1973) formulierten Annahme vereinbar, daß die rechte Hemisphäre erst dann linguistisch aktiv werden könne, wenn sie unbeeinflußt von der linken arbeiten kann.

Bevor wir versuchen, diese Daten in einem neurolinguistischen Lesemodell zu integrieren, sei der Vollständigkeit halber auch die relativ isolierte Störung des Lesesinnverständnisses auf der syntaktischen Ebene erwähnt. Auf den Unterschied zwischen lexikalischen und syntaktischen Elementen beim Lesen in der Aphasie gehen auch GARDNER und ZURIF (1975, 1976) wie auch FRIEDERICI und SCHÖNLE (1980) ein.

9.4 Lesestörungen auf der Satzebene

Die Störung des Sätze-Lesens („Satzblindheit«) ist von einigen Autoren als selbstständige Kategorie der Alexie vorgeschlagen worden (HECAEN et al., 1967; DUBOIS-CHARLIER, 1970, 1971; HECAEN und KREMIN, 1976). Die Fähigkeit, Buchstaben und Wörter zu lesen, ist weitgehend erhalten, jedoch können einfache Sätze nicht gelesen und schriftlich dargebotene Aufträge nicht verstanden und ausgeführt werden. Die Evidenz für eine derartige selektive Störung ist allerding bislang gering.

CARAMAZZA, BERNDT und HART (1982) diskutieren »agrammatisches« Lesen auf der Satzebene einerseits und die Unfähigkeit, Funktionswörter zu lesen, wie sie in der Tiefendyslexie zu beobachten ist andererseits, als voneinander unabhängige Phänomene. Diese Phänomene treten zwar oft gemeinsam auf, seien jedoch insofern unabhängig, als sie auf verschiedene Ursachen zurückzuführen seien. Broca-Asphasiker, die in der Spontansprache die Funktionswörter auslassen, substituieren diese Wörter beim Lesen eher durch andere Wörter, teilweise durch Items derselben grammatischen Klasse. CARAMAZZA et al. sehen dies als Hinweis darauf, daß Broca-Asphasiker keine normale syntaktische Analyse des Satzes durchführen können, und es ihnen nicht möglich ist, Items der geschlossenen Klasse so zu verarbeiten, daß das richtige Element selektiert wird. Sie nehmen an, daß geschriebene Wörter dem Patienten »minimale Information« über das Zielwort geben, die in der Spontansprache nicht vorhanden ist. Sie definieren jedoch nicht, was die »minimale Information« ist. Es wäre durchaus plausibel anzunehmen, daß diese »minimale Information« nicht einmal vorhanden ist, sondern daß die Verfügbarkeit dieser Teilinformation abhängig ist von den unterschiedlichen zeitlichen Beschränkungen, die Spontansprache und Lesen mit sich bringen (vgl. Kapitel 7.4).

[44] Die Logik dieses experimentellen Vorgehens ist eingehend in Kapitel 4 beschrieben.

9.5 Psycho- und neurolinguistische Modelle des Lesens

Die psycholinguistischen Arbeiten lassen sich auf zwei unterschiedliche theoretisch-linguistische Positionen, die Beziehung zwischen gesprochener und geschriebener Sprache betreffend, zurückführen.

Der erste Ansatz, der auch als »Dependenz-Hypothese« bezeichnet wird, nimmt an, daß die geschriebene Sprache direkt abhängig von der gesprochenen Sprache ist, so daß selbst leises Lesen wie auch Schreiben notwendigerweise phonologisch mediiert bleibt (DE SAUSSURE, 1916; BLOOMFIELD, 1933). Psycholinguistische Daten von RUBENSTEIN, LEWIS und RUBENSTEIN (1971), MEYER, SCHVANEVELT und RUDDY (1974) und anderen unterstützen diese Annahme. Die zweite Position dagegen postuliert eine relative Unabhängigkeit der geschriebenen Sprache beim geübten Leser und Schreiber (VACHEK, 1949; ULDALL, 1944), so daß ein direkter Zugriff zur semantischen Repräsentation aufgrund von visuellen Merkmalen (»Gestalt«) bei der Perzeption von geschriebener Sprache möglich ist. Auch sollen beim Schreiben graphemische Worteinheiten direkt ohne notwendige phonologische Mediierung aktivierbar sein. Dieses visuelle Enkodierungsmodell konnte für die Perzeption isolierter Wörter durch die Ergebnisse von RUMELHART und SIPLE (1974), BARON und THURSTON (1973), FORSTER und CHAMBERS (1973) und anderen unterstützt werden. Die Tatsache, daß für jede der Positionen gute Evidenz vorliegt, macht es plausibel, im normalen Leseprozeß für das leise Lesen einzelner Wörter parallele Enkodierungsstrategien anzunehmen, durch die sowohl ein phonologisch mediierter wie auch ein direkter Zugriff zum semantischen Lexikon möglich ist (MARSHALL, 1978; LABERGE & SAMUELS, 1974).

Visuelle Wahrnehmungsfehler wie z.B. perform – perfume; gallant - gallon (MARSHALL & NEWCOMBE, 1973) legen nahe, daß die Wörter aufgrund von visuellen Merkmalen wahrgenommen werden können, während Fehler wie z.B. listen – liston, omit – ommit auf phonologische Mediierungstrategie beim Lesen hinweisen. Eine fehlerhafte phonologische Mediierung, das heißt eine Störung der Graphem-Phonem-Korrespondenz-Regeln scheint jedoch vor allem für das Bild der Oberflächendyslexie, aber auch für die Entwicklungsdyslexie charakteristisch zu sein (VERNON, 1957). Auch wenn bislang noch nicht eindeutig mit Daten belegt ist, ob nun diese beiden Prozesse selektiv oder parallel ablaufen, so scheint es sinnvoll anzunehmen, daß sie, auch wenn sie nicht gänzlich parallel ablaufen, so doch zumindest zur gleichen Zeit gestartet werden. Wir nehmen an, daß für den Normalsprecher beim Lesen eines einzelnen Wortes beide Strategien zur gleichen Zeit aktiviert werden, es jedoch durchaus sein kann, daß eine der beiden Strategien eher zum Ziel, sprich Lexikon-Eintrag, führt (FRIEDERICI, 1978).[45] Im Leselernprozeß und bei seltenen Wörtern wird immer die phonologische Mediierungsstrategie die erfolgreiche sein, bei Wörtern, die häufiger in der geschriebenen Sprache vorkommen, mag jedoch für den erfolgreichen lexikalischen Zugriff der Umweg über die phonologische Mediierung überflüssig (BARON, 1973; LABERGE und SAMUELS, 1974; FRIEDERICI, 1978) oder völlig unbewußt (MARCEL, 1978) geworden sein.

Für das laute Lesen kann zusätzlich ein dritter Enkodierungsweg angenommen werden: das geschriebene Wort wird mit der adäquaten phonologischen Form vom direkten Weg ohne Aktivierung der Graphem-Phonem-Korrespondenz-Regeln und ohne Aktivierung der semantischen Repräsentation mit Hilfe von Lexem-Korrespondenz-Regeln in Verbindung gebracht.

---

[45] Entweder weil eine Strategie weniger Prozeßstadien zu durchlaufen hat oder aber weil die andere Strategie frühzeitig inhibiert wird.

Das Gesagte gilt zunächst einmal nur für die lexikalische Ebene, denn das Lesen isolierter Wörter muß nicht notwendigerweise mit denselben Strategien bewerkstelligt werden wie das Lesen von Sätzen. Das Satz- und Textlesen jedoch ist ja wohl eher das, was man als die normale Lesesituation bezeichnen würde.
Untersuchungen zum Lesen von Sätzen und Texten bei Normalsprechern legen nahe, daß die Normalpersonen beim Lesen von komplexem linguistischen Material sogar subvokalisieren. HARDYCK und PETRINOVICH (1970) haben solche Subvokalisierungsaktivitäten durch Messung der Muskelbewegungen der relevanten Artikulationsstellen beim leisen Lesen von komplexem linguistischen Material zeigen können. Wenn diese Subvokalisierungsaktivität inhibiert wurde, so nahm das Leseverständnis für komplexes Material drastisch ab. Diese Daten lassen jedoch nicht die Generalisierung zu, daß beim Lesen von Sätzen notwendigerweise subvokalisiert wird. Die Tatsache, daß Wörter durchschnittlich innerhalb von 200 Millisekunden nach Präsentation verstanden werden (auch im Satzkontext), die Aussprache eines Wortes, das aus nur drei Buchstaben besteht, 525 Millisekunden benötigt (ROHRMANN & GOUGH, 1967), spricht eher gegen die Subvokalisierungshypothese – nicht jedoch notwendigerweise gegen die Hypothese von einer phonologischen Mediierung, die auf einer höheren abstrakten Ebene ohne Aktivierung der peripheren Organe stattfindet.
ROZIN und GLEITMAN (1977) weisen darauf hin, daß im normalen Leseprozeß für das Lesen von Sätzen eher die phonologische Mediierung anzunehmen ist. Auch KLEINMAN (1975), der phonologische Mediierung auf der lexikalischen Ebene zwar nicht als notwendig erachtet, nimmt an, daß auf der syntaktischen Ebene normalerweise phonologisch mediiert wird.
Unter der Annahme, daß syntaktische Verarbeitung generell eine phonologische Repräsentation der Oberflächenstruktur erfordert (FODOR, BEVER & GARRETT, 1974), scheint es plausibel, daß das Lesen und Verstehen von Sätzen eine phonologische Mediierung erfordert.

10. Aphasie und nicht-sprachliche kognitive Defizite: einige Überlegungen

In den vergangenen Kapiteln haben wir uns fast ausschließlich mit selektiven Sprachstörungen befaßt. Zwar hatten wir kurz einige Ansätze diskutiert, die von der Annahme ausgehen, daß die Präsenz einer Sprachstörung immer auch die Präsenz einer generellen kognitiven Störung impliziert (Kapitel 3.2), waren selbst mit vielen anderen Forschern jedoch davon ausgegangen, daß sprachliche und nicht-sprachliche kognitive Fähigkeiten unabhängig voneinander störbar seien. Diese zwei Standpunkte zum Zusammenhang von sprachlichen und nicht-sprachlichen Defiziten unterscheidet mehr als nur die Frage nach dem Ausmaß einer durch Hirnläsionen hervorgerufenen Störung des Verhaltens, die Unterscheidung impliziert die wesentliche Frage nach dem funktionellen Zusammenhang von Sprache und Denken und ist darüber hinaus auch in Verbindung mit der onto- und phylogenetischen Frage nach der Entwicklung von sprachlichen und nicht-sprachlichen Fähigkeiten zu sehen. Ist die sprachliche Fähigkeit eine an sich von anderen kognitiven Fähigkeiten unabhängige – auch wenn zu deren Ausprägung die gleichzeitige Entwicklung anderer kognitiver Fähigkeiten notwendig ist – oder basiert die sprachliche Fähigkeit direkt auf anderen kognitiven Fähigkeiten und ist somit funktionell abhängig von der ersten?

Eine Reihe von Arbeiten berichten über ein enges Zusammengehen zwischen sprachlichen und nicht-sprachlichen kognitiven Störungen, wie zum Beispiel das Zuordnen von Farben zu bekannten Objekten (BASSO, FAGLIONI & SPINNLER, 1976; COHEN & KELTER, 1979; DERENZI, FAGLIONI, SCOTTI & SPINNLER, 1967), das Sortieren von geometrischen Figuren (DERENZI, FAGLIONI, SAVOIARDO & VIGNOLO, 1966; KELTER, COHEN, ENGEL, LIST & STROHNER, 1977). COHEN, KELTER und WOLL (1980) zeigen ebenfalls, daß bei Aphasie die analytische Fähigkeit auch im nicht-sprachlichen Bereich beeinträchtigt ist. Sie weisen jedoch darauf hin, daß die bislang vorliegenden Daten keine Aussagen darüber erlauben, ob die gestörte analytische Kompetenz **Ursache** oder vielmehr **Folge** der aphasischen Störung ist.

Wenn hier die Unterscheidung zwischen der funktionellen Unabhängigkeit von sprachlichen und nicht-sprachlichen kognitiven Fähigkeiten gemacht wird, so sollte deutlich sein, daß dies nicht den Unterschied zwischen Sprechen und anderen Fähigkeiten meint. Sprachliche Fähigkeit meint die generelle Fähigkeit, Sprachsysteme mit ihren bedeutungstragenden Einheiten und ihrer jeweiligen syntaktischen Struktur zu erfassen und sie kreativ zu verwenden. Diese Fähigkeit ist insofern generell, als sie sich unabhängig von der Art des Mediums manifestiert. Taubstumme Kinder zum Beispiel erlernen die Zeichensprache (sign language) nach denselben Prinzipien wie normale Kinder die gesprochene Sprache. Die Annahme, daß Sprachfähigkeit generell auf ein spezifisches neurologisches Korrelat zurückzuführen ist, konnte jüngst in eindrucksvoller Weise belegt werden. BELLUGI und POIZNER (1983) haben zeigen können, daß Taubstumme, die die standardisierte amerikanische Zeichensprache (American Sign Language) verwendeten, im Falle einer aphasischen Störung, charakteristische Ausfälle in der Zeichensprache haben, die denen einer Aphasie der gesprochenen Sprache vergleichbar sind; wie zum Beispiel die Auslassung von Funktionselementen bei Läsionen in der Broca-Region oder vermehrte semantische Paraphasien bei Patienten mit posterioren Läsionen. Darüber hinaus aber – und dies ist von besonderer Bedeutung – konnten sie demonstrieren, daß die Fähigkeit sprachliche Gesten zu benutzen, insofern selektiv gestört war, als die Fähigkeit nicht-sprachliche Gesten zu ver-

wenden, im vollen Umfang erhalten war. Hier wird deutlich was es meint, wenn wir von der funktionellen Unabhängigkeit der sprachlichen Fähigkeit reden.
Zukünftige Forschungen werden zeigen müssen, inwieweit die so definierte sprachliche Fähigkeit in der Tat als eine spezifische von anderen kognitiven Kompetenzen funktionell unabhängige Fähigkeit des Menschen beschrieben werden kann.

11. Sprachproben der zwei klassischen Aphasieformen

Im folgenden sollen nun zur Veranschaulichung Sprachproben von den zwei klassischen Aphasieformen gegeben werden. Es soll hier das linguistische Bild der Broca-Aphasie und der Wernicke-Aphasie ausschnittweise dargestellt werden.

11.1 Broca-Aphasie

11.1.1 Broca-Aphasie. Agrammatismus

Spontansprache Frau S.
Gesamtzeit des Interviews 8:10 Minuten

U: Und können Sie mir mal etwas sagen wie es gekommen ist mit Ihrer Krankheit?
P: // Tanzen ne // und schlecht // und weg ne // auf a mol weg ne //
U: Beim Tanzen?
P: Ja / i weiß i net // aber Stuhl äh // auf a mol tanzen ja / und schlecht und // und weg / und mei // Operation // oder // Januar neun neunundzwanzigsten Januar / Operation / München
U: In welchem Jahr?
P: Siebzig //
U: Neunzehnhundertsiebzig / ah ha / und da sind Sie hier in München operiert worden
P: Ja //
U: In welchem Krankenhaus?
P: Ah // ro // Goetheplatz ich glaube // Goetheplatz / Professor // ah // Erlangen / i weiß net / Professor / i weiß net / ne
U: Und nach der Operation was / wie ging's da weiter / was hatten Sie für Beschwerden?
P: Oh mei // ah / Ding ne // ähm weg ah / Sprache weg //
U: Ja
P: Und mei //
U: Konnten Sie gar nichts herausbekommen und das hat sich aber doch jetzt gebessert?
P: Ja // mein Gott //
U: Und sind Sie dann gleich in diese Klinik auch gekommen oder?
P: Ah / ah / Bad Neu // Nervenklinik // Nervenklinik / siebzig ne / ah August // und dann / daheim ne / und dann vier Wochen wieder / ah // München / ah / vier Wochen / und dann / ah / daheim //
U: Wo sind Sie denn zuhause?
P: Ingolfingen //
U: Können Sie mal sagen wo es ist / ich kenne mich hier gar nicht aus
P: Ah / Landshut / ah / dreißig Kilometer // Landshut / ah / Ingolfingen ja //
U: Sind Sie schon öfter von dort aus in die Klinik gekommen?
P: Nein / nein
U: Das erste Mal?
P: Doch / nix
U: Haben Sie denn dort in Ingolfingen auch Therapie mit ihrer Sprache gehabt?

P: Nein / gar nix / ne gar nix //
U: Und wie sind Sie dann hierher gekommen?
P: Ja / Doktor // Doktor eh / München / eh // Doktor Ente eh // nee / naja /// gelernt na /// ja /// (stöhnt) / i weiß net / do / ja do / eh Doktor Mistler ja /
U: Durch den sind Sie hierher gekommen
P: Ja
U: Wie lange sind Sie jetzt schon hier?
P: Ein Jahr und vier Monate //
U: Ein Jahr und vier Monate // aber Sie fahren zwischendurch nach Hause
P: Ja / Ostern / Pfingsten / eh / Weihnachten mein Gott //
U: So weit ist es ja nun auch nicht
P: Naa / hundert Kilometer //
U: Nach Ihrer Sprache zu urteilen kommen Sie auch aus Bayern?!
P: (lacht) ja
U: Sie sind dort also auch geboren.
P: Ja
U: Hatten Sie vor Ihrer Krankheit schon einen Beruf gelernt?
P: Naa / eh / Abitur und Deutsch und Geschichte und dann passierte // es
U: Deutsch und Geschichte wollen Sie studieren?
P: Ja / ah / aber / eh Realschule //
U: Für Realschullehrer
P: Ja / hm
U: Wo haben Sie dann angefangen hier in München?
P: Naa / eh Regensburg / Regensuburg / ja (. . .)
U: Können Sie schon absehen wann Sie hier entlassen werden?
P: Ja //
U: Was hat man gesagt?
P: Hm August //
U: Im August / da freuen Sie sich schon richtig /
P: Ja / ah eije (lacht) ah (stöhnt)

11.1.2 Agrammatismus. Broca-Aphasie Bildbeschreibung

Frau S. (Testbild siehe Abb. 22)

P: Die Mutter / ah / die Mutter äh // Geschirr ab // und Putzfrau / Boden / mein // Wasser ne und / zwei Kinder / ah weiß net / ah Dosen //
U: Das ist Englisch /
P: Ja, ja /
U: Kekse sind darauf //
P: Kekse und / und auf einmal ah // mei / ah / net aber Stühle ein Stuhl / ah kaputt na aber / ah ja ah ja / Küche ja / na ja / Tasse und //
U: Was wollte der Junge dann da an der Dose?
P: Na ja / Keks / Keks ah / zwei Keks Kekse kauen oder //
U: Kauen meinten Sie oder Sie meinten
P: Gegessen //
U: Sie meinten wahrscheinlich klauen /
P: Ja //
U: Also wie nennt man so was / klauen ist ein bißchen hart für diese Tätigkeit / wenn

Sie früher als Kind in die Küche gegangen sind / an 'n Marmeladenpott / dann haben Sie

P: (lacht)

U: Ge //

P: Ge //

U: Gen // gena /

P: Genascht / ja genascht / genau ja

U: Und Sie haben immer noch nicht gesagt was denn nun eigentlich passiert ist

P: Ja / auf a mol weg / weg schieben / ja / der fällt // um ja genau

U: Gut / und wenn wir noch mal auf diese Seite des Bildes gehen (. . .) Was ist denn besonderes hier mit dem Wasser und der Frau?

P: Ja / ah // ah Wasser / ah Wasser // das läuft

U: Ja //

U: Über

P: Ja genau //

U: Und was ist / merkt das die Frau?

P: Ha / mei //

11.2 Wernicke-Aphasie.

Spontansprache Fr. P.
Gesamtzeit des Interviews 9:10 Minuten
(Patientin soll Bilder mit Gegenständen benennen)

U: Ja / Frau P. da brauchen Sie keine Brille für na?

P: Nein / brauch ich nicht (Holt trotzdem eine Brille hervor)

U: Ach so / da haben Sie eine andere Brille für

P: Das ist eine andere Brille / ist das

U: Wofür ist denn die andere?

P: Bitte?

U: Wofür ist denn die?

P: Nein / das ist die Lesebrille jetzt hier / hier das ist die Tagesbrille von mir / wa / is äh

U: die Tagesbrille

P: Ja / die hab ich immer auf

U: Ah ja / 's ein bißchen getönt

P: Ich hab 'se was getönt / weil es weh äh tut in den Augen so wa / daher

U: Hatten Sie immer schon was mit den Augen?

P: Ja / ich hab' se jetzt schon ne / äh / acht / äh jetzt im im im Jahr / jetzt vorm Jahr hab ich die erst bekommen wa / aber ne Tagesbrille / ne Tagesbrille hab ich nie angehabt / nur immer ne Lesebrille wa / da hat er mir gesagt das wäre besser / deswegen hab ich dann

U: Ja

P: Arzt / hat er gesagt für die Augen wären besser /

U: Ja

P: Wären empfindlicher . . . /

U: War das nach dem Schlaganfall?

P: Nee, das ist schon ne schon vor dem wissen schon aber etwas mein ich / also mit dem bei dem hab ich was abgekriegt / verstehen Sie?

U: Ja

P: Denn das merk ich nämlich seitdem / das merk ich an allem / hier hab ich's auch lange noch hier drum gehabt verstehen Sie? / jetzt geht es wieder / das es langsam schon / jetzt / aber davor ist es doch doch /

U: Was hatten Sie hier an der Seite?

P: Ich weiß nicht / ich merk so seitdem ich diesen Dingens / den Schlag abgekriegt wa / seitdem muß da / seitdem / denn ich konnte zuerst ja gar nix / wie soll ich das sagen / so das / ich war wohl **klar** aber eh / das sah man ja nit / eh nahm ja nichts hin mehr oder sowas / wa / wollen wir mal sagen so / ich achtete auf gar nichts mehr / wa / denn die Ärztin sagte hier im Krankenhaus Ärztin sagte direkt nein Sie müssen ins Krankenhaus / der hat nur gesagt vom Arzt so nicht / der wollte mal so untersuchen und so / und dann haben sie geguckt wa weil / ich stand ja gar nix ehr gar nix gar nix / gar nix von wenn die sprach von eh / wie soll ich Ihnen sagen / so'n so'ne ne Brille oder 'en 'en 'en Kugler oder so was wa / konnt' ich überhaupt gar nichts sagen / blieb's starr in meine Arme wa / verstehen Sie?

U: Ja

P: Die waren wohl also normal so wie der sagte / aber eh stand mir nichts mehr / nahm ja nichts mehr ein wollen wir mal sagen / und wie ich auch das annahm hier da sagte er wa / also oh / wie soll ich Ihnen sagen / ich gab immer die ganz verkehrten Antworten wa / ich wußte sie überhaupt gar nicht / verstehen Sie?

U: Wann ist das denn überhaupt passiert? Eh ich weiß das gar nicht

P: Jetzt im eh / Januar / Februar / März / **April**

U: Im April

P: April / ja /

U: Im April ist es passiert / und wie ist das passiert?

P: Kann's nicht sagen / ich hab nichts gemerkt / wa / ich hab nur auf einmal gemerkt daß ich Wäsche noch auf der Wäsche hab gemacht /

U: Ja

P: Und hab se rein gebracht /

U: Ja

P: Und dann na / wie soll ich Ihnen sagen war mir komisch wa / komisch und da hab ich mich einfach ins Bett gelegt / war ja alleine da / und nachher da hab ich nach die Nacht auch noch mal drüber gebracht / dat war also ich muß wohl geschlafen haben da / ich weiß gar nichts / danach eh eh / dann kam denn die Frau im Hause / da sag ich / hören Se mal sag ich / ich eh / weiß überhaupt gar nicht mehr / sagt sie Du das gibt's doch nich

U: Was für ne Frau?

P: Im Hause bei uns wa / im Haus die hab ich gerufen wa / sag ich hören Se mal da ich kann ja gar nichts mehr holen und so / sag ich ich weiß ja gar nichts mehr / ich weiß auch nix mehr wie ich heiße / nix mehr // nich / so ist das geblieben und dann hab ich denn / 'n Bekannten angerufen wo meine Schwester denn rufen / denn ich hab nur eine Schwester in Stolberg nich / und die hat mich denn direkt geholt // und / da sag ich ich auch mal sag / ich ich weiß überhaupt gar nichts mehr / denn ich konnte auch gar nicht sagen wer ich hier wohnte oder diese gar nichts wa / gar nichts mehr / ja bin ich das war Donners eh / nee Samstags und Sonntags / man ander Arzt hier gekommen / weil mein Arzt ja nicht da war ander Arzt / der hat mir nur was gegeben / und / na da hat der anscheinend auch wohl nichts geben müssen / ich weiß es nicht / der gab mir was ein / und da kam mein Arzt wieder dann aus der ja / und der hat mich dann am am Montag so am

Montag / ich merk' dat ja / eh geht durcheinander ja und eh / ja dann hat er mich ja direkt am Dienstag eh im Krankenhaus bin ich dann

U: Ja / das war ja dann dieses Krankenhaus

P: in in in Stollberg

U: in Stollberg!

P: in Be nee bei und in eh Badenberg / Badenberg bin ich ja drei Wochen drin geblieben wa //

U: Haben Sie eigentlich einen Beruf gehabt oder waren Sie Hausfrau?

P: Nein

U: Hatten Sie einen Beruf?!

P: Nö nö / war im Haus nur / ja

U: Und Sie haben immer in Stollberg gewohnt?

P: Bitte?

U: Sie haben immer in Stollberg gewohnt?

P: Ne Stollberg nich / hier in Holpe in in in hier in in in eh Kohlscheid wohn ich doch / in Badenberg hab ich im Krankenhaus / Badenberg Badenberg Badenberg war das

U: Ah ja / ich kenn die Gegend hier nicht so

P: Nein / nee B Badenberg wa / und die haben mich dann auch hierhin geschickt / wa / das war eine von Badenberg die sagte / na sagt se dat is dann besser / Sie müssen unten dann mit Leuten gucken und so wa / also das die Ärzte müssen da wohl eh / die Ärzte dann nicht so weil / sie sagt sie ist **klar** / also / nicht? / aber das wär dann ist dann zu viel Zeit nicht / und deswegen wurde ich denn hier / und da haben sie dann hier bin ich ja nur dreimal bis hier in die Klinik bin ich ja nur gewesen wa bis das das nu passiert jetzt in dem Auge jetzt jetzt da wieder / ja und da wollt er mich wieder weg / da wollt er mich ja wieder ganz

U: Und da haben Sie sich geweigert / ja das glaub' ich

P: Ja so war es / ja

U: Hatten Sie denn bei eh nach dem Schlaganfall auch Lähmungen?

P: Nein / ich hab so und so keine Lähmung es is ne Lähmung nehm ich an / eh hier wa /

U: Ja es war nur daß es weg war

P: Ja / nee ganz ist das noch nicht weg / und das nehm ich auch an daß das mit dem Sprechen oder was sonst überall / also daß ich das da / . . . / das ist es / sonst anders in de Beine so was hat ich keine

U: Hatten Sie

P: Nein hatt ich nich gekriegt / aber hier / da hab ich direkt von Anfang hab ich das gemerkt wa / und das war ja auch zuerst / gucken Se mal da konnt ich ja auch wie soll ich Ihnen sagen / Fernsehen konnt ich ja gar nich gucken wa /

U: Nee

P: Nein, ich konnt also erst im garn also ich konnt / ich konnt ja auch nichts sehen wa / dat tat **weh** wa / und ich konnt auch nich auch wie ich diese / wie nennen Sie's hier die Flaschen hier diese am Arm hab' ich gekriegt / wie heißt et

U: Spritze?

P: Nee

U: Infusion?

P: Infusion ja / die ja / ich behalt das nich so ja / da hab ich ja viele gekriegt ja / und dann ging es immer auch wenn ich dann stand / so wa / das geht immer so / wie soll ich Ihnen sagen wa / das ist etwas besser geworden wa / sonst das war ja zuerst ganz schlimm wa / deswegen hatten die ja auch im Krankenhaus gehalten wa / da konnt ich nicht so früh weg

U: Wohnen Sie denn allein? Sie sagten, Sie mußten ne Frau holen eh als Sie erkrankt waren /

P: Ja / meine Schwester is hiergewesen / ja und die war auch weg in Urlaub / kam denn die war abgest / eh abgelegt / dat ging alles nich so bei uns / da bin ich übern da mal drin geflogen / und da mal wissen bin ich denn wa / denn ich konnt ja alleine nicht bleiben wa / denn essen und sowas konnt ich mir gar nich richtig machen wa / das klappte nich erst / bis nachher dann da hab ich dann gesagt ja ich will wieder in die Wohnung rein / nich / da wars denn besser auch wurde es dann / und ich eh sah das auch besser daß ich draußen blieb / verstehen Se / als wenn ich bei Fremde das taugt aber nicht wa / n'ja und meine Schwester die wenn sie hier ist nicht / und sie hilft denn mal und so wenn es denn mal / was gemacht werden muß und so geht es dann wa / ja

U: Können Sie denn jetzt Ihre Arbeit wieder im Hause?

P: Jetzt bis jetzt so ungefähr mach ich se denn ja / ja ich sag ja wenn die Fenster und alles so kommt dann is meine Schwester kommt dann dann einmal die Woche so richtig wa / da kommt die von Stollberg denn wa /

U: So Einkaufen und Kochen und so / das machen Sie

P: Nee / Einkaufen ab / ich muß immer andere Leute fragen dann / dat versteh ich ja nicht alles / das kann ich nicht

U: Machen Sie sich doch einen Zettel

P: Ja / ich hab's schon getan / ja aber alles klappt / nä / das klappt alles nicht so / verstehen Se / das das stimmt doch nich so / sicher ich komm ich komm schon zurecht wa / is denn hier und da jemand da der mir denn was holen tut wa / es wird schon ja /

Literaturverzeichnis

Alajouanine, T. (1956) Verbal realization in aphasia. **Brain, 79**, 1–28.

Alajouanine, T. & Lhermitte, F. (1970) Les troubles des activités expressives du langage dans l'aphasie: leurs relations avec des apraxies. **Revue Neurologique, 102**, 604–633.

Alajouanine, T. & Lhermitte, F. (1965) Acquired aphasia in children. **Brain, 88**, 653–662.

Alajouanine, T., Lhermitte, F., Ledoux, M., Renaud, D., & Vignolo, L.A. (1964) Les composantes phonémiques et sémantiques de la jargonaphasie. **Revue Neurologique, 110**, 5–20.

Alajouanine, T., Ombredane, A., & Durand, M. (1939) **Le syndrome de la désintégration phonétique dans l'aphasie**. Paris: Masson.

Alajouanine, T., Sabouraud, O., & De Ribaucourt, B. (1952) Le jargon des aphasiques désintégration anosognosique des valeurs sémantiques du langage. **Journal de Psychologie Normale et Pathologie, 45,** 158–180; 293–330.

Albert, M.L. (1972) Aspects de la compréhension auditive du langage après lésion cérebrale. **Langages, 7**, 37–51.

Albert, M.L. & Obler, L.K. (1978) **The Bilingual Brain**. New York: Academic Press.

Allport, D.A. (1977) On knowing the meaning of words we are unable to report: The effects of visual masking. In S. Dornič (Ed.) **Attention and Performance VI**. Hillsdale, N.J.: LEA.

Andreewsky, A. & Seron, X. (1975) Implicit processing of grammatical rules in a classical case of agrammatism. **Cortex, 11**, 379–390.

Baker, E., Blumstein, S.E. & Goodglass, H. (1981) Interaction between phonological and semantic factors in auditory comprehension. **Neuropsychologia, 19**, 1–15.

Baron, J. (1973) Phonemic stage not necessary for reading. **Quarterly Journal of Experimental Psychology, 25**, 241–246.

Baron, J. & Thurston, I. (1973) An analysis of the word superiority effect. **Cognitive Psychology,** 4, 207–228.

Basser, L.S. (1962) Hemiplegia of early onset and the faculty of speech with special reference to the effects of hemispherectomy. **Brain, 85**, 427–460.

Basso, A., Casati, G. & Vignolo, L.A. (1977) Phonemic identification defects in aphasia. **Cortex, 13**, 85–95.

Basso, A., Faglioni, P., & Spinnler, H. (1976) Non-verbal colour impairment of aphasics. **Neuropsychologia, 14,** 183–193.

Bay, E. (1962) Aphasia and non-verbal disorders of language. **Brain, 85**, 411–426.

Bay, E. (1963) Aphasia and conceptional thinking. In L. Halpern (Ed.) **Problems of dynamic neurology**. Jerusalem: Jerusalem Post Press.

Bay, E. (1964) Aphasia and intelligence. **International Journal of Neurology, 4**, 252–264.

Bay, E. (1964) Principles of classification and their influence on our concept of aphasia. In A.V.S. deReuck & M. O'Connor (Eds.) **Ciba Symposium on Disorders of Language.** London: Churchill.

Bay, E. (1969) Aphasielehre und Neuropsychologie der Sprache. **Nervenarzt, 40**, 53–61.

Bay, E. (1973) Der gegenwärtige Stand der Aphasieforschung. **Nervenarzt, 44**, 57–64.

Bellugi, U. & Studdert-Kennedy, M. (Eds.) (1980) **Signed and spoken language: Biological constraints on linguistic form.** Weinheim: Chemie Verlag.

Bellugi, U. & Poizner, H. (1983) Effects of unilateral brain lesions on sign language. Vortrag, gehalten auf dem 21. Annual Meeting of the Academy of Aphasia. Minneapolis, October 1983.

Benedikt, M. (1965) Über Aphasie, Agraphie und verwandte pathologische Zustände. **Wim. Med. Pr., 6**, 897–899, 923–926, 945–948, 997–999, 1020–1022, 1063–1070, 1094–1097, 1139–1142, 1167–1169, 1189–1190, 1264–1265.

Benson, D.F. & Geschwind, N. (1969) The alexias. In P.J. Vinken & G.W. Bruyn (Eds.) **Handbook of Clinical Neurology**, Vol. 4. North-Holland, Amsterdam.

Benton, A. (1964) Contributions to aphasia before Broca. **Cortex, 1**, 314–327.

Benton, A.L. (1964) Developmental aphasia and brain damage. **Cortex, 1**, 40–52.

Benton, A.L. (1967) Problems of test construction in the field of aphasia. **Cortex, 3**, 32–58.

Benton, A.L. & Joynt, R.J. (1960) Early descriptions of aphasia. **Archives of Neurology, 3,** 205–221.

Berko, J. (1958) The child's learning of English morphology. **Word, 14,** 150–177.

Bever, T.G. (1970) The cognitive basis of linguistic structures. In J.R. Hayes (Ed.) **Cognition and the development of language**. New York: Wiley.

Beyn, E.S., Vizel, T.G. & Hatfield, F.N. (1979) Aspects of agrammatism in aphasia. **Language and speech, 22,** 327–346.

Bloomfield, L. (1933) **Language**. New York: Holt, Rinehart & Winston.

Blumstein, S.E. (1973) **A phonological investigation of aphasic speech**. The Hague: Mouton.

Blumstein, S., Baker, E. & Goodglass, H. (1977) Phonological factors in auditory comprehension in aphasia. **Neuropsychologia, 15,** 19–30.

Blumstein, S. & Cooper, W. (1974) Hemispheric processing of intonation contours. **Cortex, 10,** 146–158.

Blumstein, S., Cooper, W.E., Zurif, E.G. & Caramazza, A. (1977) The perception and production of voice-onset time in aphasia. **Neuropsychologia, 15,** 371–383.

Bock, K.J. (1982) Towards a cognitive psychology of syntax: Information processing contributions to sentence formulation. **Psychological Review, 89** (1), 1–47.

Bogen, J. (1969) The other side of the brain I. Dysgraphia and dyscopia following cerebral commissurotomy. **Bulletin of the Los Angeles Neurological Societies, 34,** 73–105.

Boller, F. (1968) Latent aphasia: Right and left »non-aphasic« brain-damaged patients compared. **Cortex, 4,** 245–256.

Boller, F. (1978) Comprehension disorders in aphasia: A historical review. **Brain and Language, 5,** 149–165.

Boller, F. & Dennis, M. (1979) **Auditory comprehension. Clinical and experimental studies with the Token Test**. New York: Academic Press.

Boller, F. & Green, E. (1972) Comprehension in severe aphasics. **Cortex, 8,** 382–394.

Boller, F., Kim, Y. & Mack, J.L. (1977) Auditory comprehension in aphasia. In H. Whitaker & H.A. Whitaker (Eds.) **Studies in Neurolinguistics**, Vol. 3. New York: Academic Press.

Boller, F. & Vignolo, L.A. (1966) Latent sensory aphasia in hemisphere-damaged patients: An experimental study with the Token Test. **Brain, 89,** 815–830.

Borkowski, J.G., Spreen, O. & Stutz, J.Z. (1965) Ear preference and abstractness in dichotic listening. **Psychonomic Science, 3,** 547–548.

Bradley, D.C. & Garrett, M.F. (1980) Computational distinction in vocabulary types. **Occasional paper No. 12,** MIT Center of Cognitive Science.

Bradley, D.C. (1978) Computational Distinctions of Vocabulary Type. Unpublished doctoral dissertation, MIT.

Bradley, D.C., Garrett, M.F. & Zurif, E.B. (1980) Syntactic deficits in Broca's aphasia. In D. Caplan (Ed.) **Biological studies of mental processes**. Cambridge, Mass.: MIT Press.

Brain, W.R. (1962) **Diseases of the nervous system**. London: Oxford University Press.

Bramwell, B. (1898) A remarkable case of aphasia. **Brain, 21,** 343–373.

Bramwell, B. (1899) On »crossed aphasia« and the factors which go to determine whether the »leading« or »driving« speech centers shall be located in the left or in the right hemisphere of the brain. **Lancet, 1,** 1473–1479.

Branch, C., Milner, B. & Rasmussen, T. (1964) Intracarotid sodium amytal for the lateralization of cerebral speech dominance. **Journal of Neurosurgery, 21,** 399–405.

Broadbent, D.E. (1952) Listening to one of two synchronous messages. **Journal of Experimental Psychology, 44,** 51–55.

Broadbent, D.E. (1954) The role of auditory localization in attention and memory span. **Journal of Experimental Psychology, 47,** 191–197.

Broca, P. (1861) Remarques sur le siège de la faculté du langage articulé, suivies d'une observation d'aphémie (parte de la parole). **Bulletins de la Société Anatomique de Paris, 6,** 330–357.

Broca, P. (1865) Sur la faculté du langage articulé. **Bulletins de la Société Anthropologique de Paris,** 493–494.

Brown, J.W. (Ed.) (1981) **Jargonaphasia**. New York: Academic Press.

Buckingham, H.W. (1981) Where do neologisms come from? In J.W. Brown (Ed.) **Jargonaphasia**. New York: Academic Press.

Buckingham, H.W. & Kertesz, A. (1976) **Neologistic jargonaphasia**. Amsterdam: Swets & Zeitlinger.

Bühler, K. (1903) Tatsachen und Probleme zu einer Psychologie der Denkvorgänge. **Archiv für die gesamte Psychologie, 12**, 1–92.

Butterworth, B. (1979) Hesitation and the production of verbal paraphasias and neologisms in jargon aphasia. **Brain and Language, 8**, 133–161.

Butterworth, B. (Ed.) (1980) **Language production**. London: Academic Press.

Buttet, J., Assal, G. & Jolivet, R. (1978) Dissociation of speaking, reading and writing in aphasia: A case report. Paper presented at the Academy of Aphasia, 16th Annual Meeting, Chicago, Ill.

Caplan, D., Holmes, J.M. & Marshall, J.C. (1974) Word classes and hemispheric specialisation. **Neuropsychologia, 12**, 331–337.

Caplan, D. & Marshall, J.C. (1975) Generative grammar and aphasic disorders: A theory of language representation in the human brain. **Foundations of Language, 12**, 583–596.

Caramazza, A., Berndt, R.S., Basili, A.G. & Koller, J.J. (1981) Syntactic processing deficits in aphasia. **Cortex, 17**, 333–348.

Caramazza, A., Berndt, R.S. & Hart, J. (1981) Agrammatic Reading. In F.J. Pirozzolo & M.C. Wittrock (Eds.) **Neuropsychological and cognitive processes in reading**. New York: Academic Press.

Caramazza, A. & Zurif, E.B. (1976) Dissociation of algorithmic and heuristic processes in language comprehension: Evidence from aphasia. **Brain and Language, 3**, 572–582.

Caramazza, A. & Zurif, E.B. (Eds.) (1978) **Language acquisition and language breakdown: Parallels and divergencies**. Baltimore: Johns Hopkins University Press.

Caramazza, A. & Zurif, E.B. (1978) Comprehension of complex sentences in children and aphasics. In A. Caramazza & E.B. Zurif (Eds.) **Language acquisition and language breakdown: Parallels and divergencies**. Baltimore: Johns Hopkins University Press.

Charlton, M. (1964) Aphasia in bilingual and polyglot patients – a neurological and psychological study. **Journal of Speech and Hearing Disorders, 29**, 307–311.

Chedru, F. & Geschwind, N. (1972) Disorders of higher cortical function in acute confusional states. **Cortex, 8**, 395–411.

Cherry, L. & Lewis, M. (1976) Mothers and two-year-olds: A study of sex differentiated aspects of verbal interaction. **Developmental Psychology, 12**, 278–282.

Chomsky, N. (1957) **Syntactic Structures**. The Hague: Mouton.

Chomsky, N. (1965) **Aspects of the theory of syntax**. Cambridge, Mass.: MIT Press.

Chomsky, N. (1975) **Reflections on Language**. New York: Pantheon.

Cicone, M., Wapner, W., Foldi, N., Zurif, E.B. & Gardner, H. (1979) The relation between gesture and language in aphasic communication. **Brain and Language, 8**, 324–349.

Clark, H.H. & Clark, E.V. (1977) **Psychology and language. An introduction to psycholinguistics**. New York: Harcourt Brace Jovanovich.

Clark, R. (1972) Hemispheric asymmetry: Prosodic and syntactic factors. Unpublished Master's Thesis, Sir George Williams University. (zit. nach Zurif, 1974).

Clark, W.W. (1959) Boys and girls – are there significant ability and achievement differences? **Phi Delta Kappan, 41**, 73–79.

Clarke, E. & Dewhurst, K. (1972) **An illustrated history of brain functions**. Berkeley and Los Angeles, Cal.: University of California Press.

Cohen, R. & Kelter, S. (1979) Cognitive impairment of aphasics in a colour-to-picture matching task. **Cortex, 15**, 235–245.

Cohen, R., Kelter, S. & Woll, G. (1980) Analytical competence and language impairment in aphasia. **Brain and Language, 10**, 331–347.

Cole, R.A. (Ed.) (1979) **Perception and production of fluent speech**. Hillsdale, N.J.: LEA.

Collins, A.N. & Loftus, E.F. (1975) A spreading-activation theory of semantic processing. **Psychological Review, 82**, 407–428.

Collins, A.N. & Quillian, M.R. (1972) Experiments on semantic memory and language comprehension. In L.W. Gregg (Ed.) **Cognition in learning and memory**. New York: Wiley & Sons.

Coltheart, M., Davelaar, E., Jonasson, J.T. & Besner, D. (1977) Access to the internal lexicon. In S. Dornič (Ed.) **Attention and Performance VI**. Philadelphia: LEA.

Coltheart, M., Patterson, K.E. & Marshall, J.C. (Eds.) (1980) **Deep Dyslexia**. London: Routledge and Kegan Paul.

Condon, W.S. & Ogsten, W.D. (1971) Speech and body motion synchrony of the speaker-hearer. In D.L. Horton & J.J. Jenkins (Eds.) **Perception of Language**. Columbus, OH: Merrill.

Conrad, R. (1972) Speech and reading. In J. Kavanagh & I.G. Mattingly (Eds.) **Language by ear and eye.** Cambridge, Mass.: MIT Press.

Cooper, W.E. & Walker, E.C.T. (Eds.) (1979) **Sentence processing: Psycholinguistic studies presented to Merrill Garrett**. Hillsdale, N.J.: Lawrence Erlbaum Associates.

Critchley, M. (1970) **The Dyslexic Child.** London: Heinemann.

Cutler, A. (Ed.) (1981) The reliability of speech error data. (special issue on errors in spontaneous speech). **Linguistics, 19**, 7/8.

Cutler, A. & Foss, D.J. (1977) On the role of sentence stress in sentence processing. **Language and Speech, 20**, 1–10.

Darwin, C.J. (1969) Laterality effects in the recall of steadystate and transient speech sounds. **Journal of the Acoustic Society of America, 46**, 114.

Daujat, C., Gainotti, G. & Tissot, R. (1974) Sur quelques aspects des troubles de la compréhension dans l'aphasie. **Cortex, 10**, 347–359.

Davis, A.E. & Wada, J.A. (1978) Speech dominance and handedness in the normal human. **Brain and Language, 5**, 42–55.

Dax, M. (1865) Lésions de la moitie gauche de l'encéphale coincident avec l'oubli des signes de la pensée. **Gazette Hebdomadaire de Médécine et de Chirurgie,** 2 (2ième serie), 2. (Gelesen in Montpellier im Jahre 1886).

Day, J. (1977) Right hemisphere language processing in normal right-handers. **Journal of Experimental Psychology: Human Perception Performance, 3**, 518–528.

Day, J. (1979) Visual half-field word recognition as a function of syntactic class and imageability. **Neuropsychologia, 17**, 515–519.

Deal, J.L. & Darley, F.L. (1972) The influence of linguistic and situational variables on phonemic accuracy in apraxia of speech. **Journal of Speech and Hearing Research, 15**, 639–653.

Deegener, G. (1978) **Neuropsychologie und Hemisphärendominanz**. Stuttgart: Enke.

Déjerine, J. (1892) Des differentes variétés de cécité verbale. **Mémoires de la Société de Biologie**, Feb. 27, 1–30.

Déjerine, J. (1892) Contribution a l'étude anatomopathologique et clinique des différentes variétés de cécité verbale. **Comptes Rendus des Scéances de la Société de Biologie et ses Filiales, 4**, 61–90.

Dell, G.S. & Reich, P.A. (1981) Stages in sentence production: Analysis of speech error data. **Journal of Verbal Learning and Verbal Behavior, 20**, 611–621.

Dennis, M. & Kohn, B. (1975) Comprehension of syntax in infantile hemiplegics after cerebral hemidecortication: Left hemisphere superiority. **Brain and Language, 2**, 472–482.

Dennis, M. & Whitaker, H.A. (1976) Language acquisition following hemidecortication: Linguistic superiority of the left over the right hemisphere. **Brain and Language, 3**, 404–433.

DeRenzi, E., Faglioni, P., Savoiardo, M. & Vignolo, I. (1966) The influence of aphasia and of the hemispheric side of the cerebral lesion on abstract thinking. **Cortex, 2**, 399–420.

DeRenzi, E., Faglioni, P., Scotti, G. & G. Spinnler, H. (1972) Impairment in associating colour to form, concomitant with aphasia. **Brain, 95**, 293–304.

DeRenzi, E. & Spinnler, H. (1967) Impaired performance on colour tasks in patients with hemispheric damage. **Cortex, 3**, 194–217.

DeRenzi, E. & Vignolo, L.A. (1962) The Token Test: A sensitive test to detect receptive disturbances in aphasics. **Brain, 85**, 556–678.

DeSaussure, F. (1916) **Cours de linguistique générale**. Paris: Payot.

DeVilliers, J.G. (1974) Quantitative aspects of agrammatism in Aphasia. **Cortex, 10**, 36–54.

DeVilliers, J.G. (1978) Fourteen grammatical morphemes in acquisition and aphasia. In A. Caramazza & E.B. Zurif (Eds.) **Language acquisition and language breakdown: Parallels and Divergencies**. Baltimore: Johns Hopkins University Press.

Dimond, S.J. & Beaumont, J.G. (1974) **Hemisphere function in the human brain.** New York: Halsted Press.

Dittmann, A.T. (1977) The role of body movement in communication. In A.W. Siegmann & S. Feldstein (Eds.) **Nonverbal behavior and communication.** Potomac, MD: Lawrence Erlbaum Associates.

Dressler, W. (1974) Aphasie und Theorie der Phonologie. **Incontri Linguistici, 1,** 12–20.

Dubois, J., Hecaen, H. & Marcie, P. (1969) L'agraphie ›pure‹. **Neuropsychologia,** 7, 271–286.

Dubois-Charlier, F. (1971) Approche neurolinguistique du problème de l'alexie pure. **Journal of Psychology, 68,** 39–67.

Duchan, J., Stengel, M.L. & Oliva, J. (1980) A dynamic phonological model derived from the intonational analysis of a jargon aphasic patient. **Brain and Language, 9,** 289–297.

Duffy, R.J., Duffy, J.R. & Pearson, K.L. (1975) Pantomime recognition in aphasics. **Journal of Speech and Hearing Research, 18,** 115–132.

Duffy, R.J. & Ulrich, S.R. (1976) A comparison of impairments in verbal comprehension, speech, reading, and writing in adult aphasics. **Journal of Speech and Hearing Disorders, 41,** 110–119.

Ellis, H.D. & Shepherd, J.W. (1974) Recognition of abstract and concrete words presented in left and right visual fields. **Journal of Experimental Psychology,** 103, 1035–1036.

Engel, D., Cohen, R., Kelter, S. & List, G. (1977) Textverständnis bei Aphatikern. **Linguistische Berichte, 49,** 1–17.

Engelkamp, J. (1974) **Psycholinguistik.** München: Fink.

Exner, S. (1881) **Untersuchungen über die Lokalisation der Funktion in der Großhirnrinde des Menschen.** Wien: Braumüller.

Fillenbaum, S. & Rapoport, A. (1971) **Structures in the subjective lexicon.** New York: Academic Press.

Fillmore, C.J. (1974) Pragmatics and the description of discourse. In C. Fillmore, G. Lakoff & R. Lakoff (Eds.) **Berkeley Studies in Syntax and Semantics.** Berkeley, Cal.: University of California Press.

Fischler, I. (1977) Associative facilitation without expectancy in a lexical decision task. **Journal of Experimental Psychology: Human Perception and Performance, 3,** 18–26.

Fischler, I. & Bloom, P.A. (1979) Automatic and attentional processes in the effects of sentence contexts on word recognition. **Journal of Verbal Learning and Verbal Behavior, 18,** 1–20.

Fodor, J.A. (1983) **The modularity of mind.** Cambridge, Mass.: MIT Press.

Fodor, J.A., Bever, T.G. & Garrett, M.F. (1974) **The psychology of language. An introduction to psycholinguistics and generative grammar.** New York: McGraw-Hill.

Forster, K.I. (1976) Accessing the mental lexicon. In R.J. Wales & E. Walker (Eds.) **New approaches to language mechanisms.** Amsterdam: North-Holland.

Forster, K.I. & Chambers, S.M. (1973) Lexical access and naming time. **Journal of Verbal Learning and Verbal Behavior, 12,** 627–635.

Forster, K.I. & Olbrei, I. (1973) Semantic heuristics and syntactic analysis. **Cognition, 2,** 319–347.

Foss, D.J. (1970) Some effects of ambiguity upon sentence comprehension. **Journal of Verbal Learning and Verbal Behavior, 9,** 699–706.

Foss, D.J. & Hakes, D.T. (1978) **Psycholinguistics. An introduction to the psychology of language.** Englewood Cliffs, N.J.: Prentice-Hall.

Fradis, A. (1970) La capacité de reproduction orale et graphique des sens du langage et des lettres chez les aphasiques. **Actes Xe Congrès Internat. Linguistes** (Bucarest), 709–713.

Franz, S.I. (1930) The relations of aphasia. **Journal of General Psychology, 3,** 401–411.

Freud, S. (1891) **Zur Auffassung der Aphasien.** Leipzig & Wien: Deuticke.

Friederici, A.D. (1976) Graphic versus oral performance in aphasia. In G. Nickel (Ed.) **Proceeding of the Fourth International Congress of Applied Linguistics,** Vol. 3. Stuttgart: Hochschulverlag, 589–597.

Friederici, A.D. (1978) Ein neurolinguistisches Modell der phonischen und graphischen lexikalischen Performanz. **Linguistische Berichte, 55,** 48–58.

Friederici, A.D. (1981) Production and comprehension of prepositions in aphasia. **Neuropsychologia, 19**, 191–199.

Friederici, A.D. (1982) Syntactic and semantic processes in aphasic deficits: The availability of prepositions. **Brain and Language, 15**, 249–258.

Friederici, A.D. (1983a) Repräsentation und Verarbeitung von lexikalischer und syntaktischer Information. Psycholinguistische und neurolinguistische Evidenz. **Linguistische Berichte, 85**, 45–63.

Friederici, A.D. (1983b) Aphasics' perception of words in sentential context: some real-time evidence. **Neuropsychologia, 20**, 351–358.

Friederici, A.D., Hopman, C. & Peuser, G. (1977) A neurolinguistic model of language performances explaining the phonic and graphic processing of lexemes in aphasia and dyslexia. **Proceeding of the Twelfth International Congress of Linguistics**. Vienna.

Friederici, A.D. & Schönle, P.W. (1980) Computational dissociation of two vocabulary types: Evidence from aphasia. **Neuropsychologia, 18**, 11–20.

Friederici, A.D., Schönle, P.W. & Garrett, M.F. (1982) Syntactically versus semantically based computations: Processing of prepositions in agrammatism. **Cortex, 18**, 525–534.

Friederici, A.D., Schönle, P.W. & Goodglass, H. (1981) Mechanisms underlying writing and speech in aphasia. **Brain and Language, 13**, 212–222.

Fromkin, V. (1971) The non-anomalous nature of anomalous utterances. **Language, 47**, 27–52.

Fromkin, V. (1973) Introduction. In V. Fromkin (Ed.) **Speech errors as linguistic evidence**. The Hague: Mouton.

Fromkin, V. (1980) Introduction. In V. Fromkin (Ed.) **Errors in Linguistic Performance**. New York: Academic Press.

Fry, D.B. (1959) Phonemic substitutions in an aphasic patient. **Language and speech, 2**, 52–61.

Gainotti, G. (1976) The relationship between semantic impairment in comprehension and naming in aphasic patients. **British Journal of Disorders of Communication, 11**, 57–61.

Gainotti, G., Caltagirone, C. & Ibba, A. (1975) Semantic and phonemic aspects of auditory language comprehension in aphasia. **Linguistics, 154/5**, 15–29.

Gainotti, G., Ibba, A. & Caltagirone, C. (1975) Perturbations acoustiques et sémantiques de la compréhension dans l'aphasie. **Revue Neurologique, 131**, 645–659.

Gainotti, G. & Lemmo, M.A. (1976) Comprehension of symbolic gestures in aphasia. **Brain and Language, 3**, 345–360.

Galaburda, A.M., Lemay, M., Kemper, L. & Geschwind, N. (1978) Right-left asymmetrics in the brain. **Science, 199**, 852–856.

Galloway, L. (1980) The cerebral organization of language in bilinguals and second language learners. Ph.D. Dissertation, Department of Linguistics, University of California, Los Angeles.

Galloway, L.M. & Scarcella, R. (1982) Cerebral organization in adult second language acquisition: Is the right hemisphere more involved? **Brain and Language, 16**, 56–60.

Garai, J.E. & Scheinfeld, A. (1968) Sex differences in mental and behavioral traits. **Genetic Psychology Monographs, 77**, 169–299.

Gardner, H. (1973) The contribution of operativity to naming capacity in aphasic patients. **Neuropsychologia, 11**, 213–220.

Gardner, H. (1974) The naming and recognition of written symbols in aphasic and alexic patients. **Journal of Communication Disorders, 7**, 141–153.

Gardner, H., Albert, M.L. & Weintraub, S. (1975) Comprehending a word: The influence of speed and redundancy on auditory comprehension in aphasia. **Cortex, 11**, 155–162.

Gardner, H. & Zurif, E.B. (1975) Be or not be: Oral reading of single words in aphasia and alexia. **Neuropsychologia, 13**, 170–181.

Gardner, H. & Zurif, E.B. (1976) Critical reading of words and phrases in aphasia. **Brain and Language, 3**, 173–190.

Gardner, H. & Walter, D.O. (1976) Evidence of hemispheric specialization from infant EEG. In S. Hornack, R.W. Doty, L. Goldstein, J. Jaynes & G. Krauthammer (Eds.) **Lateralization in the nervous system**. New York: Academic Press.

Garrett, M.F. (1975) The analysis of sentence production. In G. Bower (Ed.) **The psychology of**

learning and motivation: Advances in research and theory, Vol. 9. New York: Academic Press.

Garrett, M.F. (1976) Syntactic processes in sentence production. In R.J. Wales & E. Walker (Eds.) **New approaches to language mechanisms**. Amsterdam: North Holland.

Garrett, M.F. (1980) Levels of processing in sentence production. In B. Butterworth (Ed.) **Language production**, Vol. 1. London: Academic Press.

Gazzaniga, M.S. & LeDoux, J. (1978) **The integrated mind**. New York: Plenum Press.

Gazzaniga, M.S. & Sperry, R.W. (1967) Language after section of the cerebral commissures. **Brain, 90**, 131–148.

Genesee, F., Hamers, J., Lambert, W.E., Mononen, L., Seitz, M. & Starck, R. (1978) Language processing in bilinguals. **Brain and Language, 5**, 1–12.

Geschwind, N. (1962) The anatomy of acquired disorders of reading. In J. Money (Ed.) **Reading Disorders**. Baltimore: Johns Hopkins Press.

Geschwind, N. (1965) Disconnexion syndromes in animals and man. Part I. **Brain, 80**, 237–294.

Geschwind, N. (1970) The organization of language and the brain. **Science, 170**, 940–944.

Geschwind, N. & Levitsky, W. (1968) Human brain: Left-right asymmetries in temporal speech region. **Science, 161**, 186–187.

Gloning, I. & Gloning, K. (1965) Aphasien bei Polyglotten. Beitrag zur Dynamik des Sprachabbaus sowie zur Lokalisationsfrage dieser Störungen. **Wiener Zeitschrift für Nervenheilkunde, 22**, 362–397.

Gloning, I., Gloning, K., Haub, G. & Quatember, R. (1969) Comparison of verbal behavior in right-handed and non-right-handed patients with anatomically verified lesions of one hemisphere. **Cortex, 5**, 43–52.

Goldin-Meadow, S. (1978) Structure in a manual communication system developed without a language model: Language without a helping hand. In H. Whitaker & E. Wanner (Eds.) **Studies in Neurolinguistics**, Vol. 3. New York: Academic Press.

Goldstein, K. (1906) Ein Beitrag zur Lehre von der Aphasie. **Journal für Psychologie und Neurologie, 7**, 172–189.

Goldstein, K. (1948) **Language and language disturbances**. New York: Grune and Swalton.

Goldstein, K. (1954) Bemerkungen zum Problem »Sprechen und Denken« aufgrund hirnpathologischer Erfahrungen. **Acta Psychologica, 10**, 173–196.

Goodenough, C., Zurif, E.B. & Weintraub, S. (1977) Aphasics' attention to grammatical morphemes. **Language and Speech, 20**, 11–19.

Goodglass, H. (1968) Studies on the grammar of aphasics. In S. Rosenberg & J. Hoplin (Eds.) **Development in applied psycholinguistic research**. New York: MacMillan.

Goodglass, H. (1976) Agrammatism. In H. Whitaker & H. A. Whitaker (Eds.) **Studies in neurolinguistics**. New York: Academic Press.

Goodglass, H. & Baker, E. (1976) Semantic field, naming and auditory comprehension in aphasia. **Brain and Language, 3**, 359–374.

Goodglass, H., Barton, M. & Kaplan, E. (1968) Sensory modality and object naming in aphasia. **Journal of Speech and Hearing Research, 11** (3), 488–496.

Goodglass, H. & Berko, J. (1960) Agrammatism and inflectional morphology. **Journal of Speech and Hearing Research, 3**, 257–267.

Goodglass, H., Berko Gleason, J., Bernholtz, N.A. & Hyde, M. (1972) Some linguistic structures in the speech of Broca's aphasics. **Cortex, 8**, 191–212.

Goodglass, H. & Blumstein, S. (Eds.) (1973) **Psycholinguistics and aphasia**. Baltimore: Johns Hopkins University Press.

Goodglass, H., Blumstein, S.E., Berko Gleason, J., Hyde, M., Green, E. & Statlender, S. (1979) The effect of syntactic encoding on sentence comprehension in aphasia. **Brain and Language, 7**, 201–209.

Goodglass, H., Fodor, I.G. & Schulhoff, C. (1967) Prosodic factors in grammar: Evidence from aphasia. **Journal of Speech and Hearing Research, 10**, 5–20.

Goodglass, H. & Geschwind, N. (1976) Language Disorders (Aphasia). In E. Carterette & M. Friedmann (Eds.) **Handbook of Perception**, Vol. VII. New York: Academic Press.

Goodglass, H., Gleason, J.B. & Hyde, M. (1970) Some dimensions of auditory language comprehension in aphasia. **Journal of Speech and Hearing Research, 13**, 595–606.

Goodglass, H. & Hunt, J. (1958) Grammatical complexity and aphasic speech. **Word, 14**, 197–207.

Goodglass, H. & Hunter, M. (1970) A linguistic comparison of speech and writing in two types of aphasia. **Journal of Communication Disorders, 3**, 28–35.

Goodglass, H., Hyde, M. & Blumstein, S. (1969) Frequency, picturability and availability of nouns in aphasia. **Cortex, 5**, 104–119.

Goodglass, H. & Kaplan, E. (1963) Disturbance of gesture and pantomime in aphasia. **Brain, 86**, 703–720.

Goodglass, H. & Kaplan, E. (1972, 1983[2]) **The assessment of aphasia and related disorders**. Philadelphia: Lea & Febiger.

Goodglass, H., Klein, B., Carey, P. & Jones, K. (1966) Specific semantic word categories in aphasia. **Cortex, 2**, 74–89.

Goodglass, H. & Quadfasel, F.A. (1954) Language laterality in left handed aphasics. **Brain, 77**, 521–548.

Gordon, B. & Caramazza, A. (1982) Lexical decision for open and closed class items: Failure to replicate differential frequency sensitivity. **Brain and Language, 15**, 143–180.

Gordon, H. (1980) Cerebral organization in bilinguals. **Brain and Language, 9**, 255–268.

Grasset, J. (1896) Aphasie de la main droite chez un sourd muet. **Le Progrès Medical, 4**, 169.

Green, G. (1969) Phonological and grammatical aspects of jargon in an aphasic patient: A case study. **Language and Speech, 12**, 103–118.

Grimm, H. & Engelkamp, J. (1981) **Sprachpsychologie**. Handbuch und Lexikon der Psycholinguistik. Berlin: Erich Schmidt Verlag.

Grosjean, F. (1982) **Life with two languages. An introduction to bilingualism**. Cambridge, Mass.: Harvard University Press.

Halle, M., Bresnan, J. & Miller, G.A. (Eds.) (1978) **Linguistic theory and psychological reality**. Cambridge, Mass.: MIT Press.

Hamers, J.F. & Lambert, W.E. (1977) Visual field and cerebral hemispheric preference in bilinguals. In S.J. Segalowitz & F.A. Gruber (Eds.) **Language development and neurological theory**. New York: Academic Press.

Hannay, H.J. (1976) Real or imagined incomplete lateralization of function in females? **Perception and Psychophysics, 19**, 349–352.

Hardyck, C.D. & Petrinovich, L.F. (1969) Treatment of subvocal speech during reading. **Journal of Reading, 12**, 361–368.

Harris, L.J. (1977) Sex differences in spatial ability: Possible environmental, genetic, and neurological factors. In M. Kinsbourne (Ed.) **Hemispheric Asymmetries of Function**. Cambridge: Cambridge University Press.

Hartje, W., Kerschensteiner, M., Poeck, K. & Orgass, B. (1973) A cross-validation study on the Token Test. **Neuropsychologia, 11**, 119–121.

Harweg, R. (1981) Aphasie und Linguistik. Zu Roman Jakobsons typologischen Aphasieinterpretationen. In H. Schnelle (Ed.) **Sprache und Gehirn**. Frankfurt: Suhrkamp.

Head, H. (1926) **Aphasia and kindred disorders of speech**. New York: Hafner.

Hécaen, H. (1967) Aspects des troubles de la lecture (alexies) au cours des lésions cérébrales on foyer. **Word, 23**, 265–287.

Hécaen, H. (1972) **Introduction à la neuropsychologie**. Paris: Larousse.

Hécaen, H. & Dubois, J. (1969) **La naissance de la neuropsychologie du langage**. (textes et documentes). Paris: Flammarion.

Hécaen, H., Dubois, J. & Marcie, P. (1967) Aspects linguistiques des troubles de la vigilance au cours des lésions temporales anterointernes droite et gauche. **Neuropsychologia, 5**, 311–328.

Hécaen, H. & Kremin, H. (1976) Neurolinguistic research on reading disorders from left hemisphere lesions: Aphasic and ›pure‹ alexias. In H.A. Whitaker & H. Whitaker (Eds.) **Studies in Neurolinguistics II**. New York: Academic Press.

Heeschen, C. (1973) Aphasieforschung und theoretische Linguistik. **Linguistische Berichte, 25**, 22–38.

Heeschen, C. (1980) Strategies of decoding actor-object-relations by aphasic patients. **Cortex, 16,** 5–19.

Heeschen, C. & Reischies, F. (1981) Zur Lateralisierung der Sprache. Argumente gegen eine Überbewertung der rechten Hemisphere. In H. Schnelle (Ed.) **Sprache und Gehirn**. Frankfurt: Suhrkamp.

Heidolph, K.E., Flämig, W. & Motsch, W. (Eds.) (1981) **Grundzüge einer deutschen Grammatik**. Berlin (DDR): Akademie Verlag.

Henneberg, R. (1906) Über unvollständige reine Worttaubheit. **Monatsschrift für Psychiatrie und Neurologie, 19,** 17–38, 159–179.

Henschen, S.E. (1920–22) **Klinische und anatomische Beiträge zur Pathologie des Gehirns.** Stockholm: Nordiske Bokhandeln.

Henschen, S.E. (1926) On the function of the right hemisphere of the brain in relation to the left hemisphere in speech, music and calculation. **Brain, 49,** 110–123.

Herrmann, Th. (1982) **Sprechen und Situation**. Berlin/Heidelberg: Springer.

Hier, D.B. & Mohr, J.P. (1977) Incongruous oral and written naming: Evidence for a subdivision of the syndrome of Wernicke's aphasia. **Brain and Language, 4,** 115–126.

Hillyard, S. & Gazzaniga, M.S. (1971) Language and speech capacity of the right hemisphere. **Neuropsychologia, 9,** 273–280.

Hines, D. (1976) Recognition of verbs, abstract nouns and concrete nouns from the left and right visual halffields. **Neuropsychologia, 14,** 211–216.

Hines, D. (1977) Differences in tachistoscopic recognition between abstract and concrete words as a function of visual halffield and frequency. **Cortex, 13,** 66–73.

Hörmann, H. (1977) **Psychologie der Sprache**. Berlin/Heidelberg: Springer.

Howes, D. (1971) Vocabulary size estimated from the distribution of word frequencies. In H.R. Myklebust (Ed.) **Progress in learning disabilities**. Vol. II. New York: Grune & Stratton.

Howes, D. (1967) Some experimental investigation of language in aphasia. In K. Salzinger & S. Salzinger (Eds.) **Research in verbal behavior and some neurophysiological implications.** New York: Academic Press. In H. Goodglass and S. Blumstein (Eds.) **Psycholinguistics in aphasia**. Baltimore: Johns Hopkins University Press, 1973.

Huber, W. (1977) Lexikalische Performanz bei Aphasie. In H.W. Viethen et al. (Eds.) **Grammatik und interdisziplinäre Bereiche der Linguistik,** Akten des II. Linguistischen Kolloquiums, Aachen 1976, Vol. I. Tübingen: Niemeyer, 357–366.

Huber, W. (1979) Lexical and syntactic factors in language comprehension. In O. Creuttfeldt, H. Scheich & Chr. Schreiner (Eds.) **Hearing mechanisms and speech**. Berlin/Heidelberg/New York: Springer.

Huber, W. (1981) Aphasien. Klinisch-neurolinguistische Beschreibung und Erklärungsversuche. **Studium Linguistik, 11,** 1–21.

Huber, W., Stachowiak, F.-J., Poeck, K. & Kerschensteiner, M. (1975) Die Wernicke Aphasie. **Journal of Neurology, 210,** 77–97.

Irwin, O.C. (1957) Phonetical description of speech development in childhood. In L. Kaiser (Ed.) **Manual of Phonetics**. Amsterdam: North Holland Publishing Company, 403–425.

Isserlin, M. (1922) Über Agrammatismus. **Zeitschrift für die gesamte Neurologie und Psychiatrie, 75,** 332–416.

Jackson, J.H. (1932) **Selected writings**. London: Hodder & Stoughton.

Jakobson, R. (1941) **Kindersprache, Aphasie und allgemeine Lautgesetze**. Uppsala: Almquist & Willsells.

Jakobson, R. (1956) Two aspects of language and two types of aphasic disturbances. In R. Jakobson & M. Halle (Eds.) **Fundamentals of language**. The Hague: Mouton.

Jakobson, R. (1964) Two aspects of language and two types of aphasic disturbances. In A.V.S. DeReuck & M. O'Connor (Eds.) **Ciba Symposium on Disorders of Language**. London: Churchill.

Jakobson, R., Fant, C.G.M. & Halle, M. (1952) **Preliminaries to speech analysis. The distinctive features and their correlates**. Cambridge, Mass.: MIT Press.

Jakobson, R. & Halle, M. (1956) **Fundamentals of language**. The Hague: Mouton.

Johns, D.F. & Darley, F.L. (1970) Phonemic variability in apraxia of speech. **Journal of Speech and Hearing Research, 13**, 556–583.

Kavanagh, J.F. & Mattingly, I.G. (1972) **Language by ear and eye**. Cambridge, Mass.: MIT Press.

Kavanagh, J.F. & Strange, W. (Eds.) (1978) **Speech and language in the laboratory, school, and clinic**. Cambridge, Mass.: MIT Press.

Kean, M.-L. (1977) Linguistic interpretation of aphasia syndroms. **Cognition, 5**, 9–46.

Kean, M.-L. (1979) Agrammatism: A phonological deficit? **Cognition, 7**, 69–83.

Kean, M.-L. (1980) Grammatical representation and the description of language processing. In D. Caplan (Ed.) **Biological studies of mental processes**. Cambridge, Mass.: MIT Press.

Keller, E. (1981) Competence and performance in aphasia within a performance model of language. **Cortex, 17**, 349–356.

Kelly, R.R. & Orton, K.D. (1979) Dichotic perception of word-pairs with mixed image values. **Neuropsychologia, 17**, 363–371.

Kelter, S. (1977) Störungen im lexikalischen-semantischen Bereich bei Aphatikern. Unpublished doctoral dissertation. Konstanz.

Kelter, S., Cohen, R., Engel, D. List, G. & Strohner, H. (1977) The conceptual structure of aphasic and schizophrenic patients in a nonverbal sorting task. **Journal of Psycholinguistic Research, 6**, 279–303.

Kendon, A. (1971) Some relationships between body motion and speech. In A.W. Siegman & B. Pope (Eds.) **Studies in dyadic communication**. New York: Pergamon Press.

Kennedy, F. (1916) Stockbrainedness, the causative factor in the so-called ›crossed aphasics‹. **American Journal of the Medical Sciences, 152**, 849–859.

Kerschensteiner, M., Poeck, K., Huber, W., Stachowiak, F.-J. & Weniger, D. (1978) Die Broca Aphasie. **Journal of Neurology, 217**, 223–242.

Kertesz, A. (1979) **Aphasia and Associated Disorders**. New York: Grune & Stratton.

Kertesz, A. & McCabe, P. (1977) Recovery patterns and prognosis in aphasia. **Brain, 100**, 1–18.

Kertesz, A. & Phipps, J.B. (1977) Numerical taxonomy of aphasia. **Brain and Language, 4**, 1–10.

Kimura, D. (1961) Cerebral dominance and the perception of verbal stimuli. **Canadian Journal of Psychology, 15**, 166–171.

Kimura, D. (1964) Left-right differences in the perception of melodies. **Quarterly Journal of Experimental Psychology**, 16, 355–358.

Kimura, D. (1969) Spatial localization in left and right visual fields. **Canadian Journal of Psychology, 23**, 445–458.

Kinsbourne, M. (1971) The minor hemisphere as a source of aphasic speech. **Transactions of the American Neurological Association, 96**, 141–145.

Kinsbourne, M. (Ed.) (1978) **Asymmetrical functions of the brain**. Cambridge: University Press.

Kinsbourne, M. & Cook, J. (1971) Generalized and lateralized effects of concurrent verbalization on a minimal skill. **Quarterly Journal of Experimental Psychology, 23**, 341–345.

Kinsbourne, M. & Rosenfield, D. (1974) Agraphia selective for written spelling. **Brain and Language, 1**, 215–225.

Klann-Delius, G. (1980) Welchen Einfluß hat die Geschlechtszugehörigkeit auf den Spracherwerb des Kindes? **Linguistische Berichte, 70**, 63–87.

Kleiman, G.M. (1975) Speech recording in reading. **Journal of Verbal Learning and Verbal Behavior, 14**, 323–339.

Kleist, K. (1934) **Gehirnpathologie**. Leipzig: Barth.

Klosek, J. (1979) Two unargued linguistic assumptions in Kean's ›phonological‹ interpretation of agrammatism. **Cognition, 7**, 61–68.

Knox, C. & Kimura, D. (1970) Cerebral processing of nonverbal sounds in boys and girls. **Neuropsychologia, 8**, 227–238.

Kohn, B. & Dennis, M. (1974) Selective impairments of visuo spatial abilities in infantile hemiplegics after right cerebral hemidecortication. **Neuropsychologia, 12**, 505–512.

Kolk, H. (1978) The linguistic interpretation of Broca's aphasia: A reply to M.-L. Kean. **Cognition, 6**, 349–362.

Kolk, H. (1978) Judgment of sentence structure in Broca's aphasia. **Neuropsychologia, 16,** 617–625.

Kotten, A. (1977) Unterschiede im Beachten örtlicher und zeitlicher Präpositionen bei Aphatikern. **Folia Phoniatrica, 29,** 270–278.

Krashen, S. (1973) Lateralization, language learning, and the critical period. Some new evidence. **Language Learning, 23,** 63–74.

Krashen, S. (1978) The neurological correlates of language acquisition: Current research. **SPEAQJ, 2,** 21–35.

Kreindler, A., Gheorghita, N. & Voinescu, I. (1971) Analysis of verbal reception of a complex order with three elements in aphasics. **Brain, 94,** 375–386.

Kremin, A. (1976) L'approche neurolinguistique des alexies: 1969–1976. **Langages, 44,** 63–81.

Kussmaul, A. (1877–1910) **Die Störungen der Sprache. Versuch einer Pathologie der Sprache.** Leipzig: Vogel.

LaBerge, D. & Samuels, S.J. (1974) Towards a theory of automatic information processing and reading. **Cognitive Psychology, 6,** 293–323.

LaBerge, D. & Samuels, S.J. (Eds.) (1977) **Basic processes in reading: Perception and comprehension**. Hillsdale, N.J.: Lawrence Erlbaum Associates.

Labov, W. (1973) The boundaries of words and their meanings. In C.-J. Bailey & R. Shuy (Eds.) **New ways of analyzing variation in English**. Washington D.C.: Georgetown Press.

Lamandella, J. (1977) General principles of neurofunctional organization and their manifestations in primary and nonprimary language acquisition. **Language Learning, 27,** 155–196.

Landis, T., Regard, M. & Serrat, A. (1982) Iconic reading in a case of alexia without agraphia caused by a brain tumor: A tachistoscopic study. **Brain and Language, 11,** 45–53.

Lansdell, H. (1962) A sex difference in effect of temporal lobe neurosurgery on design preference. **Nature, 194,** 852–854.

Lavorel, P.M. & Michel, F. (1977) A case of Wernicke's Aphasia: questioning current neurolinguistic models. Vortrag gehalten auf dem XIIten Internationalen Linguistenkongress in Wien. Proceedings of the Twelfth International Congress of Linguists, Vienna. Innsbruck: 1978.

Lecours, A.R. & Lhermitte, F. (1969) Phonemic paraphasias: Linguistic structures and tentative hypotheses. **Cortex, 5,** 193–228.

Lecours, A.R. & Rouillon, F. (1976) Neurolinguistic analysis of jargon aphasia and jargon anagraphia. In H. Whitaker and H.A. Whitaker (Eds.) **Studies in neurolinguistics**, Vol. 2. New York: Academic Press.

Leischner, A. (1948) Über die Aphasie der Mehrsprachigen. **Archiv für Psychiatrie und Nervenkrankheiten, 180,** 731–735.

Leischner, A. (1957) **Die Störungen der Schriftsprache (Agraphie und Alexie)**. Stuttgart: Thieme.

Leischner, A. (1969) The agraphias. In P.J. Vinken & G.W. Bruyn (Eds.) **Disorders of speech,** 141–180.

Leischner, A. (1976) Die Sprachentwicklungsbehinderung. In F. Erbslöh, H. Hager & H. Lange-Cosack (Eds.) **Sensomotorische Störungen bei frühkindlichen Hirnschäden**. Lübeck: Hanseat.

Leischner, A. (1979) **Aphasien und Sprachentwicklungsstörungen**. Stuttgart: Thieme Verlag.

LeMay, M. & Culebras, A. (1972) Human brain: Morphologic differences in the hemispheres demonstrable by carotid augiography. **New England Journal of Medicine, 287,** 168–170.

Lenneberg, E. (1967) **Biological foundations of language**. New York: Wiley.

Lesser, R. (1974) Verbal comprehension in aphasia: An English version of three Italian tests. **Cortex, 10,** 247–263.

Levelt, W.J.M. (1970) A scaling approach to the study of syntactic relations. In G.B. Flores d'Arcais & W.J.M. Levelt (Eds.) **Advances in psycholinguistics**. Amsterdam: North Holland.

Levelt, W.J.M. (1978) Survey of studies in sentence perception: 1970–1976. In W.J.M. Levelt & G.B. Flores d'Arcais (Eds.) **Studies in the perception of language**. New York: Wiley.

Levelt, W.J.M. & Flores d'Arcais, G.B. (Eds.) (1978) **Studies in the perception of language**. New York: Wiley.

Levy, J. & Reid, M. (1977) Variations in cerebral organizations as a function of handedness, hand posture in writing, and sex. **Journal of Experimental Psychology: General.**

Levy, J. & Trevarthen, C. (1977) Perceptual, semantic and phonetic aspects of elementary language processes in split-brain patients. **Brain, 100,** 105–118.

Lhermitte, F. & Derouesne, J. (1974) Paraphasies et jargonaphasie dans le langage oral avec conservation du langage écrit. **Revue Neurologique, 130,** 21–38.

Lhermitte, F., Derouesne, J. & Lecours, A.R. (1971) Contribution à l'étude des troubles sémantiques dans l'aphasie. **Revue Neurologique, 125,** 81–101.

Lhermitte, F., Hécaen, H., Dubois, J. Culioli, A. & Tabouret-Keller, A. (1966) Le problème de l'aphasie des polyglottes: Remarques sur quelques observations. **Neuropsychologia, 4,** 315–329.

Lichtheim, C. (1884) Über Aphasie. **Deutsches Archiv für Klinische Medizin, 36.**

Liepmann, H. & Maas, O. (1907) Fall von linksseitiger Agraphie und Apraxie bei rechtsseitiger Lähmung. **Journal für Psychologie und Neurologie, 10,** 214.

Linke, D. (1979) Zur Therapie polyglotter Aphasiker. In G. Peuser (Ed.) **Studien zur Sprachtherapie**. München: Fink.

Linke, D. (1980) **Neuropsychologie der Kommunikation**. Hamburg: Buske.

Linke, D. (1981) Ganzheit und Teilbarkeit des Gehirns. Aphasie ist keine Störung des Kommunikationsvermögens. In H. Schnelle (Ed.) **Sprache und Gehirn**. Frankfurt: Suhrkamp.

Lisker, L. & Abramson, A. (1964) A cross-language study of voicing in initial stops: Acoustical measurements. **Word, 20,** 384–422.

List, G. (1981) **Sprachpsychologie**. Stuttgart: Kohlhammer.

Lorenzer, A. (1970) **Sprachzerstörung und Rekonstruktion.** Frankfurt am Main: Suhrkamp.

Luria, A.R. (1970) **Traumatic aphasia: Its syndromes, psychology and treatment**. The Hague: Mouton. (1. Auflage in Russisch, 1947).

Luria, A.R. (1964) Factors and forms of aphasia. In A.V.S. de Reuck & M. O'Connor (Eds.) **Disorders of language**. Ciba Foundation Symposium. London: Churchill 1964.

Luria, A.R. (1967) Problèmes et faits de la neurolinguistique. **Revue Internationale des Sciences Sociales, 19,** 39–55.

Luria, A.R. (1970) **Die höheren kortikalen Funktionen des Menschen und ihre Störungen bei örtlicher Hirnschädigung**. Berlin (DDR): DVW.

Luria, A.R. (1973) **The working brain. An introduction to neuropsychology**. New York: Penguin Book Ltd.

Luria, A.R. (1976) **Basic problems of neurolinguistics**. The Hague: Mouton.

MacCoby, E.E. (Ed.) (1966) **The development of sex differences**. California: Stanford University Press.

MacCoby, E.E. & Jacklin, C.N. (1974) **The psychology of sex differences**. California: Stanford University Press.

Mack, J.L. (1981) The comprehension of locative prepositions in nonfluent and fluent aphasia. **Brain and Language, 14,** 81–92.

Marcel, T. (1978) Unconscious reading. **Visible Language, 12** (4), 391–404.

Marcel, T. & Patterson, K. (1978) Word recognition and production: Reciprocity in clinical and normal studies. In J. Requin (Ed.) **Attention and Performance VII**. Hillsdale, N.J.: Lawrence Erlbaum.

Marcie, P., Hécaen, H., Dubois, J. & Angelergue, R. (1965) Les réalisations du langage chez les malades atteints de lésions de l'hémisphere droit. **Neuropsychologia, 3,** 217–245.

Marie, P. (1906) La troisième circonvolution frontale gauche ne joue aucun rôle spécial dans la function du langage. **Semaine Médicale** May 23rd, reprinted in P. Marie, 1926, **Travaux et Mémoires**, Tome I, Paris: Masson, 3–30. For translation see M.F. Cole & M. Cole 1971, **Pierre Marie's papers on speech disorders**. New York: Hafner.

Marin, O.S.M., Saffran, E.M. & Schwartz, M.F. (1976) Dissociations of language in aphasia: implications for normal function. In S.R. Harnad, H.D. Stecklis & Lancaster (Eds.) **Origins and speech**. New York: New York Academy of Sciences.

Marshall, J.C. (1976) Neuropsychological aspects of orthographic representation. In R.J. Wales &

E. Walker (Eds.) **New approaches to language mechanisms**. Amsterdam: North Holland Publishing Company, 109–131.

Marshall, J.C. & Newcombe, F. (1966) Syntactic and semantic errors in paralexia. **Neuropsychologia, 4**, 169–176.

Marshall, J.C. & Newcombe, F. (1973) Patterns of paralexia: A psycholinguistic approach. **Journal of Psycholinguistic Research, 2**, 175–199.

Marslen-Wilson, W.D. & Tyler, L.K. (1975) Processing structures of sentence perception. **Nature, 257**, 784–785.

Marslen-Wilson, W.D. & Tyler, L.K. (1980) The temporal structure of spoken language understanding. **Cognition, 8**, 1–71.

Marslen-Wilson, W.D. & Welsh, A. (1978) Processing interactions and lexical access during word recognition in continuous speech. **Cognitive Psychology, 10**, 29–63.

McCarthy, D. (1953) Some possible explanations of sex differences in language development and disorders. **Journal of Psychology, 53**, 155–160.

McGlone, J. (1977) Sex differences in the cerebral organization of verbal functions in patients with unilateral brain lesions. **Brain, 100**, 775–793.

McGlone, J. (1980) Sex differences in human brain asymmetry: A critical survey. **The Behavioral and Brain Sciences, 3**, 215–263.

McGlone, J. & Davidson, W. (1973) The relation between cerebral speech laterality and spatial ability with special reference to sex and hand preference. **Neuropsychologia, 11**, 105–113.

McGlone, J. & Kiriesz, A. (1973) Sex differences in cerebral processing of visuo-spatial tasks. **Cortex, 9**, 313–320.

McKeever, W.T. & Jackson, T.L.jr. (1979) Cerebral dominance assessed by object- and color naming latencies: Sex and familial sinistrality effects. **Brain and Language, 7**, 175–190.

McNeill, D. (1979) **The conceptual basis of language**. Hillsdale, N.J.: Lawrence Erlbaum Publishers.

Meier, H. (1967) **Deutsche Sprachstatistik**. Hildesheim: Georg Olms.

Meringer, R. (1908) **Aus dem Leben der Sprache**. Berlin: Behr.

Meringer, R. & Mayer, K. (1895) **Versprechen und verlesen**. Stuttgart: Göschen'sche Verlagshandlung.

Meyer, D.E. & Schvaneveldt, R.W. (1971) Facilitation in recognizing pairs of words: Evidence of a dependence between retrieval operations. **Journal of Experimental Psychology, 90**, 227–234.

Meyer, D.E., Schvaneveldt, R.W. & Ruddy, M.B. (1974) Functions of graphemic and phonemic codes in visual word-recognition. **Memory and Cognition, 2**, 309–321.

Meyer, D.E., Schvaneveldt, R.W. & Ruddy, M.G. (1975) Loci of contextual effects in visual word recognition. In P.M. Rabbitt & S. Dornic (Eds.) **Attention and Performance**, Vol. V. London: Academic Press.

Meyerson, R. & Goodglass, H. (1972) Transformational grammar of three agrammatic patients. **Language and Speech, 15**, 40–50.

Milberg, W. & Blumstein, S.E. (1981) Lexical decision and aphasia: Evidence for semantic processing. **Brain and Language, 14**, 371–385.

Miller, G.A. (1969) A psychological method to investigate verbal concepts. **Journal of Mathematical Psychology, 6**, 169–191.

Miller, G.A. & Johnson-Laird, P.N. (1976) **Language and perception**. Cambridge, Mass.: Harvard University Press.

Minkowski, M. (1927) Klinischer Beitrag zur Aphasie bei Polyglotten, speziell im Hinblick aufs Schweizerdeutsche. **Schweizer Archiv für Neurologie und Psychiatrie, 21**, 43–72.

Minkowski, M. (1963) On aphasia in polyglots. In L. Halpern (Ed.) **Problems of dynamic neurology.** Jerusalem: Jerusalem Post Press.

Molfese, D.L., Freeman, R.B. & Palermo, D.S. (1975) The ontogeny of brain lateralization for speech and nonspeech stimuli. **Brain and Language, 2**, 356–368.

Morton, J. (1964) A preliminary functional model for language behavior. **International Audiology, 3**, 216–225.

Morton, J. (1969) Interaction of information in word recognition. **Psychological Review, 76**, 165–178.

Morton, J. (1970) A functional model for memory. In D.A. Norman (Ed.) **Models of human memory**. New York: Academic Press.

Morton, J. & Long, J. (1976) Effect of word transitional probability on phoneme identification. **Journal of Verbal Learning and Verbal Behavior, 15**, 43–51.

Moscovitch, M. (1973) Language and the cerebral hemispheres: Reaction-time studies and their implications for models of cerebral dominance. In P. Pliner, L. Krames & T. Alloway (Eds.) **Communication and affect: Language and thought**. New York: Academic Press.

Naeser, M.A. (1974) The relationship between phoneme discrimination, phoneme perception and language comprehension in aphasia. Paper read at the 12th Annual Meeting of the Academy of Aphasia, Warrenton, VA., October 14, 1974.

Nair, K.R. & Virmani, V. (1973) Speech and language disturbances in hemiplegics. **Ind. Journal of Medical Research, 61**, 1395–1403.

Neeley, J.H. (1977) Semantic priming over retrieval from lexical memory: Roles of inhibitionless spreading activation and limited-capacity attention. **Journal of Experimental Psychology, 106**, 226–254.

Neisser, U. (1967) **Cognitive Psychology**. New York: Meredith.

Newcombe, F. & Marshall, J.C. (1980) Transcoding and lexical stabilization in deep dyslexia. In M. Coltheart, K. Patterson & J.C. Marshall (Eds.) **Deep dyslexia**. London: Routledge & Kegan Paul.

Newcombe, F. & Ratcliff, G. (1978) The female brain: A neuropsychological viewpoint. In S. Ardener (Ed.) **Defining females: The nature of women in society**. London: Croon Helm.

Niederbuhl, J., Jouandet, M.L. & Gazzaniga, M.S. (1978) Right hemisphere language processing? Not in normals. Zit. nach Gazzaniga, M.S. & Le Doux, J. (1978).

Nielsen, J.M. (1964) **Agnosia, apraxia, aphasia: their value in cerebral localization**. New York: Hoeber.

Obler, L.K. & Albert, M.L. (1977) Influence of aging on recovery from aphasia in polyglots. **Brain and Language, 4**, 460–463.

O'Neil, W.M. (1953) The effect of verbal association on tachistoscope recognition. **Australian Journal of Psychology, 5**, 42–45.

Orgass, B. & Poeck, K. (1966a) Clinical validation of a new test for aphasia: An experimental study on the Token Test. **Cortex, 2**, 222–243.

Orgass, B. & Poeck, K. (1966b) Ein neuer Aphasie-Test zur Diagnose von Sprachverständnisstörungen. **Nervenarzt, 37**, 124–126.

Orgass, B. & Poeck, K. (1969) Assessment of aphasia by psychometric methods. **Cortex, 5**, 317–330.

Orgass, B., Poeck, K., Hartje, W. & Kerschensteiner, M. (1973) Zum Vorschlag einer Kurzform des Token Tests zur Auslese von Aphasikern. **Nervenarzt, 44**, 93–95.

Paradis, M. (1977) Bilingualism and aphasia. In H. Whitaker & H.A. Whitaker (Eds.) **Studies in neurolinguistics**, Vol. 3. New York: Academic Press.

Paradis, M., Goldblum, M.-C. & Abidi, R. (1982) Alternate antagonism with paradoxical translation behavior in two bilingual aphasic patients. **Brain and Language, 15**, 55–69.

Parisi, D. & Pizzamiglio, L. (1970) Syntactic comprehension in aphasia. **Cortex, 6**, 204–215.

Patterson, K. & Bradshaw, J.L. (1975) Differential hemispheric mediation of nonverbal visual stimuli. **Journal of Experimental Psychology: Human Perception Performance, 1**, 246–252.

Patterson, K.E. & Marcel, A.J. (1977) Aphasia, dyslexia and the phonological coding of written words. **Quarterly Journal of Experimental Psychology, 29**, 307–319.

Peck-Swisher, L. & Taylor-Sarno, M. (1969) Token Test scores of 3 matched patient groups: Left brain-damaged with aphasia; right brain-damaged without aphasia; non brain-damaged. **Cortex, 5**, 264–273.

Penfield, W. & Roberts, L. (1959) **Speech and brain mechanisms**. Princeton, N.J.: Princeton University Press.

Peuser, G. (1977) **Sprache und Gehirn. Eine Bibliographie zur Neurolinguistik**. München: Fink.

Peuser, G. (1978) **Aphasie. Eine Einführung in die Patholinguistik**. München: Fink.

Peuser, G. & Friederici, A. (1977) »Fehlerindex« und ESPA-Analyse – Ein Doppelverfahren zur quantitativen und qualitativen Fehlermessung bei gestörter Sprache. In H.W. Viethen et al. (Eds.) **Grammatik und interdisziplinäre Bereiche der Linguistik**. Aachen, 1976, Vol. 1. Tübingen: Niemeyer, 357–366.

Peuser, G. & Leischner, A. (1974) Störung der phonetischen Schrift bei einem Aphatiker. **Neuropsychologia, 12**, 557–560.

Peuser, G. & Temp, K. (1981) The evolution of jargon aphasia. In J.W. Brown (Ed.) **Jargon aphasia**. New York: Academic Press.

Piazza-Gordon, D. & Zatorre, R.J. (1981) A right-ear advantage for dichotic listening in bilingual children. **Brain and Language, 13**, 389–396.

Pick, A. (1909) **Über das Sprachverständnis**. Leipzig: J.A. Barth.

Pick, A. (1913) **Die agrammatischen Sprachstörungen**. Berlin: Springer.

Pick, A. & Thiele, R. (1931) Aphasie. In A. Bethe & G. von Bergmann (Eds.) **Bethes Handbuch der normalen und pathologischen Physiologie**. Bd. 15/2. Berlin: Springer.

Pitres, A. (1895) Etude sur l'aphasie chez les polyglottes. **Revue de Médicine, 15**, 873–899.

Pizzamiglio, L. & Applicciafuoco, A. (1971) Semantic comprehension in aphasia. **Journal of Communication Disorders, 3**, 280–288.

Poeck, K. (Ed.) (1983) **Klinische Neuropsychologie**. Stuttgart: Thieme.

Poeck, K., Hartje, W., Kerschensteiner, M. & Orgass, B. (1973) Sprachverständnisstörungen bei aphasischen und nichtaphasischen Hirnkranken. **Deutsche Medizinische Wochenschrift, 98**, 139–147.

Poeck, K., Kerschensteiner, M. & Hartje, W. (1972) A quantitative study of language understanding in fluent and non-fluent aphasia. **Cortex, 8**, 299–304.

Poeck, K., Kerschensteiner, M., Stachowiak, F.J. & Huber, W. (1974) Die amnestische Aphasie. **Journal of Neurology**, 207, 1–17.

Poeck, K., Kerschensteiner, M. & Hartje, W. (1974) A qualitative study of the Token Test performance in aphasic and non-aphasic brain damaged patients. **Neuropsychology, 12**, 49–54.

Pötzl, O. (1925) Über die parietal bedingte Aphasie und ihren Einfluß auf das Sprechen mehrerer Sprachen. **Zeitschrift für Neurologie, 96**, 100–124.

Pötzl, O. (1930) Aphasie und Mehrsprachigkeit. **Zeitschrift für die gesamte Neurologie und Psychiatrie, 124**, 145–162.

Postman, L.J. & Keppel, G. (Eds.) (1970) **Norms of word association**. New York: Academic Press.

Ramer, A.L.N. (1976) Syntactic styles in emerging language. **Journal of Child Language, 3**, 49–62.

Reber, A.S. & Scarborough, D.C. (1977) **Towards a psychology of reading**. Hillsdale, N.J.: Lawrence Erlbaum Associates.

Reid, L.S. (1974) Toward a grammar of the image. **Psychological Bulletin, 81**, 319–334.

Ribot, T. (1883) **Les maladies de la memoire**. Paris: Libraire Germer Bailliere.

Rinnert, C. & Whitaker, H.A. (1973) Semantic confusions by aphasic patients. **Cortex, 9**, 56–81.

Rogers, L., TenHouten, W.D., Kaplan, C.D. & Gardiner, M. (1977) Hemispheric specialization of language: An EEG study of bilingual Hopi children. **International Journal of Neuroscience, 8**, 1–6.

Rohrmann, N.L. & Gough, P.B. (1967) Forewarning, meaning, and semantic decision latency. **Psychonomic Science, 9**, 217–218.

Rosenberg, S. (1977) **Sentence production: Developments in research and theory**. Hillsdale, N.J.: Lawrence Erlbaum Associates.

Rozin, P. & Gleitman, L.R. (1977) The structure and acquisition of reading II: The reading process and the acquisition of the alphabetic principle. In A.S. Reber & D.L. Scarborough (Eds.) **Toward a psychology of reading**. Hillsdale, N.J.: Lawrence Erlbaum.

Rubenstein, H., Lewis, S.S. & Rubenstein, M.A. (1971) Evidence for phonemic recording in visual word recognition. **Journal of Verbal Learning and Verbal Behavior, 10**, 645–657.

Rumelhart, D.E. (1977) Toward an interactive model of reading. In S. Dornic (Ed.) **Attention and Performance VI**. Philadelphia: LEA.

Rumelhart, D.E. & Siple, P. (1974) Process of recognizing tachistoscopically presented words. **Psychological Review, 81**, 99–118.

Rutter, M., Bartak, L. & Newman, S. (1971) Autism – a central disorder of cognition and language? In M. Rutter (Ed.) **Infantile autism: Concepts, characteristics and treatment**. London: Churchill Livingstone, 148–171.

Saffran, E.M. & Marin, O.S.M. (1977) Reading without phonology: Evidence from aphasia. **Quarterly Journal of Experimental Psychology, 29**, 515–525.

Saffran, E.M., Schwartz, M.F. & Marin, O.S.M. (1980a) The word order problem in agrammatism II. Production. **Brain and Language, 10**, 263–280.

Saffran, E.M., Schwartz, M. & Marin, O.S.M. (1980b) Evidence from aphasia: Isolating the components of a production model. In B. Butterworth (Ed.) **Language production**. London: Academic Press.

Sasanuma, S. (1975) Kana and Kanji processing in Japanese aphasics. **Brain and Language, 2**, 369–383.

Sasanuma, S. & Fujimura, O. (1971) Selective impairment of phonetic and non-phonetic transcription of words in Japanese aphasic patients: Kana vs. Kanji in visual recognition and writing. **Cortex, 7**, 1–18.

Sasanuma, S. & Fujimura, O. (1972) Analysis of writing errors in Japanese aphatic patients: Kanji vs. Kana words. **Cortex, 8**, 265–282.

Satz, P., Bakker, D.J., Teunissen, J., Goebel, R. & van der Vlugt, H. (1975) Developmental parameters of the ear asymmetry: A multi-variate approach. **Brain and Language, 2**, 171–185.

Sause, E.F. (1976) Computer content analysis of sex differences in the language of children. **Journal of Psycholinguistic Research, 5**, 311–324.

Schnelle, H. (1979) Syntax und Semantik – Wo stehen wir heute? **Linguistische Berichte, 63**, 1–25.

Schnelle, H. (Ed.) (1981) **Sprache und Gehirn**. Frankfurt: Suhrkamp.

Schuell, H. (1965) **Differential diagnosis of aphasia with the Minnesota Test**. Minneapolis: University of Minnesota Press.

Schuell, H. & Jenkins, J.J. (1961) Reduction of vocabulary in aphasia. **Brain, 84**, 243–261.

Schuell, H., Jenkins, J.J. & Jimenez-Pabon, E. (1964) Aphasia in adults. New York: Harper & Row.

Schuell, H., Jenkins, J.J. & Landis, L. (1961) Relationship between auditory comprehension and word frequency in aphasia. **Journal of Speech and Hearing Research, 4**, 30–36.

Schulhoff, C. & Goodglass, H. (1969) Dichotic listening, side of brain injury and cerebral dominance. **Neuropsychologia, 7**, 149–160.

Schwartz, G.E., Davidson, R. & Maer, F. (1975) Right hemisphere lateralization for emotion in the human brain: interactions with cognition. **Science, 190**, 286–288.

Schwartz, M.F., Saffran, E.M. & Marin, O.S.M. (1980a) The word order problem in agrammatism. I. Comprehension. **Brain and Language, 10**, 249–262.

Schwartz, M.F., Saffran, E.M. & Marin, O.S.M. (1980b) Fractionating the reading process in dementia: Evidence for word-specific print-to-sound associations. In M. Coltheart, K. Patterson & J.C. Marshall (Eds.) **Deep Dyslexia**. London: Routledge & Kegan Paul.

Scoresby-Jackson, R.E. (1867) Case of aphasia with right hemiplegia. **Edinburgh Medical Journal, 12**, 696–706. (zit. nach: Paradis, M., 1977).

Searleman, A. (1977) A review of right hemisphere linguistic capabilities. **Psychological Bulletin, 84**, 503–528.

Segui, J., Mehler, J., Frauenfelder, U. & Morton, J. (1982) Word frequency effect and lexical access. **Neuropsychologia, 20**, 615–627.

Seron, X. & Deloche, G. (1981) Processing of locatives »in«, »on«, »under« by aphasic patients: An analysis of the regression hypothesis. **Brain and Language, 14**, 70–80.

Seron, X., van der Kaa, M.A., Remitz, A. & van der Linden, M. (1979) Pantomime interpretation and aphasia. **Neuropsychologia, 17**, 661–668.

Shai, A., Goodglass, H. & Barton, M. (1972) Recognition of tachistoscopically presented verbal and nonverbal material after unilateral cerebral damage. **Neuropsychologia, 10**, 185–191.

Shallice, T. & Warrington, E.K. (1975) Word recognition in a phonemic dyslexic patient. **Quarterly Journal of Experimental Psychology, 27**, 187–199.

Shankweiler, D.F. & Harris, K.S. (1966) An experimental approach to the problem of articulation in aphasia. **Cortex, 2**, 277–292.

Shankweiler, D.F. & Studdert-Kennedy, M. (1975) A continuum of lateralization for speech perception? **Brain and Language, 2**, 212–225.

Sheridan, E.M. (1976) **Sex differences and reading**. Delaware, International Reading Association.

Shewan, C.M. & Canter, G.J. (1971) Effects on vocabulary, syntax and sentence length on auditory comprehension in aphasic patients. **Cortex, 7**, 209–226.

Sipos, J. & Tägert, J. (1972) Kurzverfahren zur Erfassung von aphatischen Störungen. **Nervenarzt, 43**, 207–211.

Smith, A. (1969) Nondominant hemispherectomy. **Neurology, 19**, 442–445.

Smith, A. (1971) Objective indices of severity of chronic aphasia in stroke patients. **Journal of Speech and Hearing Disorders, 36**, 167–207.

Smith, M.D. (1974) On the understanding of some relational words in aphasia. **Neuropsychologia, 12**, 377–384.

Spellacy, F.J. & Spreen, O. (1969) A short form of the Token Test. **Cortex, 5**, 390–397.

Sperry, R.W. (1975) Lateral specialization in the surgically separated hemispheres. In B. Milner (Ed.) **Hemispheric specialization and interaction**. Cambridge, Mass.: MIT Press.

Sperry, R.W., Gazzaniga, M.S. & Bogen, J.E. (1969) Interhemispheric relationship: The neocortical commissures; syndromes of hemisphere disconnections. In P.J. Vinken & G.W. Bruyn (Eds.) **Handbook of clinical neurology**. Amsterdam: North Holland.

Spreen, O. & Benton, A.L. (1969) Neurosensory center comprehensive examination for aphasia. In **Manual of instructions**. Victoria, Neuropsychological Laboratory. University of Victoria.

Stachowiak, F.J. (1979) **Zur semantischen Struktur des subjektiven Lexikons**. München: Fink.

Stachowiak, F.J., Huber, W., Kerschensteiner, M., Poeck, K. & Weniger, D. (1977) Die globale Aphasie. **Journal of Neurology, 214**, 75–87.

Stachowiak, F.J., Huber, W., Poeck, K. & Kerschensteiner, M. (1977) Text comprehension in aphasia. **Brain and Language, 4**, 177–195.

Stachowiak, F.J. & Poeck, K. (1976) Functional disconnection in pure alexia and color naming deficit demonstrated by facilitation methods. **Brain and Language, 3**, 135–143.

Starck, R., Genesee, F., Lambert, W.E. & Seitz, M. (1977) Multiple language experience and the development of cerebral dominance. In S.J. Segalowitz & F.A. Gruber (Eds.) **Language development and neuropsychological theory**. New York: Academic Press.

Stockert, R.T. von & Bader, L. (1976) Some relations of grammar and lexicon in aphasia. **Cortex, 12**, 49–59.

Studdert-Kennedy, M. & Shankweiler, D. (1970) Hemispheric specialization for speech perception. **Journal of the Acoustic Society of America, 48**, 579–594.

Sussman, H.M., Franklin, P. & Simon, T. (1982) Bilingual speech: bilateral control? **Brain and Language, 15**, 125–142.

Swinney, D.A., Zurif, E.B. & Cutler, A. (1980) Effects of sentential stress and word class upon comprehension in Broca's aphasics. **Brain and Language, 10**, 132–144.

Tallal, P. & Newcombe, F. (1978) Impairment of auditory perception and language comprehension in dysphasia. **Brain and Language, 5**, 13–24.

Templin, M.C. (1957) **Certain language skills in children – their development and interrelationships**. Minneapolis: University of Minnesota Press.

Thorndike, E.L. & Lorge, J. (1944) **The teacher's wordbook of 30.000 words**. New York: Teacher's College Press.

Tomlinson-Keasey, C. & Kelly, R.R. (1979) A task analysis of hemispheric functioning. **Neuropsychologia, 17**, 345–351.

Trost, J. & Canter, G.J. (1974) Apraxia of speech in patients with Broca's aphasia: a study of phoneme production, accuracy and error patterns. **Brain and Language, 1**, 63–80.

Trubetzkoy, N.S. (1971) **Grundzüge der Phonologie**. Göttingen: Vandenhoeck & Ruprecht (1. Aufl. 1939).

Tsvetkova, L.S. (1975) The naming process and its impairment. In E.H. Lenneberg & E. Lenneberg (Eds.) **Foundations of language development**, Vol. II. New York: Academic Press.

Tyler, L.K. (1981) Serial and interactive-parallel theories of sentence processing. **Theoretical Linguistics, 8**, 29–65.

Uldall, H.J. (1944) Speech and writing. **Acta Linguistica, International Journal of Structural Linguistics, 4**, 11–16. Copenhagen.

Vachek, J. (1949) Some remarks on writing and phonetic transcription. **Acta Linguistica, 5**, 86–93.

Vaid, J. & Genesee, F. (1980) Neuropsychological approaches to bilingualism: A critical review. **Canadian Journal of Psychology, 34**, 417–445.

Vaid, J. & Lambert, W.E. (1979) Differential cerebral involvement in the cognitive functioning of bilinguals. **Brain and Language, 8**, 92–110.

Van Dongen, H.R. & Van Harskamp, F. (1972) The Token Test: A preliminary evaluation of a method to detect aphasia. **Psychiatria, Neurologia, Neurochirurgia** (Amsterdam), **75**, 129–134.

Varney, N.R. (1978) Linguistic correlates of pantomime recognition in aphasic patients. **Journal of Neurology, Neurosurgery and Psychology, 41**, 564–568.

Vernon, M.D. (1957) **Backwardness in reading**. London: Cambridge University Press.

Wada, J. (1949) A new method for the determination of the side of cerebral speech dominance: A preliminary report on the intracarotid injection of sodium amytal in man. **Medical Biology, 14**, 221–222.

Wada, J., Clark, R. & Hamm, A. (1975) Cerebral hemispheric asymmetry in humans. **Archives of Neurology, 32**, 239–246.

Walters, J. & Zatorre, R. (1978) Laterality differences for word identification in bilinguals. **Brain and Language, 6**, 158–167.

Wapner, W. & Gardner, H. (1979) A study of spelling in aphasia. **Brain and Language, 7**, 363–374.

Warrington, E.K. & Zangwill, O.L. (1957) A study of dyslexia. **Journal of Neurology, Neurosurgery and Psychiatry, 20**, 208–215.

Weigl, E. (1972) Zur Schriftsprache und ihrem Erwerb – neuropsychologische und psycholinguistische Betrachtungen. **Probleme und Ergebnisse der Psychologie, 43**, 54–105.

Weigl, E. (1974) Neuropsychological experiments of transcoding between spoken and written language structures. **Brain and Language**, 227–240.

Weigl, E. & Bierwisch, M. (1970) Neuropsychology and linguistics: topics of common research. **Foundations of Language, 6**, 1–18.

Weigl, E. & Bierwisch, M. (1972) Neuropsychologie und Linguistik: Themen gemeinsamer Untersuchungen. **Probleme und Ergebnisse der Psychologie, 43**, 5–20.

Weigl, E. & Fradis, A. (1977) The transcoding processes in patients with agraphia to dictation. **Brain and Language, 4**, 11–22.

Weinreich, U. (1953) **Languages in contact**. New York: Publications of the Linguistic Circle of New York.

Weisenburg, T. & McBride, K. (1935) **A clinical and psychological study**. New York: The Commonwealth Fund. Reprint 1964. New York: Hafner.

Wepman, J.M., Bock, R.D., Jones, L.V. & van Pelt, D. (1956) Psycholinguistic study of aphasia: Revision of the question of anomia. **Journal of Speech and Hearing Disorders, 21**, 468–477.

Wernicke, C. (1874) **Der aphasische Symptomenkomplex**. Breslau: Cohn & Weigert.

West, R.F. & Stanovich, K.E. (1978) Automatic contextual facilitation in readers of three ages. **Child Development, 49**, 717–727.

Whitaker, H.A. (1971) On the representation of language in the human brain. **Current Inquiry into Language and Linguistics, 3**. Edmonton: Linguistic Research Inc.

Whitaker, H.A. (1972) Unsolicited nominalization by aphasics: Plausibility of a lexicalist model. **Linguistics, 78**, 62–71.

Whitaker, H.A. (1978) Bilingualisms: A neurolinguistic perspective. In: W.C. Ritchie (Ed.) **Second language acquisition and research: Issues and implications**. New York: Academic Press.

Whitaker, H.A. & Noll, J.D. (1972) Some linguistic parameters of the Token Test. **Neuropsychologia, 10**, 395–404.

Whitaker, H. & Whitaker, H.A. (1976) **Studies in neurolinguistics**. Vol. 1–3. New York: Academic Press.

White, N. & Kinsbourne, M. (1980) Does speech output control lateralize over time? Evidence from verbal manual time-sharing tasks. **Brain and Language, 10**, 215–223.

Whitehouse, P., Caramazza, A. & Zurif, E. (1979) Naming in aphasia: interacting effects of form and function. **Brain and language, 6**, 63–74.

Wiener, M., Devoe, S., Rubinow, S. & Geller, J. (1972) Non-verbal behavior and non-verbal communication. **Psychological Review, 79** (3), 185–213.

Witelson, S.F. (1976a) Sex and the single hemisphere: Right hemisphere specialization for spatial processing. **Science, 193**, 425–427.

Witelson, S.F. (1977a) Developmental dyslexia: Two right hemispheres and none left. **Science, 195**, 309–311.

Witelson, S.F. (1977b) Early hemisphere specialization and interhemisphere plasticity: An empirical and theoretical review. In S. Segalowitz & F. Gruber (Eds.) **Language development and neurological theory**. New York: Academic Press.

Witelson, S.F. & Pallie, W. (1973) Left hemisphere specialization for language in the newborn: neuroanatomical evidence of asymmetry. **Brain, 96**, 641–646.

Woods, B.T. (1980) Observations on the neurological basis for inital language acquisition. In D. Caplan (Ed.) **Biological studies of mental processes**. Cambridge: MIT Press.

Woods, B.T. & Carey, S. (in press) Language deficits after apparent clinical recovery from childhood aphasia. **Annuals of Neurology**, 1979, **6**, 405–409.

Woods, B.T. & Teuber, H.-L. (1973) Early onset of complementary specialization of the cerebral hemisphere in man. **Transactions of the American Neurological Association, 98**, 113–117.

Woods, B.T. & Teuber, H.-L. (1978) Changing patterns of childhood aphasia. **Annuals of Neurology, 3**, 273–280.

Wygotski, L.S. (1972) **Denken und Sprechen**. Stuttgart: Fischer. (1. Auflage in russisch 1934).

Zaidel, E. (1973) Linguistic competence and related functions in the right hemisphere of man following cerebral commissurotomy and hemispherectomy. Doctoral Dissertation, California, Institute of Technology, Dissertation. **Abstracts International, 34**, 235OB.

Zaidel, E. (1975) A technique for presenting lateralized visual input with prolonged exposure. **Vision Research, 15**, 283–289.

Zaidel, E. (1977) Unilateral auditory language comprehension on the Token Test following cerebral commissurotomy and hemispherectomy. **Neuropsychologia, 15**, 1–18.

Zaidel, E. (1978) Lexical structure in the right hemisphere. In P. Buser & A. Rougeul-Buser (Eds.) **Cerebral correlates of conscious experience**. Amsterdam: Elsevier.

Zangwill, O.L. (1962) Dyslexia in relation to cerebral dominance. In J. Money (Ed.) **Reading disability**. Baltimore: Johns Hopkins Press.

Zangwill, O.L. (1964) Intelligence in aphasia. In A. de Reuck & M. O'Connor (Eds.) **Disorders of language**. Boston: Little-Brown.

Zangwill, O.L. (1969) Intellectual status in aphasia. In P.J. Vinken & G.W. Bruyn (Eds.) **Disorders of speech, perception and symbolic behavior**. Amsterdam: North-Holland.

Zurif, E.B. (1974) Auditory lateralization: Prosodic and syntactic factors. **Brain and Language, 1**, 391–404.

Zurif, E.B. & Caramazza, A. (1976) Psycholinguistic structures in aphasia: Studies in syntax and semantics. In H. Whitaker & H.A. Whitaker (Eds.) **Studies in neurolinguistics**, Vol. I. New York: Academic Press.

Zurif, E.B. & Caramazza, A. (1978) Comprehension, memory and levels of representation: A perspective from aphasia. In J.F. Kavanagh & W. Strange (Eds.) **Speech and language in laboratory, school, and clinic**. Cambridge, Mass.: MIT Press.

Zurif, E.B., Caramazza, A. & Meyerson, R. (1972) Grammatical judgments of agrammatic aphasics. **Neuropsychologia, 10**, 405–417.

Zurif, E.B., Caramazza, A., Meyerson, R. & Galvin, J. (1974) Semantic feature representations for normal and aphasic language. **Brain and Language, 1**, 167–187.

Zurif, E.B., Green, E., Caramazza, A. & Goodenough, C. (1976) Grammatical intuitions of aphasic patients: Sensitivity to functors. **Cortex, 12**, 183–186.

Zurif, E.B. & Mendelsohn, M. (1972) Hemispheric specialization for the perception of speech sounds: The influence of intonation and structure. **Perception and Psychophysics, 11**, 329–332.

Zurif, E.B. & Sait, P.E. (1970) The role of syntax in dichotic listening. **Neuropsychologia, 8**, 239–244.

Table 1

Klassifikation der Aphasien

AUTOREN		1		2		
Broca	1861	Aphemia		Verbale Amnesie		
Wernicke	1874 und 1886	Motorisch Subkortial	Motorisch	Sensorisch Subkortikal Sensorisch	Leitung	
Marie	1906 und 1917	Anarthrie	Anarthrie + Aphasie	Temporal Aphasia		
Pick	1913 und 1931	Expressiv (Frontal)		Impressiv (Temporal)	Agrammatismus	
Head	1926	Verbal		Syntaktisch		
Kleist	1934	Wortstummheit		Worttaubheit		
Weisenburg und McBride	1935	Expressiv		Rezeptiv	Gemischt	
Goldstein	1948	Peripher Motorisch	Kortikal Motorisch	Kortikal Sensorisch	Zentral	
Luria	1964	Efferent	Motorisch	Sensorisch	Afferent Motorisch	Akustisch Amnestisch
Jakobson	1956	Kontiguität	(Kombination)	Similarität (Selektion)		
Howes und Geschwind	1965	Type A (nicht-flüssig)		Type B (flüssig)		
Leischner	1972	Motorisch	Motorisch-Amnestisch	Sensorisch Gemischt	Sensorisch-Amnestisch	
Goodglass und Kaplan	1972	Broca		Wernicke	Leitung	
Poeck	1975	Broca		Wernicke		

3				
	4			
		Transkortial Motorisch	Transkortial Sensorisch	
Angular Gyrus Aphasie	Global			
Pseudogrammatismus			Adynamisch	
Semantisch Nominal				
Paragrammatismus			Transkortikal	
Amnestisch	Gemischt			
Amnestisch	Global	Transkortikal Motorisch	Transkortikal Sensorisch	Gemischt Echolalie
Semantisch Amnestisch	Global		Dynamisch	
Semantisch Paradismatisch				
Semantisch	Total			
Anomisch	Global	Transkortikal Motorisch	Transkortikal Motorisch	
Amnestisch	Global			

Aus: Goodglass, Harold and Kaplan, Edith: The Assessment of Aphasia and Related Disorders Stimulus Cards, 2nd Edition, Lea & Febiger, Philadelphia, 1983 (Nachdruck mit Erlaubnis).

Sachregister

Ähnlichkeitsstörung 20
Agent-zuerst-Strategie 37, 74
Agrammatismus 38, 43, 54 ff., 86
Agraphie 42, 90 ff., 101
Aktivierungsschwelle 50
Alexie 101 ff.
Amnestische Aphasie 40 f., 53
Anomie 40 f.
Anosognosie 62
Anteriore Läsion 51 ff.
Assoziationstheorie 17, 44
Assoziative Aktivierung (s. Semantic priming)
Asymbolie 18
Automatismen 40
Autonomie-Hypothese 91 ff., 106 f., 109

Bilder-Verifikationsparadigma 73, 75, 79, 81, 88
Bildhaftigkeit (s. Imagery)
Bilingualismus 32 ff.
Broca-Aphasie 18, 37 ff.

Corpus Callosum 24

Deblockierungsmethode 42
Dependenz-Hypothese 91 ff., 106 f.
Dichotisches Hörverfahren 22, 23
Dysarthrie 13, 37 f., 46, 95
Dyslexie 27, 100 ff.

Echtzeit-Verarbeitung 80 ff., 86 f.
Engramm 17
Enkodierung 44, 78 f., 95 f., 106
Erstsprache 33 f.

Fehlerkategorien 47, 51
Frequency effect (s. Worthäufigkeitseffekt)
Funktionswörter 38 f., 44, 54 f., 57, 64, 78, 84, 102, 105

Gekreuzte Aphasie 29
Geschlossene Klasse 55, 59 ff., 64, 81, 83 ff.
Geste 40, 64 ff., 89, 108
Globalaphasie 40, 43

Hemiparese 38, 40
Hemiplegie 38, 40
Hemisphärendominanz 21 ff., 28 ff., 32 ff.

Imagery 23, 27
Informationsverarbeitung 11, 53
Inhaltswörter 38 f., 44, 57, 64, 84, 102
Inhibition 28, 35 f.
Intonation 24, 38 f.

Jargon 39, 62 ff.

Klinische Elemente 56
Kognitive Psychologie 11, 14
Kontextualisierung 87 ff.
Kontiguitätsstörung 20, 55

Lateralität 22 ff., 28 ff., 33
Legasthenie 100
Leitungsaphasie 17, 41
Lexem-Korrespondenz-Regeln 94 ff., 103
Lexical Decision Task 53, 59, 71
Linkshändigkeit 21, 29, 31 f.
Links-Ohrüberlegenheit 24
Logogen 50
Logorrhe 54

Meditation 93, 104, 106
Motorische Aphasie (s. Broca-Aphasie)
Motorisches Sprachzentrum 17, 44

Netzwerk-Modell 51
Nichtsprachliche Defizite 108 f.

Oberflächendyslexie 102 f.
Ökonomieprinzip 51, 61
Offene Klasse 55, 59 ff., 64, 81, 83 ff.
Off-line 81 ff.
On-line 81 ff.

Paragrammatismus 39, 54 ff.
Paraphasie 38 ff., 54, 62
Phonem-Graphem-Korrespondenz-Regeln 26, 91, 93 ff., 101 ff., 106
Polyglotte 32 ff.
Posteriore Läsion 51 ff., 62

Präpositionen 39, 56, 58, 78, 83
Privatsprache 62
Pronomen 39, 59, 77
Prosodie 23, 38 f., 57
Prozeßebene 44 f., 53, 69, 98 f., 101 f.

Rechtshändigkeit 21, 29
Rechts-Ohrüberlegenheit 24, 30
Recurring utterances 40
Relatedness judgment 57, 77
Rhyming task 26

Satzblindheit 42, 105
Satzproduktionsmodell 19, 44 f.
Schriftsprache 17, 90 ff.
Semantic priming (assoziative Aktivierung) 49, 53, 71
Sensorische Aphasie (s. Wernicke-Aphasie)
Sensorisches Sprachzentrum 17
„Split-brain"-Patienten 22, 24 ff.
Sprachverarbeitung 21, 27
Sprechfehler 45 ff.
Subvokalisierungshypothese 106 ff.
Syntaktische Defizit-Hypothese 73 ff.

Tachistoskopisch 25, 27, 105
Telegrammstil 38
Tiefendyslexie 102 f.
Token Test 72
Transkodierung 93 f.
Transkortikale Aphasien 41

Wernicke-Aphasie 18, 39 f.
Word monitoring 82 f.
Wortblindheit (verbale Alexie) 90, 102
Wortfindungsstörung 41, 48 ff.
Worthäufigkeitseffekt (frequency effect) 49 f., 60, 70
Wortstummheit 42
Worttaubheit 42, 90

Zeichensprache (sign language) 108
Zweitsprache 33 f.

Personenregister

Abramson A. 69
Alajouanine T. 30, 46, 47, 62, 63, 64, 65, 68, 93
Albert M. L. 13, 34, 68, 72, 90, 92
Allport D. A. 102
Andreewsky A. 60
Applicciafuoco A. 70
Assal G. 98

Bader L. 59, 78, 79
Baker, E. 49, 50, 68, 69, 71
Baron J. 106
Bartak L. 31
Basser L. S. 30
Basso A. 69, 108
Bay E. 19, 50, 64
Beaumont J. G. 22
Bellugi U. 108
Benedikt M. 92
Benson D. F. 64, 100, 101
Benton, A. L. 31, 72, 100
Berko J. 56
Berndt R. S. 15, 55, 105
Bernholtz N. A. 54, 61
Bever T. G. 44
Beyn E. S. 83
Bierwisch M. 42, 43
Bloom P. A. 71
Bloomfield L. 91, 106
Blumstein S. E. 23, 24, 43, 47, 48, 49, 53, 68, 69, 71, 87
Bock, K.J. 45, 49

Bogen J. 22, 24
Boller F. 67, 72, 89
Borkowski J. G. 27
Bradley D. C. 15, 55, 59, 60, 81
Bradshaw J. L. 22
Brain W. R. 21
Bramwell B. 21, 29
Branch C. 29
Broadbent D. E. 22
Broca P. 16, 17, 21, 29, 50
Buckingham H. W. 63, 64
Bühler K. 44
Butterworth B. 64
Buttet J. 98

Caltagirone C. 68
Canter G. J. 47, 48, 73
Caplan D. 15
Caramazza A. 15, 43, 49, 51, 52, 55, 57, 58, 60, 68, 77, 78, 79, 105
Carey S. 31
Chambers S. M. 106
Chedru F. 92
Cherry L. 31
Chomsky N. 11, 42, 74
Cicone M. 65, 66
Clark, E. V. 14
Clark H. 14
Clark R. 24
Clark W. W. 31
Clarke E. 16
Cohen R. 19, 89, 108
Collins A. N. 51
Coltheart M. 103
Condon W. S. 65
Cooper W. E. 23, 24, 68
Critchley M. 31
Culebras A. 30
Cutler A. 15, 46, 81

Darley F. L. 47
Darwin C. J. 23
Davidson W. 32
Daujat C. 69
Dax M. 21
Day J. 27
Deal J. L. 47
Deegener G. 22
Déjerine J. 24
Dell G. S. 45
Deloche G. 80
Dennis M. 28, 31
DeRenzi E. 72, 108
Derouesne J. 51, 70, 93, 98
DeSaussure F. 91, 106
DeVilliers J. G. 57
Devoe S. 65
Dewhurst K. 16
Dimond S. J. 22
Dittmann A. T. 65
Dubois J. 13, 92
Dubois-Charlier F. 100, 101, 105
Duchan J. 63
Duffy J. R. 65, 93
Duffy R. J. 65
Durand M. 46

Ellis H. D. 27
Engel D. 89, 108
Engelkamp J. 49
Exner S. 92

Faglioni P. 108
Fant C. G. M. 46, 48
Fillenbaum S. 51
Fischler I. 71
Flämig W. 57
Fodor J. A. 11, 44, 57, 107
Foldi N. 65
Forster K. I. 49, 106
Foss D. J. 81
Fradis A. 95
Franklin P. 33
Freud S. 30, 50
Friederici A. 15, 43, 58, 60, 64, 79, 80, 81, 83, 86, 93, 97, 98, 104, 105, 106
Fromkin V. 46, 48, 63
Fry D. B. 47
Fujimura O. 95, 96, 104

Gainotti G. 65, 68, 69, 89
Galaburda A. M. 21
Galloway L. 32, 33, 34
Garai J. E. 31
Gardner H. 30. 49, 65, 68, 97, 98, 105
Garrett M. F. 15, 43, 44, 45, 55, 58, 59, 60, 63, 64, 79, 80, 81, 98, 107
Gazzaniga M. S. 22, 24, 25, 26, 27, 105
Geller J. 65
Genesee F. 33, 34
Geschwind N. 21, 37, 39, 48, 50, 54, 64, 90, 92, 93, 100, 101

Gheorghita N. 72
Gleason J. 54, 61
Gleitman L. R. 107
Gloning I. 29, 35
Gloning K. 29, 35
Goldstein K. 18, 19, 101, 102
Goodenough C. 43, 57, 58
Goodglass H. 29, 43, 48, 50, 54, 56, 57, 61, 65, 68, 69, 71, 76, 79, 90, 93, 97, 98
Gordon B. 60
Gordon H. 33
Gough P. B. 107
Green G. 43, 47, 57, 63
Grimm H. 49

Halle M. 19, 46, 48
Hamers J. F. 33
Hannay H. J. 31
Hardyck C. D. 107
Harris K. J. 47
Harris L. J. 31, 32
Hart J. 105
Hartje W. 72
Haub G. 29
Head H. 18, 19, 21, 64, 93
Hecaen H. 13, 90, 92, 100, 101, 105
Heeschen C. 74, 76
Hehlmann W. 18
Heidolph K. E. 57, 59
Henneberg R. 102
Henschen S. E. 21, 92
Herrmann Th. 14
Hier D. B. 93, 96, 98
Hillyard S. 26
Hines D. 27
Holmes J. M. 15
Howes D. 37, 39, 50, 70, 71
Huber W. 20, 39, 71, 87, 93, 96
Hunt J. 56
Hunter M. 93, 98
Hyde M. 49, 54, 61

Ibba A. 68
Irwin O. C. 31
Isserlin M. 54

Jacklin C. N. 31, 32
Jackson J. H. 18, 31
Jakobson R. 11, 19, 46, 47, 48, 52, 54, 56
Jenkins J. J. 93
Jimenez-Pabon E. 93
Johns D. F. 47
Johnson-Laird P. N. 52
Jolivet R. 98
Jones K. 49
Jouandet M. L. 105
Joynt R. J. 100

Kaplan E. 65, 68, 93
Kean M.-L. 55, 56
Keller, E. 43
Kelly, R. R. 22, 23
Kelter S. 50, 89, 108
Kendon A. 65
Kennedy F. 29
Keppel G. 51
Kerschensteiner M. 37, 38, 72, 87
Kertesz A. 31, 32, 37, 63, 64, 93
Kim Y. 89
Kimura D. 22, 32
Kinsbourne M. 22, 28, 33, 92
Klann-Delius G. 31
Klein B. 49
Kleinman G. M. 107
Kleist K. 54, 55
Klosek J. 56
Kohn B. 31
Kolk H. 56, 57
Kotten A. 78
Krashen S. 30, 33
Kreindler A. 72
Kremin A. 100, 105
Kussmaul A. 100

LaBerge D. 102, 106
Labov W. 52
Lambert W. E. 33
Landis T. 104
Lansdell H. 31
Lecours A.. R. 47, 51, 62, 64, 70
Ledoux M. 25, 27
Leischner A. 32, 35, 37, 90, 93
LeMay M. 30
Lemmo M. A. 65, 89
Lenneberg E. 30, 31
Lesser R. 72
Levelt J. M. 77
Levy J. 24, 26, 31
Lewis M. 31
Lewis S. S. 106
Lhermitte F. 34, 47, 51, 64, 65, 70, 93, 98

Lichtheim C. 17, 50
Liepmann H. 24
Linke D. 62, 63
Lisker L. 69
List G. 89, 108
Loftus E.F. 51
Lorenzer A. 62
Lorge J. 74
Luria A.R. 13, 14, 15, 18, 29, 50, 54, 68, 70

MacCoby E.E. 31, 32
Mack J.L. 80, 89
Marcel T. 27, 94, 98, 102, 104, 106
Marcie P. 92
Marie P. 67
Marin O.S.M. 27, 61, 64, 103
Marshall J.C. 15, 27, 49, 94, 102, 103, 104, 106
Marslen-Wilson W.D. 70, 81
Mayer K. 46, 48
McBride K. 37, 39, 93
McCabe P. 32
McCarthy D. 31
McGlone J. 31, 32
McKeever W.T. 31
McNeill D. 65
Meier H. 49
Mendelsohn M. 24
Meringer R. 46, 48
Meyer D.E. 49, 71, 106
Meyerson R. 49, 51, 57, 60, 77
Milberg W. 53, 71, 87
Miller G.A. 51, 52
Milner B. 29
Minkowski M. 35
Mohr J.P. 93, 96, 98
Molfese D.L. 30
Morton J. 49, 50, 103
Moscovitch M. 28, 105
Motsch W. 57

Naeser M.A. 68
Nair K.R. 34
Neely J.H. 71
Neisser U. 11
Newcombe F. 27, 29, 31, 49, 94, 102, 103, 104, 106
Newman S. 31
Niederbuhl J. 27, 28, 105
Nielsen J.M. 93
Noll J.D. 72

Obler L.K. 34
Ogsten W.D. 65
Ombredane A. 46
O'Neill W.M. 48
Orgass B. 72
Orton K.D. 23

Pallie W. 21, 30
Paradis M. 34
Parisi D. 73
Patterson K. 22, 27, 94, 98, 103
Pearson K.L. 65
Peck-Shwisher L. 72
Penfield W. 29, 35
Petrinovich L.F. 107
Peuser G. 13, 63, 64, 72, 93, 96, 98, 104
Phipps J.B. 93
Piazza-Gordon D. 33
Pick A. 19, 38, 44, 54, 67
Pitres A. 34, 35, 36
Pizzamiglio L. 70, 72
Poeck K. 40, 72, 87, 101
Pötzl O. 35
Poizner H. 108
Postman L.J. 51

Quadfasel F.A. 29
Quatember R. 29
Quillian M.R. 51

Ramer A.G.W. 31
Rapoport A. 51
Rasmussen T. 29
Ratcliff G. 29, 31
Regard M. 104
Reich P.A. 45
Reid L.S. 27, 31
Remitz A. 65
Ribot T. 34, 35
Rinnert C. 51
Roberts L. 29, 35
Rogers L. 33
Rohrmann N.L. 107
Rosenfield D. 92
Rouillon F. 62
Rozin P. 107
Rubenstein H. 106
Rubinow S. 65
Ruddy M.B. 106

Rumelhart D. E. 106
Rutter M. 31

Saffran E. M. 27, 61, 103
Sait P. E. 24
Samuels S. J. 102, 106
Sasanuma S. 95, 96, 104
Sause E. F. 31
Savoiarda M. 108
Scarcella R. 34
Scheinfeldt A. 31
Schnelle H. 11
Schönle P. 43, 58, 60, 64, 79, 80, 97, 98, 105
Schuell H. 47, 70, 93
Schulhoff C. 57
Schvaneveldt R. W. 49, 71, 106
Schwartz M. F. 61, 94, 103
Scoresby-Jackson R. E. 35
Searleman A. 28
Seron X. 60, 65, 80, 89
Serrat A. 104
Shallice T. 27, 94, 103
Shankweiler D. F. 23, 47
Shepherd J. W. 27
Sheridan E. M. 31
Shewan C. M. 72
Simon T. 33
Siple P. 106
Sipos J. 72
Smith A. 28, 93
Spellacy F. J. 72
Sperry R. W. 22, 24
Spinnler H. 108
Spreen O. 72
Stachowiak F. J. 40, 51, 87, 88, 101
Starck R. 33
Stockert R. T. von 59, 78, 79
Strohner H. 108
Studdert-Kennedy M. 23
Sussmann H. M. 33
Swinney D. A. 15, 81, 83, 86

Tägert J. 72
Taylor-Sarno M. 72
Temp K. 63, 64
Templin M. C. 31
Teuber H.-L. 30, 31
Thorndike E. L. 74
Thurston I. 106
Tissot R. 69
Tomlinson-Keasey C. 22
Trevarthen C. 24, 26
Trost J. 47, 48
Trubetzkoy N. S. 46
Tsvetkova L. S. 50
Tyler L. K. 70, 81

Uldall H. J. 91, 106
Ulrich S. R. 93

Vachek J. 91, 106
Vaid J. 33, 34
Van der Kaa M. A. 65
Van der Linden M. 65
Van Dongen H. R. 72
Van Harskamp F. 72
Van Pelt D. 49
Varney N. R. 65
Vernon M. D. 106
Vignolo L. A. 69, 72, 108
Virmani V. 34
Voinescu I. 72

Wada J. 29, 30
Walter D. O. 30
Walters J. 33
Wapner W. 65, 97, 98
Warrington E. K. 27, 94, 103
Weigl E. 42, 43, 91
Weintraub S. 58, 68
Weisenburg T. 37, 39, 93
Wepman J. M. 49
Wernicke P. 16, 17, 21, 37, 39, 67, 68
Whitaker H. A. 28, 34, 43, 51, 72
White N. 33
Whitehouse P. 52
Wiener M. 65
Witelson S. F. 21, 30, 31, 32
Woll G. 108
Woods B. T. 30, 31
Wygotski L. S. 91

Zaidel E. 24, 25, 26
Zangwill O. L. 19, 65
Zatorre R. 33
Zurif E. B. 15, 23, 24, 43, 49, 51, 52, 55, 57, 58, 59, 60, 65, 68, 76, 77, 78, 79, 81, 105